Dirk M. Staats
Die Kunst zu sterben

Bisher vom Autor bei *KBV* erschienen:

Auf dem Totenberg

Dirk M. Staats, Jahrgang 1958, geboren und aufgewachsen in Hannover. Nach der Ausbildung zum Bankkaufmann studierte er in Paderborn und Hannover Wirtschaftswissenschaften mit Abschluss als Diplom-Ökonom. Danach arbeitete er als Projektleiter für Organisation und Bankbetriebswirtschaft. Seit 1991 selbstständig als Unternehmensberater und Seminarleiter. Neben dem Orgel- und Klavierspielen liebt er gemütliche Abende im Freundeskreis und nicht zuletzt: Krimis schreiben. www.ds-buch.de

Dirk M. Staats

Die Kunst zu sterben

KBV

www.kbv-verlag.de
E-Mail: info@kbv-verlag.de
Telefon: 0 65 93 - 998 96-0
Fax: 0 65 93 - 998 96-20
Umschlaggestaltung: Ralf Kramp
Lektorat: Nicola Härms, Rheinbach
Druck: CPI books, Ebner & Spiegel GmbH, Ulm
Printed in Germany
ISBN 978-3-95441-482-6

Manfred, Heinrich, Friedel und Karl gewidmet,
in großer Dankbarkeit

Die Personen, Namen und Handlungen dieses Romans sind frei erfunden. Jede Ähnlichkeit mit lebenden Personen oder tatsächlichen Ereignissen wäre rein zufällig. Die im Text erwähnten, bekannten Persönlichkeiten sind in jedem Fall vor mehr als siebzig Jahren verstorben.

Prolog

Sonntag, 19. März 2017
Hannover-Linden

Ben klopfte. Nichts rührte sich. Er klopfte ein weiteres Mal, diesmal deutlich kräftiger, wartete auf eine Reaktion, auf irgendein Geräusch … nichts. Die zerbrochene Klingel brauchte er nicht zu betätigen, er wusste, dass sie kaputt war.

Er drückte auf den Türgriff. Höchst seltsam – die Haustür war nicht verschlossen. Vorsichtig öffnete er sie, schaute zurück, ob ihn jemand beobachtet hatte. Niemand war in der Nähe, die Umgebung wirkte heruntergekommen, verlassen.

So leise wie möglich schloss Ben die Tür hinter sich, drehte den innen steckenden Schlüssel herum und nahm ihn an sich. Niemand sollte jetzt stören. Denn Malte hatte ihm versprochen, das Objekt seiner Begierde heute fertig zu haben.

Langsam tastete sich Ben über den langen, dunklen Flur mit der kaputten Lampe. Geradeaus vor ihm lag Maltes Arbeitszimmer, das wusste er aus mehreren Besuchen im Sommer letzten Jahres. Damals hatte meistens die Sonne geschienen, alle Türen standen offen, und es war kein Problem, den vielen Eimern, Kartons und Farbpaletten auszuweichen. Der Flur war sein Vorratsraum für die Nebensächlichkeiten, hatte Malte ihm beim letzten Mal achselzuckend erzählt.

Ben stolperte über ein großes Behältnis, dann ertastete er endlich vor sich die Stahltür, die Flur und Arbeitszimmer voneinander trennte, und schob sie auf. »Malte?«

In einer gut beleuchteten Ecke entdeckte er den jungen Mann leise schnarchend vor seinem Laptop, der gefährlich nahe an der Kante des Tisches stand. Malte hatte seinen Kopf auf die Tischplatte gebettet, neben sich ein umgefallenes und zersprungenes Weinglas. Die Weinflasche war zu Boden gefallen, der Rest Wein war herausgeflossen und hatte einen hässlichen Fleck auf dem Holzboden hinterlassen. Ben zuckte zusammen. Der Fleck sah auf den ersten Blick aus wie Blut. Ben musterte die Weinflasche. Dem Etikett nach zu urteilen verdiente der Wein diesen Namen eigentlich nicht, gepanschter Billig-Fusel, wohl aus der hintersten Regalecke eines Discounters.

»Mister Malte, aufwachen«, brüllte Ben und schüttelte den jungen Mann so lange, bis dieser ein schwaches Lebenszeichen von sich gab und mit trübem Blick zu Ben hoch starrte.

»Kerl, wir hatten eine Vereinbarung! Was bist du für ein Schwachkopf, dich immer zuzuknallen! Du wolltest heute fertig sein, ich sehe hier aber nichts!«

Ganz langsam kam Malte vom Tisch hoch. »Guck … Ben, dahinten, all… alles paletti«, murmelte er undeutlich, wies auf einen zweiten, kleineren Raum auf der anderen Seite des Arbeitszimmers und sackte wieder auf den Bürotisch.

Schnell war Ben im Nebenraum. Hier funktionierte auch das Deckenlicht.

In der Mitte des Raumes stand eine Staffelei, auf dieser das bestellte Bild. Eine Taschenlampe und ein taghelles LED-Licht halfen ihm, alles genau zu analysieren.

Das Bild war wunderbar, einzigartig! Das Zusammenspiel der Farben mit Licht und Schatten, die Maltechnik, die Stimmung. Alles war gut. Nein, es war perfekt!

Malte mochte wohl Alkoholiker und vermutlich auch drogenabhängig sein, aber er hatte ein unglaubliches Talent und das entsprechende Durchhaltevermögen, um andere Kunstmaler zu kopieren und auch Neuschöpfungen in deren Art und Technik zu realisieren. Davon hatte sich Ben überzeugt, bevor Malte diesen einen Auftrag von ihm erhalten hatte. Ein einmaliger Großauftrag, für extrem viel Geld.

Dieser junge Bursche hatte sein Versprechen tatsächlich wahr gemacht, obwohl Ben ihm erst zehntausend Euro angezahlt und alles Bitten und Betteln nach weiteren Vorauszahlungen kategorisch abgelehnt hatte. Es war fast ein Wunder – wie oft hatten sich die beiden über die Ausführung des Werkes, über die Eigenheiten des Malers und über Maltes Konsumverhalten gestritten?

Nun war es endlich fertig!

Auf einem einigermaßen sauberen Tisch lagen große Bögen Packpapier, mit denen Ben das Gemälde vorsichtig einwickelte. Um es transportieren zu können, brauchte er jetzt Klebestreifen, Malerkrepp oder so etwas in der Art. Sein Blick fiel auf einen zweiten Tisch. Auch hier sah es so aus wie überall in dieser armseligen Hütte – alles schien nur herumzuliegen und auf Entsorgung zu warten: zahllose leere Farbtuben, vertrocknete Farbpaletten und wohl Hunderte Pinsel, verschmierte Spachtel, Rasierklingen und Gipsbecher. Angewidert stieß Ben einen Berg vergammelter Tuschkästen auseinander, die so hoch gestapelt waren, dass einige zu Boden fielen. Plötzlich lag es vor ihm – ein braunes Gewebeklebeband, noch original in Folie verpackt. Endlich!

Er riss die Verpackung auf und nahm die Zähne zu Hilfe, um kleine Streifen abzureißen. Beim Verkleben seines eigentlich wertlosen Paketes schossen ihm viele Gedanken durch den Kopf, er wurde plötzlich unsicher und zweifelte am Gelingen seines Vorhabens. Konnte man den Plan wirklich umsetzen? Würde man dieses angebliche Kunstwerk akzeptieren? Sollte er Malte die versprochenen Hunderttausend tatsächlich komplett auszahlen? Möglicherweise Geld zum Fenster rausschmeißen für ein Arrangement, das noch viel Vorbereitung bedeutete und jederzeit scheitern konnte?

Ben zwang sich, seine Gedanken zu ordnen.

Was sprach gegen die Auszahlung der restlichen neunzigtausend Euro, die er in einer kleinen Ledertasche dabeihatte? Zum Beispiel, dass Malte ein elender Schwätzer war. Das wusste Ben von einem älteren Herrn aus seiner Nachbarschaft, der vor Kurzem verstorben war. Dieser hatte mal eine Kopie eines Meisterwerks für rein private Zwecke fertigen lassen und zahlte dem jungen Mann damals zwanzigtausend Euro im Vertrauen auf dessen Verschwiegenheit. Nachdem Malte das Geld erhalten hatte, prahlte er damit herum, lud seine Kumpel zum Essen ein und organisierte wilde Partys. Wenn Malte richtig gut drauf war, schien er über alles, leider auch über seine Auftraggeber, zu quatschen und diese bloßzustellen.

Konnte man diesen jungen Mann überhaupt ernst nehmen? War er nicht vor allem eines: eine hilflose Witzfigur? Es schien so, aber man musste dennoch ständig auf der Hut sein. Malte könnte beispielsweise jetzt jederzeit plötzlich zu sich kommen und völlig ausrasten. Ben hatte das schon einmal miterleben müssen, in den ersten Vorgesprächen zu diesem Auftrag. Einmal war Malte auf ihn losgegangen und wollte ihn umbringen, mit einem Paketmesser. Die Rettung waren im letzten Moment ein kräftiger Tritt zwischen Maltes Beine und die sofortige Flucht gewesen. Eine Woche später hatte sich dieser hagere Kerl entschuldigt, geradezu verkäuferisches Talent bewiesen und sicherte mit strahlenden Augen absolutes Stillschweigen über den Auftrag zu. Es schien eine Frage des Cocktails an Drogen und Alkohol zu sein, den Malte konsumierte. Mal war er fromm wie ein Lamm, fast kindisch, dann plötzlich wieder ein aggressives Ungeheuer, dem alles zuzutrauen war.

Beim letzten Besuch war Malte friedlich gewesen, trotzdem hatte Ben ihn gefesselt. Mit Malerkrepp. An seinen Stuhl. Ben hatte sich vor eventuellen Ausrastern schützen wollen. Zu seinem Erstaunen hatte Malte das witzig gefunden, es erinnerte ihn wohl an seine Kindheit, an wilde Cowboy- und Indianerspiele. Als Malte nur noch fröhlich lachte wie ein kleiner Junge, hatte Ben ihn wieder losgebunden und sich verabschiedet.

Ben überlegte. Was wäre, wenn Malte plötzlich hochschreckte und auf ihn losging? Ben ging mit dem Textilklebeband auf den jungen Mann zu. Langsam schnürte er ihn wieder ein, schob den Laptop zur Seite, um Platz zu haben, damit er Maltes Arme an den Tisch fesseln konnte. Malte schlief selig weiter. Nachdem Oberkörper und Arme fest auf dem Tisch klebten, zuckte er kurz hoch: »Wa... was machste?«

»Du, Malte, ich fessele dich ein wenig, wie letztes Mal.«

»Is geil ... geiles Ge... Gefühl.«

»Ich mach kurz mit den Beinen weiter«, entgegnete Ben, während Malte wieder ins Koma fiel.

Dann war es so weit, Malte konnte weder aufstehen noch seinen Oberkörper vom Tisch anheben oder auch nur die Arme bewegen.

»Das Bild ist fantastisch«, sagte Ben, und für einen Moment schien es so, als ob Malte lächelte.

Ben stieß Malte unsanft an. »Wach mal kurz auf, Malte«, schrie er ihn an. Dieser öffnete die Augen.

»Hast du irgendjemandem von dem Bild erzählt?«

»Nix, Ben ... noch ... noch nix.«

Ben glaubte, sich verhört zu haben. Noch nix! *Noch* nix! Die zugesicherte Verschwiegenheit war also nichts als Makulatur, dummes Zeug. Sobald er ihm die fehlenden neunzigtausend Euro übergeben hätte, würden es alle Vögel von den Dächern zwitschern, die Kunstszene würde von der Fälschung erfahren.

Sein Plan könnte damit scheitern, bevor er richtig in Gang gekommen wäre. Möglicherweise würde es für Ben böse enden …

Ben riss zwei Streifen vom Textilband ab und klebte sie an der Tischkante fest. Seine Gedanken rasten. Malte war jetzt kaltgestellt, absolut bewegungsunfähig; falls er gleich aggressiv werden würde, könnte er Ben nichts anhaben. Nachdenken, eine Lösung finden! Bens Plan hing von Maltes Verschwiegenheit ab, die aber wohl offensichtlich nicht zu erwarten war. Alles war jetzt möglich: ihn leben lassen und wieder befreien, ihn elendig verrecken lassen oder umbringen? Ben war kein Typ, der Menschen beseitigte, aber er war nur zwei Klebestreifen davon entfernt, seine größte Sorge loszuwerden, eine Sache von wenigen Minuten, er könnte beim Todeskampf sogar den Raum verlassen. Schlagartig fiel ihm ein, dass Malte mal erwähnt hatte, einer Freundin einen Zweitschlüssel gegeben zu haben. Er musste handeln, es musste aber nach Selbstmord aussehen.

Ben verließ den Raum und schloss die Stahltür, auf dem Flur war es dunkel und still. Noch einmal alles in Ruhe durchgehen, hinten rechts gab es ein Bad mit Wanne …

Plötzlich klopfte jemand an die Haustür. »Malte?«

Ben blieb wie erstarrt stehen. Wer war das denn?

»Malte! … Malte, mach auf!« Die Stimme einer jungen Frau.

Sie klopfte noch ein paarmal, dann entfernte sich die Stimme laut fluchend. Unzuverlässiges Arschloch, wieder zugedröhnt, Penner, Scheiß-Malte.

Ben wartete noch einige Minuten, bevor er die Stahltür wieder öffnete. Malte schnarchte noch immer leise vor sich hin.

Selbst wenn Malte Bens Namen in der Vergangenheit mal anderen Leuten gegenüber erwähnt haben sollte, so würde trotzdem niemand auf seine Spur kommen. Denn Ben war einfach ein Fantasiename, den Malte nicht hinterfragt hatte. Warum auch?

Kapitel 1

Dienstag, 21. März 2017
Zentraler Kriminaldienst

Kriminalhauptkommissar Max Leitner wuchtete die letzte Umzugskiste auf seinen Schreibtisch. In den vergangenen Tagen hatte ihn sein junger Kollege Tobias Heuward unterstützt, ein blonder Lockenkopf, einen Kopf größer als er und kräftig gebaut. Ganze Kolonnen von Aktenordnern hatte dieser für ihn ausgepackt und in die Schränke eingeräumt. Nur diese eine Kiste, die er mit *Privat* beschriftet hatte, wollte er selbst bearbeiten. Leitner hatte sich bei Tobias für die Hilfe bedankt, ihn aber kurzerhand aus dem Zimmer verbannt, als dieser sich vor lauter Neugierde über den letzten Karton hermachen wollte.

Leitner, eher schmächtig von Gestalt, ein dunkler und schlanker Typ, rieb sich durch den Dreitagebart und kämmte dann ein paar Strähnen seiner schütteren Haarpracht, die ihm beim Anheben seiner privaten Kiste ins Gesicht gefallen waren, nach hinten.

Tatsächlich beinhaltete die Kiste auch Kugelschreiber, alte Terminkalender, leere Ordner, also Utensilien, die man in einem Büro brauchte oder glaubte, sie irgendwann mal brauchen zu können. Aber ein paar Sachen gab es, die Tobias nicht unbedingt sehen musste. Die ihn nur wieder zappelig machen würden und im schlimmsten Fall zu nerviger Fragerei führten. Dazu gehörten seine Magentabletten, die er schnell in einer der Schubladen seines nagelneuen Schreibtisches verschwinden ließ. Nur einige Ärzte wussten von seiner Gastritis, und das sollte auch so bleiben. Dann aber griff er nach einer Reihe von Fotoalben, deren bloßer Anblick ihn schon schmerzte. Sie enthielten Erinnerungen an seine Frau, mit der er ein Vierteljahrhundert verheiratet gewesen war und die vor einigen Jahren an einer unheilbaren Krankheit verstorben war.

Gerade als er das letzte Album verstaut hatte, flog die Tür auf. Tobias blieb im Türrahmen stehen und wippte mit den Beinen.

»Reiß doch die Tür nicht so auf, wie oft noch?«, knurrte Leitner.

»Ja, äh … sorry, aber guck mal auf die Uhr.«

»Und?«

»Hey, Max, wir haben einen Termin. Wir müssen los, sofort!«

»Bleib locker.« Leitner zog seine alte Lederjacke betont langsam über sein ungebügeltes Hemd und grinste Tobias an. »So, wir können.«

»Hast du 'ne Ahnung, was der Direktor Antonius von uns will?« Der junge Mann schien nervös zu sein, war mit seiner besten und perfekt gebügelten Stoffhose zum Dienst erschienen und hatte eine gepunktete Krawatte umgebunden, die zu seinem karierten Oberhemd nicht so recht passen wollte und schon fast unter dem Kragen hing.

»Ich ahne es, warte es einfach ab. Und jetzt renn doch nicht so.«

Kriminaldirektor Klaus Antonius hatte beide Ermittler tags zuvor angerufen und für heute, 14 Uhr, in den großen Besprechungsraum eingeladen. Warum, hatte er vielsagend angedeutet – eine wichtige Dienstsache.

Tobias klopfte vorsichtig an die Tür, und eine Stimme sagte: »Herein!« Er riss die Tür auf und staunte – etwa drei Dutzend Kolleginnen und Kollegen bildeten einen großen Kreis, klatschten Beifall und lärmten herum wie in einem Kindergarten.

Als sich das Ganze beruhigt hatte, bat Klaus Antonius Leitner und Heuward zu sich in die Mitte des Raumes. Antonius war wie immer perfekt gekleidet, trug einen dunkelblauen Anzug mit einem Doppelreiher als Jackett. Überhaupt hatte er sich dem Anlass entsprechend herausgeputzt, die Metallknöpfe glänzten, Krawatte und Hemdskragen saßen wie angegossen. Er war ein älterer, grauhaariger Mann mit einem ebensolchen Oberlippenbart.

»Verehrte Kolleginnen und Kollegen, verehrter Herr Heuward und mein lieber Kollege Max Leitner. Ich freue mich, Sie wieder in der Polizeidirektion Hannover begrüßen zu dürfen.«

Tosender Applaus.

Antonius ließ die Menge gewähren. Dann hob er beide Hände, es wurde wieder ruhig. »Wir älteren Kollegen kennen dich, Max, gut aus teils langjähriger und erfolgreicher Zusammenarbeit. Wir, die alten Pfeiler des Kriminaldienstes sozusagen, kennen aber noch nicht unseren neuen Kollegen, Herrn Heuward. Viele junge Kollegen natürlich auch noch nicht.« Er hatte Tobias an der Schulter berührt und bat ihn mit einem freundlichen Lächeln, sich kurz vorzustellen.

»Ja … was soll ich …« Tobias brach ab, räusperte sich und zappelte herum. »Also, ich heiße … bin Tobias. Tobias Heuward. Mein Nachname ist ein bisschen intellektuell angehaucht, äh … denken Sie dabei einfach an einen Tankwart, der Heu verkauft, dann passt das schon, so circa.«

Einige Kollegen konnten sich ein breites Grinsen nicht verkneifen. Ein ernst dreinschauender Mann machte sich bemerkbar: »Sie scheinen ja ein lustiger Vogel zu sein, schreiben Sie sich nun mit T oder mit D?«

Jetzt war Tobias wieder der Alte. »Ich schreibe mich weder mit T noch mit D.«

»Wie geht das denn?«

»Ich schreibe mich mit *Heu*, zumindest vorne.« Jetzt hatte er die Lacher auf seiner Seite, und der ernste Mann verstummte. Selbstbewusst ratterte Tobias nun alles herunter, was ihm so einfiel: Alter, Schulzeit, Dienstbeginn, die Namen der letzten Freundinnen und vieles mehr. Bis ihn der Kriminaldirektor stoppte. »Das genügt sicherlich fürs Erste, Herr Heuward. Die Kolleginnen und Kollegen werden noch viel Zeit haben, Sie kennenzulernen.«

Wieder gab es Applaus.

»Nun drehen wir den Spieß um, sozusagen. Ein paar junge Kolleginnen und Kollegen dürften Sie noch nicht kennen, Max. Dazu muss ich etwas ausholen. Vor etwa dreißig Jahren begann unser gemeinsamer Weg in der Polizeidirektion Hannover. Man sollte es kaum glauben, aber auch vor dreißig Jahren gab es bereits Verbrechen aller Art. Ich habe mir mal die Mühe gemacht, die Statistiken von damals …«

Leitner schaltete ab. Er hasste lange Reden, vor allem, wenn es eigentlich um nichts weiter ging als um eine simple Vorstellung. Antonius war sicherlich ein kompetenter und seriöser Kollege. Wenn er aber ins Reden kam, konnte es dauern, bis man wusste, was er eigentlich bezweckte. Leitner verstand unter einer wichtigen Dienstsache andere Dinge.

Leitner fuhr auf, als Antonius ihn mehrmals an den Arm tippte. »Max?«

»Ja?«

»Träumst du?«

»Nein.«

»Dann sag etwas zu deiner Person, bitte.«

Max Leitner brauchte nur zwei kurze Sätze, dann verstummte er wieder. »Den Rest können Sie meiner Personalakte entnehmen«, fügte er noch hinzu, was wieder zu einigem Gelächter führte.

Klaus Antonius drehte sich zu ihm. »Max, ich kenne dich als ausgemachten Schlaufuchs, wenn es um die Sacharbeit geht. Konntest du dir nicht denken, was mit der wichtigen Dienstsache heute gemeint war?«

»Eigentlich schon.«

»Wenn du es sozusagen wusstest, dann hätte ich mir persönlich gewünscht, dass du zu diesem feierlichen Anlass mal eine Krawatte umgebunden und statt der alten Lederjacke einen vernünftigen Anzug gewählt hättest.«

»Wollt ihr einen Ermittler oder ein Model?«

Antonius' Antwort ging in einer Lachsalve von etwa drei Dutzend Stimmen unter. Anschließend erhielten Leitner und Tobias je einen Blumenstrauß, dann löste sich die Runde auf.

Auf dem Weg zurück zu den Büros maulte Tobias: »Einen Blumenstrauß zur Begrüßung. Finde ich irgendwie komisch.«

Leitner zog die Augenbrauen hoch. »Denk nach. Was soll Antonius dir denn sonst überreichen? Vielleicht eine Flasche Schnaps?«

»Weiß nicht. Aber wenigstens keine Blumen.«

»Hast du gerade eine Freundin, Tobias?«

»Klar. Bin verliebt bis über beide Ohren. Eine Superfrau, sage ich dir.«

»Na denn.« Leitner machte eine auffordernde Handbewegung.

»Du meinst …«

»Ja, schenk deiner Angebeteten den Strauß.«

Tobias wirkte erlöst. »Das mach ich, scheue keine Kosten und Mühen, um sie glücklich zu machen. Kann ich deinen auch noch haben?«

Kapitel 2

Mittwoch, 22. März 2017
Hannover-Nordstadt

Gleich morgens hatte sie den lästigen Einkauf erledigt und saß gegen Mittag in einem Café am Engelbosteler Damm und schlürfte mittlerweile an ihrem dritten Cappuccino.

Sie liebte diese belebte Gegend mit den vielen kleinen Geschäften und beobachtete zu gern die Menschen, die am Café vorbeigingen. Hier in dieser Gegend lebten sie alle einigermaßen friedlich nebeneinander – Alt und Jung, In- und Ausländer und viele Studenten. Nur eine kleine Ecke musste man meiden, in der gelegentlich ein paar gewaltbereite Punker ihr Unwesen trieben, speziell nachts. Aber sonst war es relativ ruhig im Viertel.

Viktoria Schall beobachtete eine alte Frau, die tief gebeugt über ihrem Rollator hing und kaum vorwärtskam. Diese mühte sich erfolglos ab, zwei Äpfel aufzuheben, die ihr aus dem Korb gefallen waren. Das konnte Viktoria ja voll ab, keiner der Passanten half der hilflosen Dame! Schnell rannte sie hinaus, griff nach den Äpfeln und verstaute diese wieder im Korb.

»Junges Fräulein, das ist aber nett«, sagte die alte Dame.

»Is' schon okay.«

Die kleine Alte schaute an ihr hoch. »Wie heißen Sie, Fräulein?«

»Viktoria.«

»Oh, was für ein wunderschöner Name. Stricken Sie Ihre Sachen selbst? Ich habe nach dem Krieg alles selber gemacht, wissen Sie. Wir hatten ja nichts. Mein Bruder hat mal Kohlen geklaut und dann gegen eine Strumpfhose getauscht. Die hat er mir dann zu Weihnachten geschenkt. Die habe ich viele Jahre in Ehren gehalten. Mein Bruder ist leider schon früh verstorben, wissen Sie.« Ein paar Tränen hingen in ihren tiefen Augenrändern. »Ich komme drauf, weil Sie so farbenfroh gekleidet sind und eine wunderschöne Strumpfhose tragen.«

Verblüfft schaute Viktoria Schall an sich herunter. Klar, sie liebte bunte Sachen, die in der Kombination immer schrill wirken sollten. Heute trug sie einen grün-weißen Pullover mit eingenähten roten Sternchen. Ihre Haare hatten einen leicht violetten Schimmer, im Kontrast zu ihrem hellblauen Lederrock trug sie eine orange Strumpfhose mit völlig unpassenden Fellstiefeln.

»Ich stricke viel«, gab sie zur Antwort. »Kann mir teure Klamotten nicht leisten. Den hier habe ich auch gestrickt.« Wie zum Beweis zupfte sie an einigen hervortretenden Wollfäden ihres Sternen-Pullovers.

Die Frau nickte zufrieden. »Fräulein Viktoria … ich darf das doch sagen?«

»Klar.«

»Fräulein Viktoria, darf ich fragen, wie alt Sie sind?«

»Fünfundzwanzig.«

»Dann brauchen Sie noch ordentlich Vitamine. Bitte nehmen Sie sich einen Apfel.«

Viktoria lehnte ab, aber die alte Dame beugte sich über ihren Korb, angelte mit zittrigen Fingern einen der beiden Äpfel und drückte ihn ihr in die Hand. Es schien sinnlos zu sein, sich dagegen zu wehren.

Zum Abschied sagte die kleine Frau: »Vielen Dank für das nette Gespräch, Fräulein. Ich werde noch lange davon zehren. Alles Gute, Gott schütze Sie.«

Viktoria Schall verschwand wieder im Café, zahlte und zog ihren dicken Mantel über. Jetzt erst bemerkte sie, dass sie vollkommen durchgefroren war, denn es war heute recht kühl.

Ihre Wohngemeinschaft war ganz in der Nähe der Lutherkirche, die sie jetzt zum ersten Mal in ihrem Leben richtig bewusst wahrnahm. Immer wieder musste sie an die Rollator-Frau denken.

Fröhlich gekleidet, eine schöne Strumpfhose, ein Apfel als Geschenk, bedankt sich für einen vielleicht zweiminütigen Small Talk, wird lange davon zehren, Gott soll Sie schützen. Sagt eine kleine, uralte, wohl sehr einsame Frau, die sich kaum bewegen kann, zu ihr. So etwas Eigenartiges hatte Viktoria noch nicht erlebt. So etwas eigenartig Schönes, fast Wohltuendes! Während sie die Kirche umrundete, genoss sie den Apfel und spürte, dass sie auf nichts anderes Hunger hatte. Noch nie hatte sie Äpfel gemocht, bei ihren Eltern hatte die kleine Viki immer Theater gemacht, wenn man als Nachtisch Apfelmus mit Sahne servierte. Nur die Sahne konnte man essen.

Zu Hause stellte sie die Apfelreste auf ihren überfüllten Schreibtisch, mit ihrem Smartphone gelangen ein paar Fotos, die man vielleicht noch verwerten konnte oder einfach als Erinnerung behielt.

Den Rock tauschte sie gegen einen gelben Thermoanzug aus, weil ihr immer noch kalt war. Dann suchte sie die Nummer der Polizeiinspektion in Hannover-Limmer und wählte die angegebene Nummer.

Eine junge, männliche Stimme meldete sich. Viktoria fiel gleich mit der Tür ins Haus und fragte, ob es etwas Neues von Malte gäbe. Ja, Malte, nein, nicht Walter, sondern Malte Decker, Decker, wie der Dachdecker ohne Dach.

Es dauerte lange, dann meldete sich die Stimme wieder: »Hören Sie?«

»Bin da, warte schon 'ne Ewigkeit«, meckerte sie den Beamten an.

»Frau Schall, am Telefon kann ich …«

»Is' klar, hab verstanden, ich komm vorbei.« Arschloch. Mistkerl. Nahm man sie dort eigentlich nicht ernst? Vor drei Tagen waren Malte Decker und sie abends zum Essengehen verabredet gewesen, gegen 21 Uhr. Viktoria hatte ihn bei sich zu Hause abholen wollen. Aber er schien nicht da zu sein. Seitdem Funkstille. Jeden Tag hatte sie sich seitdem bei der Polizei gemeldet, immer hieß es, dass man sich darum kümmere.

Viktoria nahm ihre Jacke von der Garderobe und lief die Treppe hinunter. Hinter dem Haus standen die Fahrräder. Ihres stach aus der Masse hervor, weil es weiß und rosa lackiert war. Sie schnappte es sich und fuhr los, durchquerte den Georgengarten und freute sich, dass sie als Radfahrerin diese Abkürzung zur Polizeiinspektion Limmer nehmen konnte. Dort konnte man ihr noch nichts Neues sagen. Sie solle sich noch gedulden.

Kapitel 3

Donnerstag, 23. März 2017
Zentraler Kriminaldienst

Kriminalhauptkommissar Leitner hörte ein leises Klopfen an seiner Bürotür. »Herein.« Werner Zandermann, auch einer von den älteren Kollegen, schaute um die Ecke und lächelte. »Max, hast du Zeit?«

»Was gibt es denn, Werner?«

»Wir haben einen Einsatz, du bist Ermittlungsführer.«

»Na, denn mal los. Sag dem Tobias Heuward Bescheid, wir treffen uns …«, Leitner schaute auf die Uhr, »wir treffen uns in fünfzehn Minuten bei den Fahrzeugen. Ist dir das recht? Ich muss vorher noch zwei Telefonate führen. Ach, noch was …«

»Was ist noch?«, fragte Zandermann, der inzwischen den Raum betreten hatte.

»Lass bitte Tobias ans Steuer, das Autofahren ist seine große Leidenschaft. Wenn er nicht fahren darf, knört er rum wie ein alter Hirsch.«

Zandermann lachte. »Das geht in Ordnung, Max. Obwohl ich ja selbst gern die Kontrolle über einen Wagen habe.« Er wedelte mit dem Autoschlüssel. »Habe schon ein Dienstfahrzeug für uns reserviert. Wir sehen uns unten. In fünfzehn Minuten.«

Die beiden trafen sich, wie abgesprochen, am Fahrzeug. Von Tobias war weit und breit nichts zu sehen. Leitner blickte wieder auf die Uhr. »Verstehe ich nicht. Normalerweise ist er immer der Erste und steht bereits an der Fahrertür, damit kein anderer auf die Idee kommt, diesen Platz einzunehmen.« Sie warteten weitere zehn Minuten, dann kam der große Lockenkopf angehetzt.

»Sorry, Leute. Ich musste dringend mit meiner Freundin telefonieren, hatte Knatsch wegen gestern Abend. Alles wieder geregelt, aber dann musste ich noch auf die Toilette, dann noch mein Notizbuch holen, dann …«

»Es reicht, Tobias!« Leitner schüttelte ärgerlich den Kopf, und Werner Zandermann fügte grinsend hinzu: »Noch fünf Minuten, und wir wären ohne Sie gefahren.«

»Das könnten Sie nicht verantworten, geht gar nicht. Schließlich muss ich noch viel lernen. Dann zum Thema Autofahren, kann ich?« Er streckte die Hand nach dem Schlüssel aus.

Zandermann warf ihm den Schlüssel in hohem Bogen zu, und der sportliche junge Mann fing ihn geschmeidig auf. Als sie im Wagen Platz genommen hatten, fragte Tobias vorsichtig: »Mit Blaulicht, Herr Zandermann? Dann könnte ich ja schneller fahren.«

»Ohne. Wir haben keine Erlaubnis, unter Blaulicht zu fahren, und es geht um einen Toten, der uns ja nicht mehr weglaufen kann, Herr Kollege. Also nicht schnell, sondern normal, nach Straßenverkehrsordnung, wenn ich bitten darf.«

»Ja, Sir.« Tobias deutete einen militärischen Gruß an. »Wo darf ich die Herren Hauptkommissare denn hinschaukeln?«

»Richtung Gewerbegebiet am Lindener Hafen. Kennen Sie sich da aus?«

»Nee.«

»Dann sage ich Ihnen, wo wir lang müssen.«

Auf einem kleinen Hof stand ein unscheinbares, ziemlich heruntergekommenes Haus, umgeben von Gebäuden, die offensichtlich gewerblich genutzt wurden oder einfach leer standen. Tobias kurvte an einigen Fahrzeugen vorbei, darunter auch ein Streifenwagen. Die Kollegen von der Polizeiinspektion sicherten gerade die Örtlichkeit mit Flatterbändern.

Schon von Weitem erkannte Leitner Christa Brunner, eine blond gelockte, korpulente Dame mittleren Alters, die zur Spurensicherung gehörte. Sie hatte sich etwas von der Eingangstür entfernt und rauchte.

Leitner ging auf sie zu. »Tag, Frau Brunner.«

»Mensch, das ist ja toll. Herr Leitner ist wieder im Einsatz! Wo warste denn so lange?« Sie zog kräftig an ihrer Zigarette.

»Göttingen, zwei Jahre.«

»Jetzt biste wieder hier in Hannover?«

»Ja. Und Sie? Wie geht es Ihnen? Rauchen Sie immer noch zwei Schachteln am Tag?«

Die ganz in Weiß gekleidete Frau nahm einen weiteren Zug. »Ich kann die Sargnägel einfach nicht lassen. Kommt vom Stress.«

»Wäre schade, wenn wir Sie mal obduzieren müssten«, lächelte Leitner.

»Ach, Unsinn, Räucherware hält sich länger.«

Leitner zeigte auf das Häuschen. »Haben Sie schon was für uns?«

»Eine Leiche, männlich. Sonst noch nichts Konkretes, haben gerade angefangen, vor einer halben Stunde. Ihr könnt euch gern umschauen, komme auch gleich wieder rein. Ein bisschen aufpassen, ist eine echte Rumpelkammer, überall liegt was rum.«

»Machen wir.« Leitner stellte kurz seinen jungen Kollegen vor, doch dieser wirkte abgelenkt und drängte darauf, endlich das Haus betreten zu können. Er wollte losstürmen, doch Leitner hielt ihn zurück. »Wir gehen zusammen rein und verschaffen uns erst mal einen Überblick, gemeinsam.« Er schaute den jungen Mann ernst an. »Hektik ist hier nicht erwünscht, klar?«

»Geht klar, großer Meister.«

»Lass den Quatsch, komm, wir brauchen noch die Schutzkleidung.« Am Fahrzeug zogen sie die Papieranzüge über, am Hauseingang kamen noch Füßlinge und Mundschutz dazu. Leitner streifte sich Gummihandschuhe über und betrat das Häuschen.

»Hier! Guck dir mal die Klingel an, Max.« Tobias drückte auf eine einzelne, zerbrochene Klingel, wobei ein kleines Stück Kunststoff abbrach und zu Boden fiel.

»Mensch, biste irre?«, brüllte ihn Frau Brunner an, die ebenfalls gerade wieder hineingehen wollte. »Ohne Handschuhe wird hier nichts angefasst! Du fasst am besten überhaupt nichts mehr an, junger Freund, habe ich mich klar genug ausgedrückt!?«

»Sorry, tut mir leid wegen der Klingel. Aber ich habe keine Handschuhe dabei. Außerdem drückt da doch sowieso niemand mehr drauf, die ist völlig kaputt, hat keinen Namen und fällt demnächst ganz herunter, Frau Brunnen.«

»Brunner, wenn ich bitten darf. Hier haste welche.« Sie funkelte ihn an. »Eins sage ich dir, junger Freund, wenn das noch mal passiert, gibt es einen Vermerk an die Personalverwaltung wegen Behinderung kriminaltechnischer Arbeiten.« Sie grinste ihn kurz an. »War'n Scherz.«

Tobias nickte nur und streifte sich das Paar Handschuhe über. Eilig verschwand Frau Brunner im Haus. Auch Leitner, der bislang geschwiegen hatte, ging hinein, gefolgt von einem leicht deprimierten Tobias. Ein intensiver, fauliger Geruch empfing sie.

»Boah, stinkt das hier!«, schimpfte Tobias.

Sie befanden sich in einem langen Flur, der an einer offen stehenden Stahltür endete. Überall lagen Gegenstände im Weg herum. Vorne links ging es in eine Art Küche, allerdings ohne Schränke. Das Geschirr stapelte sich teils auf einem großen Tisch, teils daneben auf dem Fußboden. Auf dem Tisch quollen mehrere Aschenbecher über. Um den Tisch herum und an einer Wand standen verstaubte Stühle, teilweise mit aufgerissenen Polstern. An der Wand gegenüber gab es nur ein kleines, farbverschmiertes Becken, in dem diverse Pinsel lagen. Daneben hingen vollkommen verschmutzte Geschirrtücher.

»Ziemlich modernes Design für eine Küche«, murmelte Tobias vorsichtig durch seinen Mundschutz.

Leitner schüttelte sich. »Das ist unglaublich.«

Sie bahnten sich den Weg durch eine Menge an Eimern, Kartons und Farbpaletten. Hinter der Stahltür lag ein Zimmer, in dem in einer Ecke ein Bürotisch mit Laptop sein Dasein fristete, unter einem zugemauerten Fenster stand ein Bett. Über den Raum verteilt befanden sich mehrere Staffeleien.

Von dem Zimmer gingen noch zwei weitere Räume ab, im hinteren der beiden arbeitete Frau Brunner.

»Wo ist der Tote?«, wollte Leitner von ihr wissen.

»Kommt rein.« Hinter der Tür zeigte sie auf eine angerostete Badewanne.

»Oh Gott«, stöhnte Tobias, der sich augenblicklich weißlich verfärbte und eine Hand vor den Mundschutz hielt.

»Junger Freund, wenn, dann vor der Haustür, aber bitte etwas abseits, nicht direkt gegen die Wände.« Frau Brunner wirkte immer noch etwas gereizt.

Tobias nahm die Hand wieder vom Mund weg. »Nee … geht schon … werde es überleben«, stammelte er sich zusammen.

»Überleben ist wichtig, ein Toter reicht mir heute nämlich. Nichts anfassen.«

In der Badewanne lag voll bekleidet ein schlanker Mann, nur die Schuhe standen daneben. Er hatte schulterlange, dunkle Haare, die ihm in einzelnen Strähnen im Gesicht hingen. Obwohl der Oberkörper mit einem langärmeligen T-Shirt bekleidet war, konnte man an den Pulsadern beider Arme diverse Schnittversuche erkennen; das Wasser hatte sich durch das ausgetretene Blut rötlich verfärbt.

»Eigentlich brauchen Sie hier doch gar nicht weiterzumachen. Das ist ja wohl eindeutig. Klarer Fall von Suizid, oder?«

»Das wissen wir noch nicht, Herr Heuward. Ich sag ja immer, dass die Toten mehr erzählen als die Lebenden, sogar mehr als Sie.« Frau Brunner füllte ein Röhrchen mit dem blutigen Wasser.

»Kann ich mir eigentlich nicht vorstellen«, bemerkte Tobias.

»Was kannste dir nicht vorstellen?«

»Dass Tote mehr quatschen als ich.«

Die korpulente, lockige Dame warf Tobias einen bösen Blick zu. »Kann ich jetzt in Ruhe meine Arbeit machen?«

Tobias nickte und verließ den Raum.

»Zwei Fragen noch, Frau Brunner«, schaltete sich Leitner ein.

»Klar, frag doch.«

»Wie sicher ist es, dass dies wirklich nur Wasser und Blut sind?«

»Sehr wahrscheinlich, der Wasserhahn tropfte noch, als ich hier reinkam. Andere Substanzen sollten da nicht drin sein, sagt mir mein Spürsinn, ist ja nicht meine erste rote Wanne mit Leiche. Letzte Sicherheit geben uns die Proben. Gebe ich nachher im Labor ab. Die zweite Frage?«

»Was für eine Augenfarbe hatte der Tote?«

»Das weiß ich nicht, Herr Hauptkommissar.«

»Wieso wissen Sie das nicht?«

»Weil die Lider verschlossen waren. Das ist etwas ungewöhnlich.«

»Darf ich sie kurz öffnen?«

»Nette Kollegen wie du dürfen fast alles bei mir«, sagte sie.

Leitner wollte weder Kompliment noch Anspielung kommentieren, öffnete die Augen der Leiche einen Spalt weit und schloss sie schnell wieder.

»Und?« Frau Brunner war neugierig.

»Ganz einfach – sie sind knallrot. Ich vermute mal, dass der Mann sehr viel Alkohol oder Drogen zu sich genommen haben muss. Unter dem Schreibtisch liegt eine Flasche Rotwein, die sollte für eine derartige Rötung aber nicht ausreichen. Habt ihr Drogen gefunden?«

»Moment.« Christa Brunner hastete zu ihren drei Kollegen und kam kopfschüttelnd zurück. »Bis jetzt noch nicht. Aber wir haben noch einen Schrank und jede Menge Schubladen vor uns.«

»Ich habe hier noch keinen vernünftigen Schrank gesehen.«

»In dem Zimmer vor dem Bad, da warst du wohl noch nicht drin?«

»Nein.« Leitner wollte gerade gehen, da kam ein Polizist auf ihn zu. »Leiten Sie hier die Ermittlungen?«

»Ja.«

»Draußen steht eine junge Frau, die unbedingt ins Haus will.«

»Hier darf niemand rein. Bitte an der Absperrung festhalten. Ich komme gleich.« Leitner holte Werner Zandermann aus dem Nebenraum und ging mit ihm Richtung Tür. Tobias wollte nachkommen. An der Haustür reichte Zandermann Leitner ein Foto. »Das ist der Mann, Verwechslung ausgeschlossen.«

»Wo hast du das her?«, fragte Leitner.

»Aus einer Schublade, hat Heuward entdeckt.«

Leitner zog den Schutzanzug aus, legte Handschuhe, Mundschutz und Füßlinge am Eingangsbereich ab. »Danke.« Das Bild verschwand in seiner Lederjacke. Auch Zandermann entledigte sich schnell der Schutzkleidung, dann gingen die beiden hinaus.

Vor ihnen stand eine junge Frau. Sie war mit einem gelben Thermoanzug und dicken Stiefeln bekleidet und hielt ein weiß-rosa lackiertes Fahrrad fest. »Ich bin Viktoria Schall, was ist hier los?«

Leitner hielt ihr seinen Dienstausweis entgegen. »Hauptkommissar Leitner, Kripo Hannover, dies ist Kollege Zandermann. Was wollen Sie hier?«

»Können Sie nicht erst *meine* Frage beantworten?«

»Wir stellen hier die Fragen. Also, was wollen Sie hier?«

Die Frau schien irritiert zu sein. »Ja, was ist denn passiert? Ich will seit … also, seit mehreren Tagen einen Bekannten von mir erreichen.«

»Und der wohnt hier?«, fragte Zandermann.

»Ja, genau.«

»Verraten Sie uns den Namen?«

»Malte Decker.«

»Wohnt der hier allein?«

»Genau.«

»Frau Schall, können Sie sich ausweisen?«

Sie nickte und zeigte ihm den Personalausweis.

Zandermann war zufrieden. »Da kommt der Heuward. Ich gehe wieder rein zu den Kollegen«, sagte er. »Ihr kommt ja alleine klar.«

Tobias hatte sich ebenfalls seiner Schutzkleidung entledigt, kam angelaufen und zückte sein Notizheft. »Was habe ich verpasst?«

Leitner stellte ihn der jungen Frau vor. »Kollege Heuward.« Dann schaute er zu Tobias. »Dies ist Frau Schall, Viktoria Schall. Ein gewisser Malte Decker wohnt hier.«

»Können Sie mir den Nachnamen von dem Herrn kurz buchstabieren?«, bat Tobias.

Viktoria kam seinem Wunsch nach, wirkte aber immer unruhiger. »Was ist denn jetzt, ist was mit Malte?«

Leitner zeigte ihr das Foto. »Ist das Malte Decker?«

»Das ist er. Das Foto habe ich selbst gemacht, vor etwa zwei Wochen. Wollen Sie mich auf die Folter spannen? Ich flipp gleich aus.«

»Kommen Sie, wir gehen ein Stück. Lassen Sie das Rad stehen, das nimmt Ihnen hier keiner weg.« Leitner schnappte sich das Vehikel und schob es einem Polizisten zu, der es mit freundlichem Lächeln entgegennahm.

Der Hauptkommissar zog Viktoria von der Absperrung weg. Sie entfernten sich vom Haus, Tobias schlich hinterher. Jetzt kam wieder einmal der Moment, den Leitner an seinem Job über alle Maßen hasste und am liebsten anderen Kollegen überließ. Tobias wollte er noch verschonen, Werner Zandermann wäre dafür der ideale Mann gewesen, doch der hatte es ja geschickterweise vorgezogen, im Haus weiter zu recherchieren. Leitner war sich sicher, dass auch er diesem Augenblick hatte aus dem Weg gehen wollen. »Frau Schall, ich habe leider eine traurige Nachricht für Sie«, sagte er leise.

»Was … was ist …«, stotterte sie. Ihr sonnenbankgebräuntes, hübsches Gesicht wurde blass.

»Malte Decker ist verstorben.«

»Was … tot?«

»Ja. Standen Sie ihm sehr nahe?«

»Er war …« Sie hielt inne, Tränen liefen ihr über das Gesicht. »Er war einfach nur ein guter Bekannter, ein Freund.« Die Tränen tropften nun auf ihren Anzug. Leitner öffnete ein Päckchen Papiertaschentücher und reichte ihr eins. Sie vergrub ihr Gesicht darin.

Leitner gab ihr Zeit, jetzt musste man Geduld aufbringen, was ihm allerdings schwerfiel. Plötzlich fiel die junge Frau dem großen Tobias in die Arme und schluchzte laut auf. Hastig steckte der sein Notizbuch ein und streichelte ihr über den Rücken. Eigentlich hatte Leitner ihm Körperkontakt zu beteiligten Personen, insbesondere jungen Damen, untersagt, aber in diesem Fall musste man wohl eine Ausnahme machen.

Dann beruhigte sich Viktoria Schall und ließ Tobias wieder los. »Verzeihung.«

»Nee, Sie brauchen sich nicht zu entschuldigen. Habe ich gern gemacht.«

Das war wieder typisch Tobias! Bevor jetzt noch Einladungen zum Essen- oder Spazierengehen folgten, übernahm Leitner wieder die Initiative. »Frau Schall, geht es wieder?«

»Geht so«, antwortete sie leise.

»Können Sie mir noch ein paar Fragen beantworten oder sollen wir das nachholen?«

»Fragen Sie, ich kriege Malte ohnehin nicht zurück.« Sie schnaubte noch einmal geräuschvoll ihre Nase. »So.«

»Wie lange kannten Sie Herrn Decker?«

»Oh … fünf oder sechs Jahre. Haben uns an der Hochschule kennengelernt.«

»Hier in Hannover?«

»Genau.«

»Wie alt ist Ihr Freund?«

»Also, *ich* bin fünfundzwanzig Jahre alt, das weiß ich genau.« Sie lächelte zum ersten Mal. »Bei Malte bin ich mir nicht sicher, darüber haben wir nie gesprochen. Ich schätze ihn … sagen wir, auf etwa dreißig, ja, so ungefähr.«

»Hat Herr Decker irgendwas mit Kunst zu tun?«

»Das haben Sie doch schon gesehen, Sie waren ja schließlich im Haus! Also, ich habe noch nie einen so talentierten Kunstmaler erlebt. Malte hätte meiner Meinung nach überhaupt nicht zu studieren brauchen, er konnte bereits im ersten Semester jeden Studienkollegen aus jeder Perspektive in Windeseile porträtieren oder Pflanzen fast fotografisch exakt nachmalen. Wenn Sie mich fragen – Malte ist ein Genie … nein … war ein Genie.« Wieder rollten ein paar Tränen, und Leitner reichte ihr ein weiteres Taschentuch.

»Wir haben im Haus nicht ein einziges Objekt entdeckt, an dem Herr Decker gearbeitet hat. Lebte er denn vom Kunstmalen?«

»Weiß nicht genau, nehme es aber an. Gelegentlich hat er mich zum Essen oder auf Partys eingeladen. Dann schwärmte er von verschiedenen Aufträgen, die ihm oft eine Menge Kohle eingebracht hätten. Mehr weiß ich auch nicht.«

Leitner ließ nicht locker. »Was ist für Sie eine Menge Kohle, ich nehme an, Sie meinen Euro?«

»Genau. 'ne Menge Kohle? Zehntausend, zwanzigtausend oder auch mehr, so was in der Größenordnung. Moment mal ... bei unserem letzten Treffen hat er was von einem Auftrag von einhunderttausend Euro geredet, das habe ich ihm aber nicht abgekauft.«

»Frau Schall, ich will Ihnen ja gern Glauben schenken, aber Herr Decker war doch ein unbekannter Künstler, nehme ich mal an?«

»Ja, das stimmt. Keine Vernissage, keine Ausstellungen in Galerien, keine Presse. Das hätte er mir mit Sicherheit erzählt.«

»Wer gibt also einem unbekannten Maler, sagen wir, zehntausend Euro? Und was sind das für Aufträge?«

»Herr Kommissar, ich weiß es nicht.« Wieder liefen ein paar Tränen über ihr hübsches Gesicht. »Ich ... ich kann nicht mehr.«

»Das kann ich verstehen, es ist ein harter Tag für Sie. Kommen Sie nicht gleich morgen, sondern Montagnachmittag zu uns ins Präsidium.«

»Wann soll ich da sein?«

»Um 15 Uhr. Bringen Sie Ihren Ausweis mit.« Leitner reichte ihr eine Visitenkarte. »Bleiben Sie hier stehen, wir fahren Sie jetzt nach Haus. Tobias?«

»Wie jetzt, ich darf die Frau Schall nach Hause fahren?«

»Nein, sag mal den Kollegen im Streifenwagen Bescheid. Sie sollen das Rad mitnehmen. Wir fahren gleich zusammen ins Büro – und hol den Zandermann, er soll mit uns kommen.«

Nachdem das Polizeifahrzeug mit Viktoria Schall verschwunden war, bestiegen die drei ihren dunkel lackierten Pkw.

Auf der Rückfahrt sprachen sie zunächst kein Wort. Dann schlug sich Tobias auf die Oberschenkel. »Leute, die Sache stinkt zum Himmel. Irgendwas stimmt da nicht.«

Leitner rieb sich, ein Stöhnen unterdrückend, den Dreitagebart; er brauchte wirklich dringend seine Magentablette. Werner Zandermann nickte dem jungen Lockenkopf zu und verspürte große Lust, mal wieder ein Zitat loszuwerden. »Hier habe ich was für Malte Decker – ein unnütz Leben ist ein früher Tod. Goethe, 1787.« Er schaute in die Runde, aber niemand reagierte darauf.

»Irgendwas stimmt da nicht«, wiederholte Tobias leise.

Kapitel 4

Freitag, 24. März 2017
Hannover

Bevor sie das Institut für Rechtsmedizin betraten, nahm Leitner seinen jungen Kollegen zur Seite. »Eine Bitte habe ich, Tobias.«

»Und welche?«

»Wir sind verabredet mit einer Frau Engelberg. Sie ist sehr sensibel, also keine dummen Sprüche. Zu Engelberg und den Toten, die hier untersucht werden, fällt dir doch bestimmt wieder irgendwas ein.«

»Nee, Max. Ich würde in diesen heiligen Hallen doch keine Sprüche machen«, erwiderte Tobias, unschuldig wie ein Lamm.

»Das ist doch schon wieder ein Spruch! Das hier sind keine heiligen Hallen. Hier werden Leichen seziert im Dienste der Wissenschaft und der Aufklärung, oft genug für uns die letzte Chance, Morde von Selbsttötung und normalen Todesfällen zu unterscheiden.«

»Verstanden, mein Brötchengeber, Sir.« Der Lockenkopf versuchte sich wieder einmal an einem soldatischen Gruß.

»Lass den Quatsch, und jetzt komm! Keinen Blödsinn mehr ab sofort, sonst vergesse ich mich.«

Tobias nickte.

Der Pförtner meldete die beiden an. »Bitte warten Sie hier, Frau Engelberg holt Sie ab.«

Sie mussten nicht lange warten, dann kam eine sehr große, schlanke Frau mit einer Bubikopffrisur auf sie zu. Als sie Max Leitner sah, strahlte sie über das ganze Gesicht. »Hallo, Herr Leitner, schön, dass Sie wieder in Hannover sind.«

»Ich freue mich auch, Sie wiederzusehen.« Die beiden schüttelten einander die Hand.

»Sie haben einen jungen Kollegen mitgebracht«, stellte Frau Engelberg fest und streckte auch Tobias die Hand entgegen. »Engelberg.«

Tobias gab ihr die Hand und grinste sie an. »Bin noch nicht so lange dabei, ich bin Tobias Heuward, stellen Sie sich einen Tankwart vor, der Heu verkauft, dann passt das schon in etwa mit meinem Nachnamen.« Er hatte noch nicht ganz zu Ende gesprochen, da fing er sich einen bitterbösen Blick von Leitner ein.

»Kommen Sie, ich denke, wir gehen gleich zum Corpus Delicti.« Sie ging vorweg.

Leitner fiel sofort auf, dass sie ihr linkes Bein nachzog. »Was ist denn mit Ihrem Bein?«

Sie blieb stehen und drehte sich zu ihm um. »Ich war über Weihnachten Ski fahren und bin schwer gestürzt. Mein Bein wird wohl für immer steif bleiben.«

Sie gingen weiter. »Das tut mir leid für Sie. Sie waren doch immer eine Sportskanone, wenn ich mich recht erinnere«, sagte Leitner mitfühlend.

»Das war mal. Außer einer speziellen Gymnastik für das Bein gibt es zunächst nichts anderes mehr.« Traurig fügte sie hinzu: »Es ist erst mal aus mit Sport.«

Tobias schnippte mit den Fingern. »Die Idee: Sie könnten doch Billard spielen.« Er schaute sie fragend an.

»Sie sind wohl ein echter Scherzkeks, Herr Heuward?«

»Wieso?«

»Billard spielen ist doch kein Sport, so wie ich ihn betrieben habe; das ist aus meiner Sicht eher ein sinnvoller Zeitvertreib!«

Wieder ein böser Blick vom Hauptkommissar.

Sie betraten einen kleinen Raum, in dem zwei Tische mit grünen Laken abgedeckt waren. Frau Engelberg streifte sich Handschuhe über und zog das eine Tuch etwas zur Seite. »Hier ist Ihr Mann. Der medizinische Befund ist natürlich noch nicht fertig.«

»Sie meinen den schriftlichen Bericht?«

»Ja. Sie warten wohl immer noch nicht gern auf Dokumentationen, oder?«

»Die sind mehr für die Ablage. Sind Sie denn mit Ihren Analysen fertig geworden?«

»Ja, gestern bin ich mit einem Kollegen die Auffälligkeiten nochmals durchgegangen und habe Sie dann heute Morgen sofort angerufen.«

Leitner nickte zufrieden.

Die Gerichtsmedizinerin zog einen Spickzettel aus ihrer Kitteltasche. »Soll ich Ihnen die Fakten vortragen oder wollen Sie Fragen stellen?«

»Machen Sie, fragen können wir immer noch.«

»Also gut. Frau Brunner hatte mir ein kurzes Briefing geschickt, dem ich entnehmen konnte, dass Malte Decker voll bekleidet in einer Badewanne liegend aufgefunden wurde. Nur die Schuhe waren entfernt worden.« Sie schaute auf ihren Spickzettel. »Faktum eins: Der Mann litt an Leberzirrhose, im Volksmund auch Schrumpfleber genannt. Wenn einem so jungen Mann eine Diagnose dieser Art gestellt werden muss, dann ist von exzessivem Tabletten-, Drogen- und/oder Alkoholkonsum auszugehen. Nachweisen konnten wir Morphin als starkes Mittel gegen Schmerzen, die der Tote zu Lebzeiten ohne Zweifel gehabt haben muss, Barbiturate und einiges mehr, die Haaranalyse weist unzweifelhaft auf Kokainmissbrauch hin. Ich möchte Sie hier nicht mit Fachausdrücken zu diversen Stoffen langweilen, das steht dann alles im Bericht.«

»Okay, und weiter?«, entgegnete Leitner.

Frau Engelberg nickte. »Kommen wir zum Faktum zwei: Der Mann hat ein Bronchialkarzinom.«

Da Tobias sie fragend anstarrte, fügte sie hinzu: »Lungenkrebs. Die Röntgenaufnahmen seiner Lunge weisen darauf hin, dass der Mann extrem viel geraucht hat. Das Bronchialkarzinom hat mit Sicherheit starken Hustenreiz ausgelöst. Meine Herren, haben Sie hierzu Fragen?«

»Nein«, sagte Leitner.

Tobias Heuward hob seinen Finger. »Ja, ich … äh, kann man also davon ausgehen, dass dieser Malte Decker in Kürze ohnehin in die ewigen Jagdgründe gegangen wäre?«

Frau Engelberg schaute ihn irritiert an. »Ich weiß nicht, was Sie meinen. Das kann ich nicht sagen, dafür bin ich nicht hier, Sie …«

»Das spielt für unsere Ermittlungen keine Rolle«, würgte Leitner die Diskussion ab. »Wir spekulieren hier nicht, wir brauchen Fakten von der Kollegin!« Er lächelte die Gerichtsmedizinerin an, die jetzt erlöst wirkte, weil sie mit Tobias' Frage nichts anzufangen wusste. Dann fragte er vorsichtig: »Haben Sie noch mehr für uns?«

»Ja. Ein drittes Faktum, Moment.« Sie zog wieder die Notizen aus ihrem Kittel und schaute kurz darauf. Dann war sie mit ihren Blicken wieder bei Leitner. »Der Tote hatte kein Wasser in der Lunge. Er ist folglich nicht in der Badewanne oder sonst wo ertränkt worden oder ertrunken. Dazu Fragen?«

»Nein«, erwiderte Leitner schnell. »Gibt es noch mehr?«

»Ja, zwei Auffälligkeiten kann ich Ihnen noch liefern. Faktum vier: Hämatome an Gesäß und Schädel. Der Mann muss vor seinem Tod schwer gestürzt sein. Und zwar nach hinten.« Sie schlug das grüne Laken bis zum Unterkörper der Leiche zurück und drehte diese etwas zur Seite. »Sehen Sie das?«

Leitner schaute kurz hin, Tobias blieb am Kopfende des Tisches stehen und studierte aufmerksam die Bilder an den Wänden. Leitner gab der Kollegin ein Zeichen, den Leichnam wieder zuzudecken. »Kann dieser Sturz zum Tod geführt haben?«

»Das ist nicht auszuschließen.«

»Was ist mit dem fünften Punkt?«

»Faktum fünf – Frakturen im mittleren Bereich der Wirbelsäule mit Rückenmarksverletzung. Wenn der Mann noch lebte, wäre er unterhalb dieser Frakturen vollständig gelähmt und damit bewegungsunfähig gewesen.«

Leitner schüttelte den Kopf. »Habe ich Sie richtig verstanden? Der Mann hat Brüche an der Wirbelsäule? Wie erklären Sie sich das?«

Frau Engelbert wiegte ihren Bubikopf ein paarmal hin und her. »Wir haben hierauf keine schlüssigen Antworten. Vielleicht ist er mit dem Oberkörper rückwärts in die Wanne gestürzt, aber dazu passt nicht das große Hämatom am Gesäß. Natürlich können Fraktur und das Zuziehen der Hämatome zeitlich auseinanderliegen, aber nicht lange, vielleicht ein, zwei Tage.« Sie zuckte mit ihren schmalen Schultern. »Wir können Ihnen in diesem Punkt nicht weiterhelfen, nur die Fakten liefern.«

»Das ist ja Ihre Aufgabe. Gibt es sonst noch was?«

Der Bubikopf nickte. »Ja, Herr Leitner, zwei Kleinigkeiten noch. Möchten Sie sich hinsetzen? Da vorn stehen zwei Stühle, ich selbst würde lieber stehen bleiben, Sie wissen ja, warum.«

»Wir bleiben stehen. Fahren Sie fort, Frau Engelberg«, antwortete Leitner, und auch Tobias nickte zustimmend.

Sie nahm den rechten Arm der Leiche und drehte ihn vorsichtig auf die Seite, sodass die Handinnenseite nach oben zeigte. »Hier haben wir etwas, was selten vorkommt. Wenn sich jemand in der Badewanne umbringen will, dann genügt je ein Schnitt am rechten und linken Handgelenk, um die Pulsadern zu öffnen. Oder auch nur ein Schnitt an einem der Arme. Hier finden wir aber vier Schnitte vor und am linken Arm drei. Dies wäre eine recht schmerzhafte Angelegenheit, ließe sich aber erklären.«

»Und wie?«, fragte Tobias behutsam.

»Es wurde ein leicht unscharfes Messer benutzt. Unsere Untersuchung der sieben Wunden hat diesen Sachverhalt belegt. Kann ich weitermachen?«

»Ja«, entgegnete Leitner und machte eine Handbewegung zu Tobias, der sich daraufhin seine Frage, die er offensichtlich hatte stellen wollen, verkniff. »Eine Sache hatten Sie noch?«

»Eine letzte, die wir nun überhaupt nicht einordnen können. Wir haben eigenartige Kratzspuren am äußeren Nasen-Mund-Bereich und an den Handgelenken gefunden, links und rechts. Schauen Sie, man kann sie mit bloßem Auge erkennen.« Sie ließ den Arm wieder los und ging dann zum Kopfende des Tisches.

»Das ist ja kurios. Ist das jetzt alles?« Leitner hatte sich über den Kopf des Toten gebeugt und kam langsam wieder hoch.

»Das ist alles.«

Tobias hob den Zeigefinger. »Darf ich eine letzte Frage stellen?«

»Na sicher«, antwortete der Bubikopf.

»In der Wohnung des Toten wurden reichlich Drogen gefunden. Das hat mir Frau Brunner heute Morgen erzählt. Hat er gespritzt, also Heroin oder anderes Teufelszeug?«

»Mein Kollege und ich haben, unabhängig voneinander, den gesamten Körper nach Einstichen abgesucht, aber nichts gefunden. Selbst an den Füßen war nichts.«

»Füße?«, staunte Tobias.

Frau Engelberg lächelte. »Es gibt Menschen, die sich die Spritze zunächst so geben oder geben lassen, dass andere Personen die Einstichstelle nicht bemerken. Bei weiterem Konsum wird dann darauf verzichtet, da es dem Süchtigen schnell egal wird, ob Einstiche zu sehen sind oder nicht.«

Plötzlich fielen Leitner die roten Augen ein, die ihm beim Auffinden der Leiche aufgefallen waren, und er fragte die Gerichtsmedizinerin nach der Ursache.

»Die extreme Rötung der Augen kann viele Ursachen haben – sie kann auf einen Schlaganfall hinweisen, auf eine Entzündung oder eine Sehverschlechterung, hervorgerufen durch den Verschluss von Blutgefäßen in den Augen. Was wir ausschließen können, wäre ein Tumor am Augapfel.«

»Also nichts Eindeutiges.«

»Ja, leider. Haben Sie jetzt noch Fragen? Ich habe gleich noch einen Termin.«

»Nein.«

»Die Dokumentation mit allen Details schicke ich Ihnen zu. Das wird aber erst nach Ostern der Fall sein, schöne Feiertage wünsche ich Ihnen.«

Leitner bedankte sich bei Frau Engelberg, und die beiden Ermittler verließen schnell das Gebäude.

»Soll ich mit Blaulicht zurückfahren? Dann kommen wir schneller durch.«

»Nein, ein letztes Mal: Es gibt keinen Grund zu rasen.«

»Ist klar«, sagte Tobias enttäuscht.

Unterwegs murmelte er vor sich hin: »Ich begreife das alles nicht … ich begreife es nicht … das ist alles scheiße.«

»Was?«, hakte Leitner nach.

»Es kann beides sein, Mord oder Selbstmord. Warum müssen wir eigentlich immer so schwere Fälle haben?«

»Was spricht denn deiner Meinung nach für Suizid?«

»Die blutgetränkte Badewanne und die Schnitte an den Pulsadern. Davor ist der Kerl nach hinten umgekippt und merkt dann, dass er nicht mehr leben will. Schmerzen plagen ihn am ganzen Körper und Hustenanfälle. Der hat keinen Bock mehr gehabt.«

»Spricht denn auch was für Mord, Tobias?«

Dieser antwortete lange nicht und konzentrierte sich auf den Verkehr. Dann sagte er plötzlich: »Ich sage dir, die bunte Tussi, du weißt schon, die Viktoria Schall, die lügt wie gedruckt. Die hat einen Schlüssel, war in der Wohnung, zusammen mit einem kräftigen Freund, so einem Discotürsteher-Typ. Die haben ihn im Vollrausch geschubst, dabei ist er umgefallen, nach hinten, und hat sich verabschiedet, du weißt schon. Dann haben sie ihm die Schuhe ausgezogen und ihn mit dem Oberkörper voran in die volle Wanne geschmissen, dabei ist sein Rückgrat gebrochen, weil der Discotyp den Toten auf den Badewannenrand hat fallen lassen. Dann haben sie Spuren verwischt, was die blöden Kratzspuren erklären könnte.«

»Und warum sollten sie so was tun?«

»Weil sie die Drugs haben wollten, die Malte nicht rausrücken wollte. Sie finden nichts. Damit es nach Suizid aussieht, haben sie ihm mit einem unscharfen Küchenmesser die Pulsadern aufgeschnitten.« Tobias hielt inne. »Und? Wie war ich?«

»Nicht schlecht, aber analytisch nicht ganz vollständig.«

Der junge Lockenkopf starrte ihn an. »Wie jetzt? Analytisch nicht vollständig?«

»Ja. Es gäbe da noch etwas, was wir nicht vergessen dürfen.«

Jetzt war Tobias in seinem Element. »Warte mal, Max. Ich glaube, ich weiß, was du meinst.«

»Ich höre.«

»Erstens: Der Typ kann sich selbst umgebracht haben.«

»Ja. Zweitens?«

»Zweitens: Der Typ ist umgebracht worden, initiiert von der bunten Madame.«

»Warum nur von der?«

»Na ja, ich formuliere mal allgemeiner – der Typ wurde von einer oder mehreren Personen umgelegt, etwa wie eben beschrieben.«

»Besser. Und drittens?«

»Drittens: Der Typ war bereits tot, Leute kommen, finden die Leiche, wollen die Drugs klauen, finden nichts und täuschen einen Suizid vor.«

Leitner nickte anerkennend. »Nicht schlecht.«

»Und was machen wir jetzt?«

»Weitere Ergebnisse abwarten, es gibt genug anderes zu tun.«

»Beispiel?«

»Viktoria Schall befragen und das Tagesgeschäft erledigen.«

»Ist angekommen.«

Kapitel 5

Samstag, 25. März 2017
Schloss Hagenburg

Peter Dorn hatte vermutet, dass die ihm bekannten Bieter wieder mit ihren eleganten, auf Hochglanz polierten, aber langweiligen Luxuskarossen nach Schloss Hagenburg kommen würden. Er hatte kurz überlegt, mit welchem seiner drei Fahrzeuge er dort am ehesten auffallen würde. Keine Frage – er hatte seinen alten Porsche 911 gewählt, der nach einer privat organisierten Rallye über matschige Pisten eine technische Überholung, aber noch keine Grundreinigung erhalten hatte. Das musste es sein – schon vor der Veranstaltung wäre *er* das Gesprächsthema Nummer eins, eine einzige Frechheit, eine bodenlose Unverschämtheit, so vorzufahren mit diesem röhrenden Sound und dem Schmutz. Es war herrliches Wetter, und die Akteure würden sich zunächst draußen vergnügen. Völlig irre, wenn er dann spät kam und alle dumm aus der Wäsche schauten. Das war, seinem Geschmack nach, eine Superidee! Schnell hatte er nach dem Autoschlüssel mit dem grünen Lederband gegriffen, hatte noch mal an seiner Seidenkrawatte gezupft und war losgefahren.

Auf dem Parkplatz am Schloss Hagenburg empfing ihn ein großer, dicker Mann in Nadelstreifen, der entspannt an einer Zigarre zog und auf den Wagen deutete. »Muss mal wieder gewaschen werden, sehe ich das richtig?«

»Sie können ihn kaufen, ungewaschen ist die Kiste relativ preiswert«, flachste Dorn.

»Ich liebe diese alten Kisten mit Boxermotor. Wie viel? Wollen Sie übrigens auch eine?« Der Dicke zog eine Zigarre aus einer Innentasche seines Anzuges.

»Danke, nein. Die Preisverhandlung können wir nach der Auktion führen. Kommt drauf an, wie viel Geld ich heute hierlasse.« Die beiden lachten, der Dicke warf die Reste seiner Zigarre in die Gartenanlage.

Dorn wurde noch mehrfach auf seinen verdreckten Porsche angesprochen, womit sein erstes Ziel erreicht war. Dann schlenderten alle Richtung Auktionssaal. Vor dem Eintritt wurden die persönlichen Daten erfasst, Ausweise kontrolliert und Karten mit einer Bieternummer ausgegeben.

Eine Sonate von Mozart wurde eingespielt und verstummte nach kurzer Zeit. Ein schwarz gekleideter Mann mit weinroter Fliege betrat das Pult. »Sehr verehrte Damen und Herren, ich darf Sie herzlich begrüßen auf unserem wundervollen Schloss Hagenburg. Mein Name ist Fidel Goldherz, und ich führe Sie heute gern durch diese großartige Auktion.« Er fuhr fort:

»Ich hoffe, dass Sie eine beschwerdefreie Anfahrt hatten und dass Sie große Freude an dieser Veranstaltung haben werden.«

Das Publikum klatschte, nur wenige blätterten angespannt in ihren Katalogen.

»Zur Versteigerung kommen heute wieder eine ganze Menge an Losen, leider mussten wir das Los vierzehn herausnehmen, da unsere Zweifel an der Authentizität durch die von uns nachgeforderten, aber nicht eingereichten Dokumente nicht ausgeräumt werden konnten. Verehrte Gäste, wie Sie dem Katalog entnehmen können, handelt es sich um ein Gemälde mit dem Titel *Weidende Kühe*, das dem Maler und Grafiker Hans Thoma zugeschrieben werden sollte.«

Einige Gäste ließen ihrem Unmut freien Lauf. »Och, das ist aber schade, so ein Mist, immer das Gleiche mit diesen bescheuerten Zuschreibungen …«

Der Auktionator ging gleich darauf ein. »Meine Damen und Herren, wir haben heute ein reichhaltiges Angebot gerade auch an Kunst des neunzehnten Jahrhunderts, es wird sicherlich etwas für Sie dabei sein, davon bin ich überzeugt!« Er hüstelte hektisch. »Dann wollen wir starten. Los eins: Herrenarmbanduhr, Topqualität, kaum getragen, ein Produkt von Zenith, Port Royal. Schätzung: eintausend Euro. Wer bietet tausendeinhundert? Höre ich tausendeinhundert?« Die Fliege zeigte mit dem Auktionshammer in die Runde.

Der dicke Zigarrenraucher hielt seine Bieternummer hoch.

»Tausendeinhundert für Nummer dreiundzwanzig, wer bietet die tausendzweihundert? Tausendeinhundert zum Ersten ...« Ein weiterer Herr hielt seine Karte kurz in die Luft. »Eintausendzweihundert für die siebzehn.« So ging es weiter, dann war die Uhr für eintausendsechshundert Euro verkauft.

Peter Dorn hatte eigentlich nur Interesse an einem kleinen, recht unscheinbaren Bild. Los elf war ein Gemälde von Wilhelm Busch. Seit Jahren sammelte er Zeichnungen, Kunstdrucke und Bilder von diesem Künstler, alles, was er bekommen konnte. Bei den Losen zwei bis zehn hatte er deshalb nicht mehr richtig zugehört, verfolgte aber aufmerksam Gestik und Mimik einzelner Personen. Zwei sehr hübsche Frauen waren ihm aufgefallen, die in seinem Alter sein mochten. Als reicher, gut aussehender Junggeselle glaubte er quasi jede Frau der Welt haben zu können, war aber in der Vergangenheit immer wieder an solche geraten, die es mehr auf sein Vermögen abgesehen hatten als auf seine Person. Er verwarf die Gedanken bezüglich der beiden Frauen, amüsierte sich dann köstlich über eine ältere, stark geschminkte Dame mit extrem hochgesteckten Haaren und einen unscheinbaren Mann, der hinter der Dame saß. Es hatte etwas von Komik – der kleine Mann konnte das Geschehen nur verfolgen, indem er ständig seinen Oberkörper von links nach rechts verlagerte; auf die Idee, einen anderen Sitzplatz zu wählen, kam er offensichtlich nicht.

Plötzlich war Dorn wieder hellwach und schaute nach vorn. »Kommen wir zu Los elf, verehrtes Publikum: Die *Wirtshausszene* von Wilhelm Busch, fertiggestellt 1890, auf Pappe aufgezogen, ursprünglich Öl auf Papier mit eingeritzter Signatur, Maße circa neunzehn mal fünfzehn Zentimeter, guter Zustand, keine sichtbaren Mängel.« Wieder hustete der Fliegenmann; er hatte offenbar viel zu schnell gesprochen. »Pardon ... Für dieses Los liegt mir ein schriftliches Gebot vor, fünfhundert Euro über unserem Katalogschätzpreis von neuntausendfünfhundert. Wir starten also mit zehntausend Euro, erster Zuschlag liegt bei elftausend. Ich höre Ihre Gebote.«

Mehrere Bieter zuckten mit ihren Karten, der Auktionshammer zeigte blitzschnell von einer Saalecke zur nächsten. »Zwölftausend, dreizehntausend ... vierzehntausend für die Dame, fünfzehntausend, sechzehntausend ... siebzehntausend.«

Dann wurde es ruhiger. »Siebzehntausend für die Nummer neunzehn, die Dame hier vorn. Siebzehntausend zum Ersten ... siebzehntausend zum Zweiten, bietet jemand die achtzehntausend?«

»Zwanzigtausend«, rief eine männliche Stimme von hinten.

Der Auktionator zeigte mit dem Hammer in Richtung des Mannes. »Zwanzigtausend für die Nummer dreiundvierzig.«

Entsetzt schaute Dorn zu dem Mann, dessen Stimme er nur zu gut kannte – Ignatz von Hellstroem war also auch wieder dabei! Jetzt konnte es teuer werden, schoss es Dorn durch den Kopf. Schnell hob er seine Bieterkarte hoch.

»Einundzwanzigtausend für die Nummer neununddreißig, der Herr auf der anderen Seite!«

»Dreißigtausend.« Hellstroem schien wieder Lust am Geldausgeben zu haben, fassungslos drehten sich einige zu ihm um.

Dorn hob erneut seine Karte.

»Einunddreißigtausend für die Nummer neununddreißig.«

Hellstroem stand auf, zeigte seine Bieterkarte und brüllte in den Raum: »Fünfzigtausend! Und jetzt ist Schluss damit!«

Der Auktionator bekam einen Hustenanfall, bevor er mit hochrotem Kopf weitermachen konnte. »Fünfzigtausend für die Nummer dreiundvierzig. Fünfzigtausend zum Ersten ...«

Peter Dorn konnte nur noch mit dem Kopf schütteln. Hellstroem hatte den Katalogschätzwert von ursprünglich neuntausendfünfhundert Euro für dieses kleine, nicht einmal sonderlich attraktive Bild innerhalb weniger Minuten mehr als verfünffacht!

»Fünfzigtausend zum Zweiten ... Fünfzigtausend zum Dritten.« Der Hammer knallte zur Bestätigung des Kaufs auf die Unterlage des Pults. »Fünfzigtausend für die Nummer dreiundvierzig.« Ein Raunen ging durch die Reihen, und der Mann mit der roten Fliege musste ein paar Minuten pausieren.

Ursprünglich hatte Dorn vorgehabt, die Auktion nach Erwerb des Bildes zu verlassen, nun aber blieb er, um Hellstroem in der Mittagspause zur Rede zu stellen. Es war unglaublich, aber immer, wenn Hellstroem und Dorn in Auktionen aufeinandertrafen, stach Hellstroem Dorn aus. Bei Losen, die Dorn nicht interessierten, blieb dieses Verhalten aus, genau wie die exorbitante Preistreiberei.

Nicht zum ersten Mal fragte sich Dorn, warum sich Hellstroem so verhielt. War es reine Gier oder eher Missgunst? Hatte er ihn verärgert? Vielleicht ein Objekt weggeschnappt, das dieser Kerl selbst unbedingt haben wollte? Oder war es einfach krankhaftes Imponiergehabe? Die beiden hatten sich vor elf Jahren im Golfclub Langenhagen in der Nähe von Hannover kennengelernt und damals eine Menge Whiskey getrunken. Die ersten Jahre hatten sie sich gut verstanden und auch privat getroffen. Danach, etwa Anfang 2013, änderte Hellstroem plötzlich sein Verhalten und zog sich von Dorn zurück. Seitdem hatte Hellstroem ihm alles, wofür Dorn sich interessierte, vor der Nase weggeschnappt. Und dies, obwohl er diese Dinge gar nicht sammelte, denn bei ihrem Kennenlernen hatte er zu Dorn gesagt, dass er sich eher auf teure Werke alter Meister konzentrierte, deren Schätzwert bei etwa einhunderttausend Euro begann. Und eben nicht auf ein unscheinbares Bild von Busch!

In der Pause erwischte Dorn Hellstroem in einer einsamen Ecke des Schlosses. »Guten Tag, Ignatz, sag mal, was soll die Scheiße? Bist du nicht mehr bei Trost, den Busch zum fünffachen Preis zu ersteigern?«

Ignatz starrte ihn entgeistert an. »Verehrter Herr, gestatten Sie mir den Einwand, dass es mir nicht bewusst ist, mit Ihnen in einem Verhältnis per Du zu stehen.«

»Hast du nicht mehr alle Tassen im Schrank, Hellstroem?«, rief Dorn. »Wir duzen uns seit Jahren!«

»Pardon, mein Herr, aber mein Inneres ist nicht geneigt, mit Ihnen in Konversation treten zu wollen. Im Übrigen darf ich Sie darauf verweisen, dass ich nicht Hellstroem heiße, sondern *von* Hellstroem. Ich bitte um Kenntnisnahme.« Hellstroem verschränkte seine Arme und drehte sich erhobenen Hauptes zur Seite.

»Wichser«, entfuhr es Dorn. Er stampfte wütend zu seinem Porsche zurück und trat auf dem Weg gegen alles, was auch nur so aussah, als könnte man es wegkicken.

Am Wagen traf er den dicken Nadelstreifen wieder.

»Na, sauer?«

»Das ist ja wohl klar. Der Mistkerl zahlt ja auch noch die zwanzig Prozent Aufgeld für den Veranstalter, also insgesamt sechzigtausend. Sechsfacher Preis für ein Bild, das der gute alte Mister Busch sicherlich nebenbei bei einer Tasse Tee vollendet hat.«

»Ich habe ihn noch nicht so oft gesehen, aber normal war das vorhin wirklich nicht. Wollen Sie jetzt eine Zigarre?«

»Nein, danke.« Dorn stieg ein und startete den Boxermotor.

»Was ist jetzt mit dem Deal?«, fragte der Dicke.

»Okay, zweihundertfünfzigtausend«, grinste ihn Dorn an.

»Ungewaschen?«

»Ja doch.«

»Fahren Sie vorsichtig, so wütend wie Sie jetzt sind. Passen Sie auf sich auf und vergessen Sie dieses Fitzelchen von Bild vom großen Wilhelm Busch.« Der Mann zog genüsslich an seiner Zigarre und hob die freie Hand zum Gruß.

Peter Dorn raste wie ein Irrer nach Hause. Es konnte so einfach nicht weitergehen. So nicht! Sein Plan musste jetzt mit oberster Priorität weiterverfolgt werden.

Kapitel 6

Montag, 27. März 2017
Zentraler Kriminaldienst

Kurz vor 15 Uhr klingelte Leitners Telefon. »Herr Leitner, hier ist eine junge Frau. Sie sagt, dass sie einen Termin bei Ihnen hat.«

Viktoria Schall war also pünktlich, ein Pluspunkt für sie, den Leitner genau registrierte. »Ja, soll warten. Wird abgeholt.« Er wählte Tobias' Nummer. »Kannst du Frau Schall unten abholen? Besprechungsraum nebenan.«

»Ja, Sir.«

»Lass den Quatsch. Und beeil dich, habe heute nicht unendlich Zeit.« Dann war Zandermanns Nummer an der Reihe. »Werner, die Frau Schall ist gekommen. Willst du dabei sein?«

»Geht leider nicht, Max. Habe gleich einen auswärtigen Termin.«

»Kein Problem, wir halten dich auf dem Laufenden.«

Wenige Minuten später waren Viktoria und Tobias im Besprechungsraum.

»Tag, Frau Schall. Schön, dass Sie pünktlich sind.«

»Ja, ich habe mich auch beeilt.«

»Bitte nehmen Sie Platz, wollen Sie Ihren Mantel ausziehen?«

»Ja.«

Tobias sprang hinzu und wollte ihr helfen.

»Nicht nötig, ich komme bestens alleine zurecht.« Sie hatte sich geschickt von Tobias' Armen weggedreht, der daraufhin zurückschreckte und sich setzte. Frau Schall zog ihren Fellmantel aus und warf ihn nachlässig auf einen freien Stuhl. Zum Vorschein kamen ein hellblau-schwarz gestreifter Strickpullover und ein grüner, kurzer Rock. Dazu orange Seidenstrümpfe, gelb gefärbte Haare mit violetten Strähnchen und knallrote Stiefeletten.

»Ist schon Fasching?«, murmelte Tobias vor sich hin und fing sich einen bitterbösen Blick des Hauptkommissars ein. Glücklicherweise hatte es Viktoria nicht mitbekommen, weil ihre ganze Aufmerksamkeit ihrer Umhängetasche galt. Als sie das Päckchen Taschentücher und ihren Personalausweis hervorgewühlt hatte, setzte sie sich.

Leitner ergriff das Wort. »Frau Schall, wie geht es Ihnen heute?«

»Ganz gut.«

»Geben Sie Ihren Ausweis an den Kollegen, damit wir Ihre Daten notieren können.« Tobias nahm das Dokument und klappte sein Notizbuch auf.

Leitner fuhr fort. »Frau Schall, ich möchte gleich zur Sache kommen. Wir haben noch einige Fragen an Sie.«

Sie lächelte. »Ist klar.«

»Wie oft haben Sie sich mit Malte Decker getroffen?«

»Das hatte ich Ihnen doch schon erzählt. Wir waren gute Freunde. Und gute Freunde kann man nicht täglich sehen.«

»Können Sie das präzisieren?«

»Was soll ich sagen … vielleicht einmal im Monat, aber unregelmäßig, mal öfter, mal seltener.«

»Wann haben Sie ihn das letzte Mal getroffen oder wollten ihn treffen?«

»Wir waren verabredet, das war am … Sonntag, ja, Sonntag, neunzehnter März. Er war aber nicht da. Das letzte Mal getroffen habe ich ihn vor etwa zwei, drei Wochen. Da ist das Foto entstanden, das Sie mir gezeigt hatten.«

»Waren Sie danach mal in seiner Wohnung?«

Viktorias hübsches Gesicht verfinsterte sich. Wütend schlug sie mit der flachen Hand auf den Tisch. »Wird das jetzt ein Verhör? Verdächtigen Sie mich etwa, dass ich was mit Maltes Tod zu tun habe?«

Leitner versuchte sie zu beruhigen. »Sie sind hier in einer Befragung, nicht in einem Verhör. Sie scheinen nach unseren bisherigen Erkenntnissen die letzte Person zu sein, die ihn lebend gesehen hat. Also sind Sie für uns eine wichtige Informantin, das ist doch wohl zu verstehen. Also jetzt – haben Sie einen Schlüssel zu der Wohnung, waren Sie nach Ihrem letzten Treffen noch mal in seiner Wohnung?«

Die junge Frau griff sich ein Taschentuch, schnäuzte kräftig hinein und warf es in ihren Beutel.

»Nein, einen Schlüssel habe ich nicht mehr. Und, nein, ich war nach dem letzten Treffen nicht mehr in seiner Wohnung.«

»Sie besaßen also mal einen Schlüssel? Warum jetzt nicht mehr?«

Die Frau schüttelte den Kopf. »Muss ich das erzählen? Ist das wirklich wichtig?«

»Beantworten Sie meine Fragen nicht mit Gegenfragen. Ihre Aussagen werden nicht an die Öffentlichkeit gelangen, das kann ich Ihnen zusagen. Aber was wichtig ist oder nicht, müssen Sie schon uns überlassen. Also?«

Nach einigem Zögern sagte sie: »Vor ungefähr drei Jahren hatte ich eine Zeit lang keine Wohnung. Malte bot mir an, bei ihm zu übernachten, mit Schlafsack in der Küche. Eines Abends, nachdem wir ordentlich Rotwein getrunken hatten, begrapschte er meine Brüste. Es gab ordentlich Zoff, ich packte meine Sachen und verschwand. Ich blieb einige Tage bei einer Bekannten und habe den Schlüssel vor lauter Wut in den Mülleimer geworfen. Dann bekam ich ein Zimmer in einer WG.«

»Später haben Sie sich mit Malte wieder versöhnt?«

»Ja, genau. Ich habe meine Position deutlich gemacht, es ist nie wieder etwas vorgefallen. Sie glauben mir doch, was ich sage?«

Leitner wich einer Antwort aus. »Anderes Thema: Wir haben Drogen gefunden, ein ganzes Arsenal, von Cannabis bis Crystal Meth. Unsere Experten schätzen die Funde auf etwa fünftausend Euro Marktwert. Das ist außergewöhnlich viel für eine Einzelperson. Wussten Sie davon?«

»Nein«, sagte sie, deutlich verunsichert.

»Frau Schall, vielleicht wissen Sie nichts von diesen gewaltigen Mengen, Sie können mir aber nicht weismachen, dass Sie überhaupt nichts von Maltes Neigung zu Drogen wussten!«

Sie nahm sich ein weiteres Taschentuch und wischte sich die Augen. »Ich wusste von seiner Neigung.«

Leitner nickte zufrieden. »Sie sind wenigstens ehrlich. Meine letzte Frage an Sie: Können Sie mir erklären, warum es in Maltes Wohnung, gelinde gesagt, wie Kraut und Rüben aussieht?«

»Das kann ich. Jetzt, wo Malte tot ist, kann ich ihm ja mit meinen Äußerungen keinen Schaden mehr zufügen.«

Leitner nickte zustimmend. »Frau Schall, ich habe eine große Bitte an Sie.«

»Und die wäre?«

»Überwinden Sie sich jetzt und legen Sie mal alle Karten auf den Tisch! Ich meine, dass Sie uns bisher noch zu viel über Herrn Decker verschwiegen haben. Geben Sie uns eine echte Chance, die Zusammenhänge rund um seine Person besser verstehen zu können.«

Tobias Heuward, der mit seinem Notizbuch beschäftigt war, hob seine linke Hand, ballte sie zur Faust und zeigte mit dem berühmten Daumen nach oben.

Viktoria drehte an ihren bunten Haaren. Nach einer kleinen Pause sagte sie: »Sie haben ja recht, ich versuch's.« Als Malte und sie sich an der Hochschule kennengelernt hatten, hatte er sich ganz selten mal einen Joint gebaut, seine Wohnung war sauber und gemütlich eingerichtet gewesen. In allen Zimmern gab es Schränke, nichts lag herum, außer in dem Raum vor dem Bad, wo seine Aktivitäten als Kunstmaler stattgefunden hatten – in seinem Arbeitszimmer. Das dürfte bei allen Künstlern der Welt wohl ähnlich sein.

Etwa zu der Zeit, als die beiden ihre heftige Auseinandersetzung gehabt hatten, veränderte sich Maltes Verhalten. Er trank mehr, später versuchte er sich an härteren Sachen. Konnte plötzlich von einer Sekunde auf die andere aggressiv werden, dann wieder weinerlich sein, alles hinterfragen und am Leben zweifeln oder einem als hektische Quasselstrippe den letzten Nerv rauben. Seine Fähigkeit, Porträts oder Landschaften zu malen, litt darunter aber nicht, im Gegenteil, er wurde eher besser. Wenn er mal wieder Geld hatte und Viktoria zum Essengehen einladen wollte, rief sie vorher an, um seine Stimmungslage zu überprüfen. Er schien sich dann zurückzuhalten, war nur selten aggressiv oder depressiv. In den von ihr so gefürchteten Ausnahmefällen war sie allerdings konsequent und sagte das Treffen ab. Auf seine Partys ging sie schon länger nicht mehr, auf seiner letzten hatte er zwei Zähne verloren, die ihm einfach aus dem Mund gefallen waren. Warum alles bei ihm heruntergekommen war? Immer, wenn er kein Geld mehr hatte, verkaufte er etwas, zuerst Klamotten, dann Teile seiner Wohnungseinrichtung, sogar einen seiner Staubsauger, dann wohl auch Rauschmittel. Im vergangenen Jahr hatte er alles vernachlässigt, nur Aufträge führte er geradezu gewissenhaft aus.

Natürlich wusste Viktoria von einzelnen Auftraggebern, da hatte sie beim letzten Mal etwas geflunkert. Sein Talent sprach sich in der Kunstszene Hannovers herum. Am Anfang ließen sich ein paar Wohlhabende bei ihm porträtieren, was ihm pro Objekt etwa eintausend bis fünftausend Euro einbrachte. Das war sehr viel Geld, aber er hatte die geniale Idee, dass der Kunde Stil und Darstellungsform vorgeben konnte. So realisierte er zum Beispiel einen der Auftraggeber als Selbstbildnis im Stil des neunzehnten Jahrhunderts und im Kaisergewand Napoleons des Ersten. Das Geschäft war aber wohl rückläufig, als seine Wohnung langsam verrottete. Die Fähigkeit, Kunstobjekte exakt zu kopieren, rief natürlich auch ein paar zwielichtige Gestalten auf den Plan. Na klar, Malte hatte mit den Namen der Auftraggeber herumgeprahlt, aber die hatte Viktoria allesamt schnell vergessen.

Stopp – an einen Namen glaubte sie sich erinnern zu können. Es war Maltes letzter Auftrag in einer schwindelerregenden Höhe von einhunderttausend Euro, was sie ihm nicht geglaubt hatte. Er hatte es ihr am Telefon erzählt, gesehen hatte sie weder den Typen noch das Bild.

»Und wie heißt der Mann jetzt?«, fragte Tobias gelangweilt, ohne von seinen Notizen aufzuschauen.

»Moment … der hieß … ja, der hieß Ben. Ich bin absolut sicher.«

Jetzt zuckte Tobias hoch und starrte die Frau entgeistert an. »Wie jetzt, der Kerl heißt Ben? Und weiter?«

»Nichts weiter, nur Ben.«

»So ein richtiger Kaufmann scheint mir Ihr Malte aber nicht gewesen zu sein«, nörgelte er. »Da kommt einer daher, sagt, er sei Ben, und will einhunderttausend Euro für ein blödes Bild ausgeben. Und Malte findet es geil, kauft Farben, fängt an zu pinseln und weiß nicht mal, wie der Kerl mit Nachnamen heißt und wo er wohnt. Das glaubt doch kein Mensch!«

Ärgerlich richtete sich Viktoria Schall auf. »Erstens: Ein Künstler wird immer, mit Herz und Verstand, ein Künstler bleiben! Alles andere ist zweitrangig, das kann man sich aneignen. Zweitens: Ein Kunstmaler pinselt nicht, er gestaltet. Drittens: Bilder können nicht blöd sein, nur Personen. Viertens: Natürlich kann Malte den vollständigen Namen gewusst haben, auch die Adresse. Aber *ich* weiß eben nur von einem Ben, klar?«

Bevor Tobias reagieren konnte, schaltete sich Leitner wieder ein. »Frau Schall, danke für dieses Gespräch. Sie müssen das Protokoll noch unterschreiben, geben Sie Herrn Heuward Ihre Telefonnummer, wir melden uns. Sie können jetzt gehen.«

Viktoria, etwas überrascht über das plötzliche Ende des Gesprächs, stand auf und kramte ihre Sachen zusammen. Dann setzte sie sich wieder.

»Ist noch was?«, fragte Leitner.

»Ja, eine Sache ist mir noch eingefallen. Etwas, was mich im Umgang mit Malte immer belastet hat.« Sie hielt inne.

»Und?«

Es fiel ihr sichtlich schwer weiterzusprechen. »Also … Malte hatte mal eine Schwester.«

»Das kann jedem passieren«, murmelte Tobias und fing sich wieder einen bösen Blick von Leitner ein.

»Als Malte fünfzehn Jahre alt war, hat er sie ertränkt und …«

»Bitte?« Leitner glaubte sich verhört zu haben.

»Malte hat sie in einem öffentlichen Schwimmbad untergetaucht, haben wir alle schon gemacht oder erlebt.«

»Und weiter?«, bettelte Tobias geradezu.

»Das Problem war, dass er nicht mehr losgelassen hat.«

»Woher wissen Sie das?«, fragte Leitner.

»Er hat es mir vor etwa drei Jahren im Vollrausch quasi gebeichtet. Hat sie noch mal nach unten gedrückt, und als sie sich nicht mehr bewegte, schob er ihr einen Stein in den Mund und ist dann unbemerkt von ihr weggetaucht. Dann hat er dem Bademeister erzählt, dass er seine Schwester vermisse. Die wurde durch das Geschrei mehrerer Kinder sofort entdeckt. Da niemand den Vorgang in dem überfüllten Schwimmbecken beobachtet hatte, blieb Malte straffrei.«

Leitner spürte wieder seine Magengegend. »Das ist Mord, und das mit fünfzehn Jahren, entsetzlich! Hat er berichtet, wo das passiert ist?«

»Nein. Aber ich weiß, dass die Deckers in Österreich lebten. Seine Familie ist daran zerbrochen, er kam dann nach Deutschland.«

»War das jetzt alles?«

»Ja, Herr Leitner. Aber ich bin froh, dass ich diese scheußliche Sache mal loswerden konnte.« Sie verabschiedete sich und ging.

Am Fenster schaute Tobias der jungen Frau hinterher. Wie konnte man nur mit einem weiß-rosa lackierten Zweirad, dessen Lenker auch noch mit Blumen geschmückt war, unterwegs sein? Wie konnte man sich so bunt kleiden? Komische Frau. »Irgendwas stimmt da nicht«, murmelte er vor sich hin.

»Was meinst du?«, erwiderte Max Leitner und strich sich über den Dreitagebart. »Zumindest schien sie endlich ehrlich zu sein.«

»Ehrlich? Die lügt doch wie gedruckt«, ereiferte sich der Lockenkopf. »Ich wette mit dir, dass die uns einige Bären aufgebunden hat.«

»Die Sache mit Österreich können wir klären, wir brauchen nur die Akte.«

»Ja, ist klar.« Tobias rannte von einer Raumecke zur nächsten.

»Zappel doch nicht immer so herum. Setz dich.«

Tobias lief weiter. Dann blieb er plötzlich stehen: »Max, zwei Sachen machen mich total nervös. Ich habe heute Morgen mit Frau Brunner telefoniert – zwei Sachen wurden nicht gefunden.«

»Nun rede schon.«

»Maltes Handy und sein Haustürschlüssel.«

»Ist bemerkenswert.«

»Bemerkenswert? Das ist doch eine großartige Denkleistung von mir. Spinn den Faden doch mal weiter!«

»Ich spinne hier überhaupt nichts weiter. Ich glaub, ich spinne«, grinste Leitner und schüttelte den Kopf.

Tobias wurde ärgerlich. »Du nimmst mich ja überhaupt nicht ernst!«

»Doch. Aber ich denke nicht weiter über ungelegte Eier nach, wobei die Henne, die sie legen soll, erst geboren wird. Verstehst du das, Tobias?«

»Nee, nicht wirklich.«

Leitner erhob sich und ging zur Tür. »Du schreibst doch das Protokoll?«

»Ja, Chef, war ja klar.«

Kapitel 7

Donnerstag, 30. März 2017
Düsseldorf

Er hatte Glück gehabt und ganz in der Nähe der Luegstraße einen Parkplatz gefunden, was im Stadtteil Oberkassel fast aussichtslos war. Beim Einparken sah er, freudig überrascht, dass schräg gegenüber ebenfalls ein Bentley parkte. Es war gerade 10 Uhr geworden, viele gut betuchte Passanten waren unterwegs, Sorge um seinen außergewöhnlichen Wagen brauchte er sich wohl zu so früher Stunde gerade in diesem gehobenen Viertel nicht zu machen.

Dem Kofferraum entnahm er eine flache, aber großformatige schwarze Ledertasche und beeilte sich, um seinen Termin noch pünktlich wahrnehmen zu können.

Verabredet war er mit Professor Doktor Lehmdörfel, einem Spezialisten für Malkunst des siebzehnten und achtzehnten Jahrhunderts. Das Wort dieses Mannes hatte in der Szene Gewicht, seine Expertisen und Gutachten fanden europaweit Beachtung. Auch Dorn hatte sich mal eine kleine Expertise anfertigen lassen. Das war vor etwa drei Jahren gewesen. Über ein Werk eines nahezu unbekannten Malers. Lehmdörfel hatte die Echtheit dokumentiert, Dorns Kaufpreis als Schnäppchen eingestuft. Ein Jahr später verkaufte Dorn dieses Bild für den doppelten Preis.

Er klingelte am Türschild, auf dem nur, ganz bescheiden, *Lehmdörfel* stand. »Ja bitte?«

»Peter Dorn, ich habe einen Termin mit Herrn Lehmdörfel.«

Es surrte, und Dorn schob die schwere Tür auf.

In der ersten Etage wartete ein Herr auf ihn. Seine schulterlangen Haare waren weiß, sein ungewöhnlich langer Bart ebenfalls. In seinem roten Morgenmantel, der auch noch mit hellgrauem Plüsch abgesetzt war, wirkte er wie ein Weihnachtsmann, dem nur die Mütze fehlte. »Herzlich willkommen in Düsseldorf, Herr Dorn. Ich freue mich, Sie begrüßen zu dürfen.«

»Ganz meinerseits, Professor.« Die beiden schüttelten einander die Hände.

»Kommen Sie herein in die gute Stube«, sagte der Professor.

Dorn folgte seiner Aufforderung. Die beiden gingen in ein riesiges Zimmer mit sicherlich tausend Büchern und ebenso vielen Ordnern.

»Bitte nehmen Sie Platz, möchten Sie einen Tee?«, fragte der alte Mann.

»Nein danke. Haben Sie vielleicht ein Wasser für mich? Kaffee, wie man die Brühe auf Raststätten nennt, habe ich unterwegs schon genug getrunken.« Peter Dorn setzte sich auf einen bequemen Sessel vor Lehmdörfels Schreibtisch und stellte seine große Tasche neben sich.

»Moment bitte.« Der Professor lächelte, ging aus dem Raum und kam freudestrahlend zurück. »Hier habe ich noch ein wundervolles Wässerchen für Sie. Jetzt müssen Sie erst mal über sich erzählen, unsere letzte Begegnung ist ja eine ganze Weile her.«

»Ja, das ist richtig. Gesehen haben wir uns vor etwa drei Jahren. Ich habe aber trotzdem sofort wieder hierhergefunden.«

»Was hatten wir damals gemacht?«, fragte Lehmdörfel nach.

»Es ging um ein kleine, angeblich wertvolle Ölskizze von Peter Paul Rubens. Sie hatten mir eine Expertise angefertigt, das war ein Volltreffer!«

»Rubens … Rubens, ja, ich erinnere mich. Leben Sie noch in Hannover?«

»Nein, aber quasi einen Steinwurf davon entfernt.«

»Darf ich fragen, wo genau? Ich kenne mich da ein bisschen aus.«

»In Gehrden.«

»Dort in der Nähe kenne ich ein Restaurant. Da haben einige Kollegen und ich eine Tagung gehabt … tut mir leid, ich habe den Namen gerade nicht parat.« Der Weihnachtsmann lächelte wieder. »Aber Sie sind bestimmt nicht gekommen, um mir zu erzählen, dass Sie von Hannover nach Gehrden umgezogen sind.«

»Nein.«

»Was kann ich denn diesmal für Sie tun, Herr Dorn?«

»Das ist nicht so einfach zu erklären.«

»Da bin ich aber gespannt.«

»Sie haben doch eine Sekretärin, oder nicht?«

»Ich habe keine Sekretärin, sondern hatte jahrelang eine Assistentin. Wieso wollen Sie das wissen?«

»Kommt sie heute noch mal rein?«

»Nein, Herr Dorn, ich musste ihr leider kündigen.«

»Warum?«

»Weil meine Auftragslage seit Jahren rückläufig ist. Ich kann zwar von meinen Arbeiten noch existieren, für eine weitere Person reicht es aber nicht. Düsseldorf ist ein richtig teures Pflaster. Aber langsam verwirren Sie mich mit Ihrer Fragerei.«

»Haben Sie heute noch einen Termin oder kommen heute noch Leute zu Ihnen, erwarten Sie Besuch?«

»Nein, aber was wollen Sie von mir?« Der alte Mann schlürfte an seiner Tasse Tee, stellte sie zitternd ab. »Sie verunsichern mich zusehends, ich hoffe, dass Sie Gründe für Ihr Verhalten haben.«

»Ich brauche was von Ihnen.« Peter Dorn öffnete den Reißverschluss seiner schwarzen Tasche und befreite vorsichtig ein Bild von jeder Menge Packpapier. Dann stellte er es vorsichtig auf die leere Staffelei, die direkt hinter ihm stand. »Schauen Sie mal, Professor.«

Jetzt war der Weihnachtsmann in seinem Element. Er stand auf, schlenderte auf das Bild zu und starrte es eine Weile an. »Das habe ich noch nie in meinem Leben gesehen, und das ist recht lang.«

»Was sagen Sie dazu?«

»Moment bitte.« Lehmdörfel ging zum Schreibtisch zurück und durchwühlte eine Schublade, der er ein Vergrößerungsglas entnahm. Aufmerksam studierte er das

Gemälde, nach vorn geneigt, von oben nach unten, als wollte er es scannen. »Eindeutig siebzehntes Jahrhundert … Italien … Frankreich … England, nein, Belgien oder … oder Holland?« Der Mann zauderte, bis er auf die Signatur stieß. »Diese Signatur stammt von …« Wieder unterbrach er sich selbst.

»Was sagen Sie nun, Professor?«

»Die Signatur deutet auf … ja, sie weist auf Vermeer hin. Jan Vermeer, Holländer, ich meine, 1632 geboren und 1675 gestorben.«

»Nein. 1632 getauft.«

»Herr Dorn, Sie sollten nicht so kleinlich sein. Jetzt geben Sie mir noch ein wenig Zeit.« Der Mann vertiefte sich wieder in das Bild. Nach einer ganzen Weile wandte er sich Dorn zu. »Es dürfte Ihnen bekannt sein, dass Jan Vermeer ungewöhnlich wenig Bilder erschaffen hat. Heute haben wir nicht einmal vierzig Exponate, die nachweislich von ihm stammen oder ihm zugeschrieben werden.«

»Das ist mir bekannt«, antwortete Dorn mit einem Achselzucken. »Was wollen Sie damit sagen?«

»Die Werke sind seit Anfang des neunzehnten Jahrhunderts immer teurer geworden. Verkaufte Jan Vermeer seine Werke noch für zehn oder zwanzig Gulden, was damals viel Geld war, so kosteten sie Ende des neunzehnten Jahrhunderts schon zweitausend Gulden und mehr. Sie werden es nicht für möglich halten, aber selbst Adolf Hitler hat 1940 für ein Gemälde Vermeers mehr als eineinhalb Millionen Reichsmark plus fünfhunderttausend an Steuern bezahlt. Ich hatte die Gelegenheit, einige Exponate von diesem großartigen Künstler in Edinburgh, Den Haag und Dresden zu sehen. Aus alten Auktionsaufzeichnungen weiß man, dass es möglicherweise noch unbekannte Werke in Privatbesitz geben könnte.«

»Alles bekannt. Worauf wollen Sie hinaus?«

»Das fragen Sie noch? Woher haben Sie dieses Kunstwerk?«

Peter Dorn erzählte ihm seine aufwendig konstruierte Geschichte zu diesem Bild, die wohl recht glaubwürdig erschien, zumindest war sein Gegenüber beeindruckt. Offenbar ging Lehmdörfel davon aus, dass es sich um ein solch unbekanntes Werk Vermeers handeln könnte.

Der Weihnachtsmann drehte sich wieder zum Bild. »Vermeer hatte schon zu seiner Zeit eine ganz bestimmte Technik entwickelt, um Schatten darzustellen.«

»Was meinen Sie?«

»Er malte keinen Schatten in Grautönen, wie viele seiner Mitstreiter. Was dies angeht, wäre das Werk korrekt. Es ist so lebendig wie eines seiner berühmtesten Werke, *Dienstmagd mit Milchkrug*, im Rijksmuseum in Amsterdam. Wissen Sie, wie es heißt?« Er schlenderte zum Schreibtisch zurück und zeigte hinter sich.

»Sie meinen den Vermeer, den ich mitgebracht habe?«

»Ja, natürlich.« Der alte Mann nickte so lebhaft, dass seine gesamte Haarpracht wackelte.

»Vermeers Genremalereien, also die Darstellung der damaligen Alltagsszenen, wurden alle nach den im Vordergrund stehenden Personen und Objekten benannt. Dieses Werk hier würde man also am besten mit *Schlafender Soldat mit Weinkrug* betiteln. Also wieder eins seiner häufigen Motive mit einem belehrenden Charakter.

Das Motto in etwa wäre: Ein Soldat soll immer wachsam sein, Alkohol ist zu vermeiden.«

»Herr Dorn, ich gratuliere. Sie haben das damalige Prinzip der Genremalerei wirklich verinnerlicht.«

Peter Dorn nickte. »Ich kaufe und verkaufe schon lange Kunstmalerei, bin ja kein Anfänger.« Er hielt inne und zielte mit dem Zeigefinger auf Lehmdörfel. »Was würden Sie schätzen, was ist dieses Kunstobjekt wert?«

Der Weihnachtsmann schaute zuerst an die Decke, dann fixierte er Dorn. »Sie wissen doch als Profi, dass es bei den alten Meistern nicht einzuschätzen ist. Die meisten Exponate hängen in Museen, hier stellt sich die Frage überhaupt nicht, wie viel etwas wert ist. Man will einfach Werke ausstellen, zur Freude interessierter Bürger. Wenn derzeit überhaupt alte Werke zur Auktion kommen, dann können diese durchaus utopische Summen erzielen. Dahinter stecken Milliardäre vor allem aus Südostasien, den USA und dem arabischen Raum.«

Peter Dorn wurde ungeduldig. Er wollte keine Vorträge über andere Leute, sondern interessierte sich allein für sein Projekt, nur für dieses eine Bild. »Kommen Sie, was schätzen Sie nun? Wie viel ist dieses Bild wert? Meinetwegen in einer allerersten inländischen Auktion?«

»Wenn wir also die fanatischen Milliardäre aus den fernen Ländern ausschließen und eine erste kleine Auktion unterstellen … würde ich sagen … Muss ich mich wirklich festlegen?«

»Bitte versuchen Sie es. Das Bild soll definitiv in Deutschland verkauft werden. Von Privat an Privat, eher im kleinen Umfeld.«

»Sechzig bis siebzig Millionen Euro, später einhundert bis zweihundert Millionen und mehr, je nachdem, wo es präsentiert wird. Es wäre ein richtiger Reichmacher«, lächelte Lehmdörfel. »Aber ich habe trotzdem Zweifel.«

»Woran?«

»Es ist fast zu perfekt. Könnte ein Falsifikat sein.«

Dorn tat so, als ob er die letzte Bemerkung überhört hätte. »Noch was anderes. Am Telefon hatten Sie mir mitgeteilt, dass Sie unbedingt nach Argentinien wollen.«

Der Mann leuchtete geradezu auf. »Ja, das ist mein größter Wunsch.« Einen Augenblick später runzelte er wieder die Stirn. »Aber ich bin immer noch bei Ihrem Objekt. Sehen Sie, keiner von uns wird jünger. Ich habe derzeit noch einen sehr guten Ruf. Ich merke aber, dass meine Sehkraft etwas nachlässt. Lassen Sie mich bei einer Kunsttaxierung mit einem größeren Gutachten mal vollkommen falsch liegen, dann bin ich weg vom Fenster, schlimmer ist, dass ich mich zum Gespött einiger Kollegen und Kunstkritiker machen würde.«

»Und was liegt Ihnen so sehr an Argentinien, wenn ich fragen darf?«

»Das ist ganz einfach – ich habe dort eine liebe Frau, die mich sehnsüchtig erwartet. Bis vor einem Jahr konnte ich es mir noch leisten, alle paar Monate dort hinzufliegen. Jetzt können wir nur noch telefonieren.«

»Sie als bedeutender Experte für Kunstmalerei müssten doch ein Vermögen verdient haben. Soweit ich weiß, haben Sie sogar eine lange Zeit Museen bei Zukäufen beraten, oder?«

»Stimmt. In der Zeit hatte ich auch noch richtig viel zu tun. Aber mit den Verdiensten irren Sie sich.«

»Keine Ahnung, Professor. Aber an einem richtig wertvollen Objekt müssten Sie doch auch entsprechend viel verdienen. Bei einem Schätzpreis von, sagen wir, zehn Millionen würden Sie selbst bei nur einem Promille zehntausend Euro oder Dollar bekommen.«

Der Weihnachtsmann schüttelte energisch den Kopf. »Das wäre schön. Aber die Wahrheit sieht anders aus. Unabhängig vom Wert eines Exponates erhalten wir Honorare zwischen siebzig bis hundert Euro pro Stunde. Dies sind Richtwerte unseres Verbandes, und das wissen die meisten großen Auftraggeber ganz genau. Man kann mal Glück haben und einen hohen Festpreis erzielen, speziell bei einigen wenigen reichen Asiaten, die die abendländische Malerei zum Teil magisch anzieht.«

»Haben Sie so etwas in Aussicht?«

»Nein, schon lange nicht mehr. Aber wieso erzähle ich Ihnen so viel von mir?«

»Weil Sie Glück haben und einen hohen Festpreis erzielen.«

»Wie bitte, um welche Summe geht es?«, fragte der alte Mann aufgeregt.

»Fünfhunderttausend Euro.«

»Für was denn? Moment.« Er rechnete schnell. »Dafür müsste ich weit mehr als eineinhalb Jahre an dreihundertfünfundsechzig Tagen im Jahr arbeiten, bei hundert Euro die Stunde. Das ist doch vollkommen unglaubwürdig, Sie machen Scherze mit mir.«

»Nein, keinesfalls.« Peter Dorn schaute auf seine Armbanduhr, es war gerade 11 Uhr. »Beantworten Sie mir noch schnell ein paar Fragen, dann stelle ich Ihnen dieses einmalige Projekt vor, einverstanden?«

Der alte Mann strich sich durch den Bart. »Ich weiß nicht so recht«, antwortete er vollkommen verunsichert. Dann gab er sich einen Ruck und gestattete die letzten Fragen.

»Also. Sie wollen sich zur Ruhe setzen?«

»Eigentlich schon … schon länger.«

»Sie sehnen sich nach Ihrer Frau in Argentinien?«

»Wenn es überhaupt noch eine Sehnsucht für mich gibt, dann diese!«

»Sie brauchen aber Geld, um hier alles aufzugeben und dort Ihren Ruhestand genießen zu können?«

»Mein weniges Erspartes reicht nicht aus. Meine Frau hat auch nur eine kleine Rinderfarm mit Landwirtschaft und kann sich gerade so über Wasser halten.«

»Sie leben später auf dem argentinischen Land, nicht in einer Großstadt?«

»Auf dem Land. Aber jetzt ist die Fragestunde beendet, Herr Dorn. Was ist jetzt mit Ihrem gewaltigen Auftrag?«

»Das ist ganz einfach beschrieben.«

»Kommen Sie endlich zur Sache, Herr Dorn, Sie machen mich langsam irre. Ich hole mir schnell noch einen Tee.« Lehmdörfel verschwand in der Küche und kam lächelnd zurück. »Nun, ich höre.«

»Sie werden ein Gutachten in normaler Seitenzahl verfassen, so wie alle Ihre größeren Expertisen. Abschluss mit persönlicher Unterschrift und Ihrem runden Stempel.«

»Und worüber? Sie meinen doch nicht etwa …?« Der Professor zeigte auf das Gemälde hinter Dorn.

»Genau darüber brauche ich ein erstklassiges Gutachten. Nicht erst in zwei oder drei Wochen oder gar Monaten, sondern heute noch.«

Der alte Mann wurde rot vor Anspannung. »Nein, das können Sie vergessen! Wie soll ich das Werk so schnell analysieren? Was ist mit einer Röntgen- und Materialuntersuchung? Herr Dorn, mit dem Bild stimmt was nicht, da hat ein talentierter Kunstmaler eine Stilkopie von Vermeer angefertigt, ein Bild, das Vermeer niemals gestaltet hat. Ganz sicher bin ich mir natürlich nicht. Mit Vermeers Maltechnik habe ich mich zu wenig auseinandergesetzt, und Ihre Forderungen an mich halte ich für unseriös. Ich darf Sie bitten, meine Wohnung jetzt umgehend zu verlassen! Eine Untersuchung lehne ich ab. Gehen Sie zu einem anderen Gutachter, ich mache das jedenfalls nicht.«

»Vielleicht kann ich Sie hiermit überzeugen.« Dorn zog eine Pistole und richtete sie auf den Professor. »Ich habe noch etwas ganz anderes gegen Sie in der Hand, nicht nur die Waffe.«

Der Alte wurde kleinlaut, sein langer Bart zitterte leicht. »Und was? Ich habe mir nie etwas zuschulden kommen lassen, gelte in der Kunstszene als seriös und über jeden Zweifel erhaben. Bitte verlassen Sie meine Wohnung!«

»Nicht ganz, Professor. Einmal haben Sie Ihre Macht ausgenutzt und einen unsauberen Deal eingefädelt. Die Sache ist noch nicht verjährt. Es ging um ein Gemälde von Modigliani, den Titel habe ich gerade nicht parat. Sie haben trotz Echtheit einem Museum vom Kauf abgeraten, da Ihnen ein Scheich einhunderttausend Dollar Schmiergeld gezahlt hatte, um dieses Kunstwerk selbst zu bekommen. Auf einer Auktion in New York hat das Museum das Preisgebot zurückgenommen, nicht mitgeboten, und der Scheich bekam es zum fast gleichen Preis.

Kurz nach Geschäftsabwicklung haben Sie die Echtheit öffentlich gemacht, sich beim Museumsdirektor entschuldigt. Es konnte Ihnen ja weiter nichts passieren, das Werk wird wohl auf ewig in einem Palast oder in einem Tresor verschwunden sein. Klingelt es jetzt bei Ihnen?«

»Ja, aber woher wissen Sie das?« Lehmdörfel zitterte jetzt am ganzen Körper.

»Das spielt keine Rolle. Also, wenn Sie nicht mitspielen, zu Hause habe ich bereits eine Mitteilung für die internationale Fachpresse fertiggestellt, die den damaligen Sachverhalt beschreibt und auch beweist. Wenn ich das veröffentliche, sind Sie ohnehin ein toter Mann.« Dorn wurde laut. »Starten Sie jetzt endlich Ihren Rechner! Wir schreiben jetzt gemeinsam das Gutachten für den Vermeer, danach erkläre ich Ihnen, wie Sie die fünfhunderttausend Euro erhalten und wie und wann Sie aus Deutschland verschwinden. Sie sind nach dem Gutachten in Rente, schreiben nie wieder Fachbeiträge, nehmen keine Aufträge mehr an. Sollte ich von Ihnen danach noch irgendetwas sehen oder hören, komme ich persönlich nach Argentinien und erschieße Sie und Ihre Frau.«

»Ist Ihnen die Sache wirklich so viel wert?«, fragte der Mann vollkommen verstört.

»Die Fragestunde ist beendet, wie Sie schon sagten.« Dorn nahm sich einen Stuhl und rückte zu Lehmdörfels Computer. »Klare Regelung, es wird nichts gespeichert. Außerdem arbeiten Sie erst mal mit Ihren Textbausteinen. Die wichtigen Sachen diktiere ich Ihnen, haben Sie verstanden?« Er richtete seine Pistole wieder auf den Professor, der jetzt ruhig wirkte, sich offenbar seinem Schicksal ergeben hatte.

»Ja, habe ich verstanden.«

Drei Stunden später waren sie fertig. Das auf Lehmdörfels Spezialpapier ausgedruckte Dokument bescheinigte die Echtheit des angeblichen Vermeers, Lehmdörfels gewaltiger Stempel und seine Unterschrift mit einem Kalligrafiestift schlossen die Arbeit ab. Dorn verstaute die Seiten in einem verschließbaren Aktendeckel, dann verpackte er sein Bild in der großflächigen, schwarzen Ledertasche. Währenddessen saß der alte Mann zusammengesunken auf seinem Bürostuhl und wagte es nicht, sich von der Stelle zu rühren. »Bin ich jetzt im Ruhestand, Herr Dorn?«, fragte er vorsichtig.

»Gewiss, Professor. Setzen Sie sich auf die andere Seite des Schreibtischs, dann erkläre ich Ihnen die Details des Geldtransfers. Zuvor lösche ich Ihre Festplatte.«

Der Mann erhob sich und wankte um den Schreibtisch herum. »Muss das denn sein?«

»Nein, aber es dient mir zur Sicherheit, dass Sie als Gutachter wirklich aufhören.«

»Und das alles wegen einer gut gemachten, aber vollkommen wertlosen Stilkopie, sind Sie noch bei klarem Verstand?«

Unvermittelt schrie Dorn ihn an. »Noch einmal eine derartige Provokation, und ich erschieße Sie noch hier in der Wohnung!« Die Pistole zielte drohend auf den weiß behaarten Kopf.

»Äh … entschuldigen Sie.«

Dorn unterstrich mit dem erhobenen Zeigefinger, dass er seine Drohung ernst meinte. »Nicht noch einmal, Professor!«

»Nein.«

»So, das Löschprogramm ist gestartet. Geben Sie mir jetzt die Dokumente, die Sie von mir noch in Ihren Ordnern haben.«

Jetzt wurde der Weihnachtsmann geradezu kooperativ, gab ihm die entsprechenden Unterlagen zurück, unter anderem sein Rubens-Exposé. Dorn verstaute alles in seiner großflächigen Tasche. »Jetzt packen Sie sich ein paar Sachen zusammen, Männer brauchen ja wohl nur einen Koffer.«

»Wozu soll ich das tun?«

»Sie fliegen heute noch vom Flughafen Düsseldorf über London nach Buenos Aires.«

»Bitte was?« Lehmdörfels Blick war zweifelnd und glücklich zugleich.

Dorn hob wieder seine Pistole. »Nun machen Sie schon. Ihr Flieger geht um 18 Uhr! Beim Packen muss ich Sie allerdings begleiten, damit Sie keinen Unsinn machen. Los jetzt!«

So schnell er konnte, packte der alte Mann ein paar Sachen zusammen. Unterdessen berichtete Dorn von der Abwicklung der Zahlung der fünfhunderttausend Euro. Zwölftausend Euro sollte Lehmdörfel am Flughafen in bar erhalten, der Rest würde über einen Transferdienst nach Argentinien übertragen. Dazu musste sich der Alte nur einmal kurz über ein Handy melden und Dorn eine Kontonummer durchgeben. Innerhalb von wenigen Tagen konnte er dann über das Geld bar verfügen, gegen eine geringe Gebühr. Danach mussten alle Verbindungen nach Europa und auch nach Buenos Aires gekappt werden. Auch das Handy musste verschwinden.

»Das ist ja unglaublich. Sie haben das alles bis ins Letzte geplant. Wie können Sie so etwas machen?«

»Weil ich es kann«, grummelte Dorn. Selbstbewusst hob er wieder die Pistole. »Nun kommen Sie zum Schluss mit der Packerei. Mit dem Geld können Sie sich neue Sachen kaufen und mit Ihrer Frau wunderbar leben.«

Natürlich hatte Dorn nicht ein einziges Mal mit dem Gedanken gespielt, den Mann zu töten. Er hätte es sowieso nicht fertiggebracht. Sollte der alte Mann doch noch ein paar Jahre glücklich sein. Das Geld spielte keine Rolle, für den kleinen Deal hätte er ihm auch mehrere Millionen anbieten können. Es ging ausschließlich um den Plan, den großen Plan, in dem Lehmdörfel nur ein Rädchen war, wenn auch ein wichtiges.

Sie waren rechtzeitig am Düsseldorfer Flughafen angekommen. Am Check-in drang er noch mal auf den alten Mann ein. »Versuchen Sie nicht, mir die Polizei auf den Hals zu hetzen. Sie sind ein intelligenter Mann. Ich habe ja nichts verbrochen, ganz im Gegenteil – *Sie* haben eine falsche Expertise abgegeben. Von dem eben verfassten Schriftsatz werden nur sehr wenige Personen erfahren, nicht unbedingt Profis. Aber … denken Sie weiterhin an Ihren Fehltritt mit dem Scheich. Wenn Sie sich nicht an meine Vorgaben halten, veröffentliche ich die Geschichte in allen Fachzeitschriften, was Sie für immer denunzieren wird. Alles Übrige, wie die Kündigung Ihrer Wohnung und Ihrer Verbandszugehörigkeit, Übergabe der Schlüssel etcetera, das regeln Sie ab sofort von Argentinien aus, haben Sie das verstanden?«

»Ich habe verstanden, Herr Dorn. Ich bin Ihnen ja fast zu Dank verpflichtet. Endlich kann ich zu meiner Frau.«

Der Mann rieb sich eine Träne der Erlösung aus den Augen. »Und Sie werden bestimmt nichts gegen mich unternehmen?«

»Selbstverständlich nicht, Herr Professor. Sie sollen Ihren Ruhestand ja genießen können. Die Pressemitteilung vernichte ich, sobald Sie sich aus Argentinien melden. Und nun gehen Sie schon, es wird Zeit.«

Der Alte gab seinen Koffer ab und verschwand. Dorn wartete noch so lange, bis das Flugzeug abhob. Dann ballte er seine rechte Faust und nickte sich zufrieden zu. Er musste sogar immer wieder laut auflachen, während er zu seinem Bentley zurückkehrte. Auf dem Weg dorthin fand er einen großen Stand-Aschenbecher, in dem man auch Müll entsorgen konnte.

Wie zum Beispiel seine Pistole, die er in die untere Öffnung hineinwarf, nachdem er sie sorgfältig abgewischt hatte, um keine Spuren zu hinterlassen. Er hätte Lehmdörfel schon aus rein technischen Gründen nicht erschießen können. Es war schon bedenklich, wie echt diese Spielzeugwaffen heutzutage aussahen.

Kapitel 8

Mittwoch, 5. April 2017
In einem Wald

Es war schon spät geworden, dann endlich hatte er ein kleines Waldstück entdeckt, das ihm für die Übernachtung geeignet schien. Langsam fuhr er mit seinem Bulli über den sandigen Feldweg, um möglichst wenig Staub aufzuwirbeln. Immer wieder blickte er zurück, ob man sein Fahrzeug von der Straße aus noch sehen konnte. Er wollte nur so weit hineinfahren, bis er sicher sein konnte, nicht gleich bemerkt zu werden. Viel zu oft hatten ihn Förster, Jäger oder Anwohner vertrieben. Auch das Parken am Rand von Feldern, weitab von Straßen, konnte unangenehm werden. Bauern hatten ihm schon Schläge angedroht, wenn er nicht auf der Stelle verschwand.

Der sandige Pfad machte eine kleine Linkskurve und dann wieder einen Schlenker nach rechts. Hier schien es ideal zu sein. Um sicherzustellen, dass hinter der nächsten Biegung nicht gleich wieder Dörfer oder Bauernhöfe auftauchten, stellte er den Bulli an der Seite ab und lief ein Stück zu Fuß weiter. Nach einer Weile kehrte er um, die bewaldete Fläche schien doch größer zu sein als erwartet. Auf Reifenspuren hatte er geachtet, fand aber keine. »Das ist gut hier«, murmelte er zu sich selbst. Vielleicht könnte er sogar ein paar Tage länger bleiben. Einen kleinen Vorrat an Speisen und Getränken hatte er noch.

Jetzt erst mal ausspannen nach der langen Fahrt. Er öffnete die Schiebetür seines dunkelgrün lackierten Kultautos, griff nach einem Klappstuhl und dem Aschenbecher. Dann drehte er sich eine Zigarette, die er in aller Ruhe rauchte. Als er aufstand, spürte er wieder diesen dumpfen Schmerz in den Knien. Bei zu schnellen Bewegungen trat dieser neuerdings auch an anderen Gelenken auf. Zudem litt er unter zunehmendem Hörverlust. Wenn ihn jemand leise ansprach, verstand er nichts mehr; immer öfter musste er die Menschen bitten, lauter zu sprechen. Seine eigenen Worte dröhnten in seinem ganzen Körper, er hörte sich selbst immer mehr von *innen*, sein Körper war längst zum Resonanzboden geworden.

Ja, er spürte jetzt häufiger, dass er alt geworden war, sehr alt …

Irgendwann war Schluss mit der ewigen Herumreiserei mit dem Bulli, das wurde ihm immer bewusster. Was aber sollte er dann tun? Diesen Gedanken schob er schnell beiseite. Bei seiner zweiten Zigarette geriet er wieder ins Träumen über alte Zeiten.

In der Schule hatte Franz Irrmann, immer schon Franzi genannt, bei seinem Musiklehrer kostenlosen Gitarrenunterricht erhalten, außer diesem Instrument hatte ihn nichts wirklich interessiert. Nur zwei, drei Mädchen vielleicht, die er klasse fand, die ihn aber trotz all seiner Bemühungen nicht ernst nahmen. Je mehr sie ihn hänselten und verspotteten, desto intensiver spielte er Gitarre, lernte von erfahrenen Musikern die wildesten Akkorde kennen und wie man diese auflöste. Mit achtzehn verließ er sein Elternhaus und ging nach New Orleans, wo er Jazz- und Countrymusik kennenlernte und den Blues verinnerlichte. Er wurde so gut, dass er in *schwarzen* Combos als *Back-up-man* mitmachen durfte. Weiter im Norden der USA schloss er sich Countrybands an, mit denen er wochenlang durch die Musikclubs tourte. Das brachte so viel Geld ein, dass er sich bald seine erste E-Gitarre mit Soundanlage leisten konnte. Zurück in Deutschland, gründete er in Hamburg eine eigene Band namens *Rockens* und widmete sich ganz dem Softrock. Auch die E-Gitarre beherrschte Franzi so gut, dass Fans von ihm behaupteten, sie führe auf der Bühne ein Eigenleben, sie jubelte, schrie und weinte zu den harmoniereichen Klängen der Band.

Irgendwann nahm sein Drogenkonsum überhand. Er musste zwei Gigs absagen, einen dritten abbrechen, weil er auf der Bühne zusammengebrochen war. Es gab mächtig Streit mit den Bandmitgliedern, die sich daraufhin von ihm trennten. In dieser Zeit nannte man ihn Franzi, den Irren. Es folgten sieben schlimme, verlorene Jahre, in denen er drei Entziehungskuren über sich ergehen lassen musste. Erst danach war er in der Lage, den Drogen zu entsagen, verkaufte sein Rock-Equipment und spielte wieder akustische Gitarre. Alles hatte er verloren, alle Freunde, seinen kleinen Ruhm als außergewöhnlicher Sologitarrist, seine Eltern, die verstorben waren, seinen gesamten Lebensmut. Er spielte mit dem Gedanken, seinem Leben ein Ende zu setzen.

Dann lernte er ein Mädchen kennen, das er liebevoll *Schätzchen* nannte, es war die Frau seines Lebens. Sie waren verliebt bis über beide Ohren, waren viel unterwegs. Sie, die kleine zierliche Dame mit schwarzen Haaren bis zur Taille, er, groß, fast spindeldürr und mit zotteligen Haaren. Sie war der Antrieb in ihrem gemeinsamen Leben, er der Ruhepol. In dieser Zeit kaufte er sich den dunkelgrünen Bulli, was ihre Reisen noch intensivierte. Sie jobbten gelegentlich, um sich über Wasser zu halten. Dann kehrte der Alltag bei ihnen ein, er trank wieder sehr viel, sie zog sich langsam von ihm zurück. Oft redeten sie tagelang fast nichts mehr miteinander, sie schlief im Bulli und er in einem kleinen Zelt. Als er ihr heimlich eine Flasche Parfum leer trank, um an noch mehr Alkohol zu kommen, war ein Tiefpunkt in ihrer Beziehung erreicht.

Eines Nachts, ausgerechnet in der Nähe von Paris, der Stadt der Liebe, verschwand das zwanzig Jahre jüngere Schätzchen spurlos und hinterließ ihm nur wenige Worte – *Ich hab die Faxen dicke.* Keine Unterschrift, kein Lebewohl, nichts. Dieser Zettel hing immer noch über der kleinen Kochstelle im Bulli. Seit dieser Zeit nahm er weder Drogen noch Alkohol zu sich. Stattdessen trank er schwarzen Tee, Kaffee oder pflückte sich in den Feldern und Wäldern Kräuter, die er mit heißem Wasser aufbrühte. Und er wurde ein rastloser, einsamer Mann, manchmal war ihm, als bestehe sein Leben eigentlich nur noch aus der Suche nach seinem Schätzchen …

Es wurde langsam dunkel, und Franzi verspürte Hunger, erhob sich unter Schmerzen aus seinem Klappstuhl, stieg vorsichtig in das Fahrzeug ein, entzündete das Gas und kochte die restlichen Brechbohnen vom Vortag. Mehr war gerade nicht im Angebot, dachte er und musste schmunzeln. Denn die anderen Vorräte mussten noch bis zum Wochenende reichen. Die Dosen-Pilzsuppe wollte er morgen essen, sie war schon vierzehn Tage abgelaufen. Zum Frühstück sollte es ein vertrocknetes Brötchen geben. Durchaus genießbar, wenn man es in schwarzem Kaffee eintauchte. Vielleicht fand er morgen früh noch ein paar Gräser, um die erste Mahlzeit des Tages ein wenig anzureichern.

Kapitel 9

Montag, 10. April 2017
Gehrden bei Hannover

Peter Dorn hatte sich den Wecker auf 9 Uhr gestellt, sprang aus seinem Wasserbett und ging pfeifend unter die Dusche, die ihn vollends munter machte. Heute hatte er einen Termin mit Karl, seinem langjährigen Freund und Wegbegleiter.

Doktor Karl Sonnfeld und er hatten gemeinsam Abitur gemacht. Obwohl sie danach getrennte Wege gingen und ihre Treffen seltener wurden, blieben sie Freunde. Während sich Dorn in der Welt herumtrieb, dabei auch drei Jahre als Rockmusiker unterwegs war, studierte Sonnfeld Rechtswissenschaften, promovierte danach und gründete nach zehnjähriger Berufspraxis in der Bankenwelt sein eigenes Unternehmen, das Bankhaus Sonnfeld & Co. KG, das er nun etwa fünfzehn Jahre als geschäftsführender Gesellschafter leitete. Dorn dagegen hatte sich in allen möglichen Berufen versucht, aber nie eine Ausbildung abgeschlossen, bis er einen Antiquitätenhändler kennenlernte und diesem Gewerbe treu blieb. Ein paar lohnenswerte Transaktionen ermöglichten ihm dann die Eröffnung eines eigenen Antiquitätengeschäftes, das er zügig ausbaute, mit Kontakten zu den Auktionshäusern in New York und London. Mit zahlreichen Gemälden hatte er sowohl im Ankauf als auch beim Verkauf über Auktionen unverschämtes Glück gehabt und ein Vermögen gemacht. Dieses wuchs weiter an, als er seinen florierenden Betrieb mit zehn Filialen an einen ausländischen Investor verkaufen konnte. Auf- und Ausbau seiner Geschäfte hatte Karl Sonnfeld begleiten können, von Beginn an hatte der Banker Dorns Konten und Depots geführt, sodass die Freunde sich wieder häufiger trafen. Nach dem Verkauf seines Filialbetriebes fühlte sich Dorn freier und unabhängiger, hatte nun endlich Zeit, sich ein Netzwerk für Antiquitäten in den west- und osteuropäischen Staaten aufzubauen. Seine Vermutung, dass noch so manches wertvolle Kunstwerk auf irgendwelchen verstaubten Speichern zu finden sei, erwies sich als richtig, schon dreimal hatte er in Polen und einmal in Frankreich Volltreffer landen können. Das Prinzip war simpel, Mittelsmänner, allesamt eher Laien, boten ihm immer wieder über das Internet Objekte an, die er einigermaßen fair bezahlte, sofern er in diesen eine Verdienstchance sah.

Jetzt, auf dem Weg zu Karl Sonnfeld, ärgerte Dorn sich wieder einmal über den zäh fließenden Verkehr und die vielen Baustellen in Hannover. Er steuerte seinen inzwischen auf Hochglanz polierten Porsche in die Tiefgarage unter dem Opernplatz, er hatte fast eine Stunde hierher gebraucht, war aber noch pünktlich. Dann überquerte er den Platz in Richtung des Banken- und Börsenviertels. Kurz vor dem Gebäude der Börse Hannover hatte das Bankhaus Sonnfeld & Co. KG seine Zentrale.

Der Pförtner avisierte den Gast und sagte: »Herr Doktor Sonnfeld erwartet Sie, das Sekretariat sagte, dass Sie sich hier im Haus auskennen?«

»Das ist richtig, ich kenne den Weg.« Dorn überwand die große Steintreppe, indem er zwei Stufen auf einmal nahm. An ihrem Ende brachte ihn der Fahrstuhl dann in die dritte Etage.

Sonnfeld erwartete ihn im Sekretariat. Dorn begrüßte die Mitarbeiterinnen, dann nahmen sich die beiden Mittfünfziger in die Arme.

»Wo sind denn deine grauen Haaransätze geblieben, Herr Doktor?«, fragte Dorn seinen Freund.

»Man kann ja ein wenig nachhelfen, solange das nicht zu sehr auffällt. Komm rein in die gute Stube.« Sonnfeld wies auf den Eingang zu seinem Büro, die beiden gingen hinein, und der Doktor schloss die schwere, abhörsichere Eichentür hinter sich. »Nimm Platz. Willst du etwas trinken, Peter?«

Der verneinte und setzte sich auf einen der schwarzen Ledersessel in der Besprechungsecke, die ein heller Marmortisch zierte. Sonnfeld goss sich ein Glas Wasser ein, trank einen Schluck und wandte sich dann seinem Gegenüber zu. »Zunächst eine Information für dich: Gestern ist die letzte eurer vereinbarten vier Geldtranchen eingegangen. Zehn Millionen, das war doch richtig?«

»Völlig richtig, Karl.«

»Und wie geht es dir jetzt, nach dem Verkauf und der einwandfreien finanziellen Abwicklung deines Betriebes, an der ich ja auch einen bescheidenen Anteil habe?« Sonnfeld verschränkte die Arme und lächelte.

»Karl, ohne dich wäre das wohl nicht so reibungslos gelaufen, also tu nicht so bescheiden«, lächelte Dorn. »Der Verkauf war wie eine Erlösung für mich, ich hatte mich mit dem Ankauf von zu viel preiswertem Trödelkram einfach übernommen! Und durch die Filialstruktur wuchs mein Management- und Kontrollaufwand derart an, dass ich nur noch unter dem Diktat meines Terminkalenders stand. Jetzt bin ich wieder ein freier Mann und kann mich auf das konzentrieren, was ich liebe, auf Gemälde, Skizzen und Grafiken.«

»Freut mich, dass es dir jetzt besser geht«, lächelte Sonnfeld verständnisvoll und nahm einen weiteren Schluck. »Ich war ohnehin vom Filialausbau in deiner Branche nie ganz überzeugt, wenn du dich erinnerst.«

»Ich weiß, ich hätte gleich auf dich hören sollen.«

Wieder verschränkte Sonnfeld seine Arme. »Kennst du eigentlich den Stand deines gegenwärtigen Vermögens?«

»Wenn ich ehrlich bin, nicht genau … eigentlich gar nicht.« Dorn schüttelte irritiert den Kopf. »Ich hoffe, du sagst es mir gleich.«

»Liquidität, Festgelder und Ähnliches belaufen sich auf einhundertfünfzig Millionen, dazu Fonds, Gold, Derivate und Aktien in Höhe von circa achtzig Millionen, allerdings täglich schwankend. Zusammen sind das derzeit zweihundertdreißig Millionen Euro. Deine beiden Immobilien sind wohl auch zwei bis drei Millionen wert, im Vergleich ein zu vernachlässigender Posten. Außerdem weiß ich nicht, wie viel Bargeld du unter deinem Kopfkissen hast«, grinste Karl.

Dorn musste lachen und steckte Sonnfeld damit an. »Unterm Kissen ist nichts; was ich in meinem Geldbeutel habe, ist ebenfalls zu vernachlässigen, angesichts von … wie viel war das?«

»Zweihundertdreißig Millionen.«

»Hätte ich jetzt nicht gedacht.«

»Allein der Verkauf deiner Antiquitätenkette hat dir insgesamt vierzig Millionen auf die Girokonten gespült.«

»Klingt doch alles sehr gut. Du hast mich zu diesem Gespräch eingeladen. Was möchtest du denn jetzt von mir, Karl?«

»Liegt auf der Hand. Du hast zu viel liquide Mittel, die unverzinst auf den Konten gammeln. Nehmen wir an, dass wir eine Inflation, drastischer formuliert, eine Geldentwertungsrate von zwei Prozent pro Jahr, hätten. Das ist die Rate, die die europäische Zentralbank anstrebt, die aber nicht überschritten werden soll. Bei zweihundertdreißig Millionen bedeutet dies für dich einen jährlichen Wertverlust von über viereinhalb Millionen Euro Geldvermögen pro Jahr! Du hast einfach zu viel flüssige Mittel, um der Geldentwertung entgegenzuwirken. Hast du denn irgendwelche größeren Investitionen geplant?«

Dorn zögerte, dann sagte er zögerlich: »Ich brauche in nächster Zeit etwa achtzig Millionen auf den Girokonten. Vielleicht auch nur siebzig, ich weiß es noch nicht ganz genau.«

Sonnfeld trank wieder einen Schluck von seinem Wasser. »Klingt spannend. Können wir darüber reden?«

»Nein, Karl, jetzt noch nicht. Außerdem wollte ich mir demnächst einen nagelneuen Heißluftballon mit allem Drum und Dran kaufen. Jetzt habe ich ja wieder Zeit für mein liebstes Hobby.«

»Was kostet das?«

»Der Ballon mit dem gesamten Equipment inklusive eines größeren Anhängers, alles vom Feinsten, also ... ich schätze mal ... mindestens fünfzig- bis siebzigtausend Euro. Eventuell brauche ich auch noch eine bessere Zugmaschine, einen neuen Mercedes mit Anhängerkupplung, dann sind wir bei etwa hundertfünfzigtausend.«

Sonnfeld winkte ab. »Okay, okay. Wenn du siebzig bis achtzig Millionen zurückhalten willst, dann reden wir eben später über neue Anlagen. Ich bin immer für dich da, Peter, das weißt du.«

»Das weiß ich schon lange zu schätzen, auch wenn ich nicht immer deinen Ratschlägen gefolgt bin.« Peter Dorn wollte das Thema wechseln. »Wie geht es euch denn privat? Ist alles okay?

»Es ist wie immer. Leider bin ich viel zu viel unterwegs und kann mich nicht so richtig um Maria kümmern. Ich glaube, dass wir schon eine ganze Weile nebeneinanderher leben. Sie hockt natürlich auch nicht nur zu Hause herum, so passiert es immer öfter, dass wir uns auch dann nicht sehen, wenn ich keine Termine habe. Getrennte Schlafzimmer haben wir schon lange, weil ich wohl schnarche, aber das weißt du doch alles.«

»Aber dagegen könntest du doch was unternehmen, Schlaflabor und so weiter.«

»Ich weiß. Aber selbst dann, wenn ich nicht mehr schnarchen würde, bliebe es wohl bei getrennten Schlafzimmern. Man kann sich schnell daran gewöhnen«, lächelte Sonnfeld traurig. »Aber das wirst du als eingefleischter Junggeselle wohl kaum nachvollziehen können.«

»Nicht wirklich. Ist es möglich, dass Maria einen anderen hat?«

Der Doktor zog die Schultern hoch. »Ich weiß es nicht … aber ich glaube es nicht. Bei uns ist einfach nur die Luft raus. In zwei Jahren haben wir Silberhochzeit.« Er schaute auf die Uhr. »Ich will dich nicht loswerden, Peter. Aber heute Abend habe ich eine meiner Lieblingsveranstaltungen, die noch vorbereitet werden muss.«

»Du hattest das schon mal erwähnt, was war das noch?«

»Gesellschafterversammlung. Wird wohl wieder eine langatmige Nachtsitzung werden. Das letzte Mal hatten wir fünf Tagesordnungspunkte, die in zwei Stunden hätten erledigt sein können, gebraucht haben wir sechs Stunden. Aber ich will dich nicht mit meinem Alltagskram langweilen, mein Job hat ja auch sehr angenehme Seiten. Kann ich denn noch irgendetwas für dich tun, Peter?«

Dorn zögerte einen Moment. »Ja, vielleicht.«

»Raus mit der Sprache, was ist es?«

»Es geht um einen gewissen Ignatz von Hellstroem, hier hast du die Adressdaten mit seiner E-Mail, ich habe dir alles herausgeschrieben, damit du nicht lange suchen musst.« Er schob seinem Freund einen Zettel herüber.

»Was ist mit diesem Hellstroem?«

»Achtung, der Mann legt allergrößten Wert auf die korrekte Anrede – von Hellstroem.«

Peter Dorn schüttete dem Freund sein Herz aus. Berichtete von den letzten Auktionen, auf denen er und Hellstroem aufeinandergetroffen waren, von Hellstroems extremem Bieterverhalten bei den Dingen, die ihn, Peter, interessierten. Sein letztes Beispiel war die Sache mit dem kleinen Wilhelm-Busch-Bild, das Hellstroem ohne Not zum fünf- beziehungsweise sechsfachen Preis über dem Startpreis erworben hatte.

»Es ist ja nicht verboten, hoch zu steigern. Ich habe kürzlich von einem Werk eines nicht allzu bekannten Malers gehört, das zum einhundertfachen Schätzwert den Besitzer wechselte. Da haben sich zwei unbekannte Telefonbieter einen regelrechten Kampf geliefert, zum Schluss ging es nicht mehr ums Geld, sondern nur noch um die Befriedigung, den Zuschlag erhalten zu haben. Und du sagst, dieses Verhalten würde er nur im Zusammenhang mit deinen Ambitionen praktizieren?«

»Ich meine schon. Bei den Sachen, von denen er mitbekommt, dass sie mich interessieren. Der Typ ist boshaft und geradezu krankhaft egozentrisch veranlagt.«

Sonnfeld lachte. »Von diesen Typen gibt es genug, möglicherweise sogar US-Präsidenten.« Auch Dorn musste auflachen.

Der Doktor sprach weiter. »Hast du schon mal nachgedacht, was du diesem Typen angetan haben könntest?«

»Habe ich. Vielleicht hatte ich ihm ein wertvolles Gemälde weggeschnappt zu einem Zeitpunkt, wo er selbst mal knapp bei Kasse oder einfach nur nicht anwesend war. Oder es geht um Irene, mit der ich mal zusammen war, die öfter mit ihm flirtete und ihm den Kopf verdreht hat. Aber dafür kann ich ja nichts.«

»Und was anderes kann es nicht gewesen sein?«

»Ich weiß es nicht, Karl, ich weiß es wirklich nicht!«, rief Dorn aus.

»Verstanden. Was wolltest du jetzt von mir?« Sonnfeld verschränkte wieder seine Arme.

»Könntest du eventuell für mich herausfinden, wie es um Ignatz' finanzielle Situation steht?«

»Oh. Ich könnte zwar Informationen einholen, dürfte dir diese Dinge aber nicht mitteilen, Bankgeheimnis, das weißt du doch.«

»Ja, aber es wäre für mich vorteilhaft, wenn ich das besser einschätzen könnte. Der Kerl kann nicht über unbegrenzte Mittel verfügen, muss zum Beispiel einen Stab an Mitarbeitern finanzieren, immerhin weiß ich von zwei Gärtnern, drei Köchen und einem sehr teuren Butler aus der britischen Schule. Das habe ich durch Nachbarn von ihm erfahren. Und eine Gelddruckmaschine besitzt er wohl eher auch nicht.«

Der Banker lächelte. »Wieso wäre es für dich vorteilhaft?«

»Du weißt, dass ich Gemälde liebe, aus allen Epochen. Gegenwärtig versuche ich unter anderem, meine Wilhelm-Busch-Sammlung zu komplettieren. Aber auch andere Objekte interessieren mich, die ich zu Hause aufhänge und mich daran erfreue. Du weißt, dass mein Haus quasi einer Festung gleicht, sodass auch Versicherungen für meine Objekte möglich sind. Wenn ich mich an einem Objekt sattgesehen habe, versuche ich es mit

Gewinn zu verkaufen, dies bedingt aber ein grundsolides Bieterverhalten, auch bei privaten Ankäufen, die leider äußerst selten sind. Über Auktionen kann ich seit Jahren nichts mehr kaufen, sobald unser großartiger Ignatz auftaucht und die Preise kaputtmacht. Das ist der eigentliche Grund dafür, dass ich so übermäßig viel Liquidität angehäuft habe, die noch wachsen wird, da ich mich in Kürze von einem kleinen Landschaftsbildnis von Rembrandt trennen möchte, Schätzwert etwa zehn Millionen. Zurück zu diesem Ignatz – der kauft die von mir begehrten Objekte so teuer ein, dass sie ihm auf Dauer nur Verluste bringen können. Alle seine Bilder verschwinden übrigens achtlos in einem riesigen Tresorraum, hat mir mal einer seiner früheren Köche gesteckt. Das musst du dir mal vorstellen, Karl: Er kauft Bilder ohne Ende und schließt dann diese herrlichen Kulturgüter einfach weg, was für ein Frevel! Nur ein paar Skulpturen soll es im Wohnbereich geben.«

»Das ist nicht normal, klingt ein bisschen nach krankhafter Habgier«, warf Doktor Sonnfeld ein.

»Das sieht wirklich so aus. Wenn ich endlich wüsste, wo seine finanziellen Grenzen sind, wäre ich einen großen Schritt weiter. Denn der Kerl steuert meines Erachtens auf seinen finanziellen Ruin zu, es sei denn, er wäre Milliardär.«

»Verstehe. Aber du könntest doch dein Verhalten ändern, um auf Auktionen wieder an das ein oder andere Objekt zu gelangen.«

»Was meinst du?«

»Du könntest zum Beispiel telefonisch mitbieten, dann wüsste er nicht, dass du dabei bist.«

»Ja, das habe ich auch schon versucht. Aber mir fehlt dann diese herrliche Atmosphäre auf Auktionen. Außerdem verliert man schnell seine Kontakte, über die man am Rande interessante Neuigkeiten erfährt, zum Beispiel über private Angebote und vieles mehr. Und es ist sehr amüsant, bestimmte aufgeblasene Herrschaften zu beobachten.«

»Da gebe ich dir recht.«

»Also, kann ich jetzt auf deine Hilfe zählen? Von deinen Informationen wird sonst niemand erfahren, das verspreche ich, ich bin schließlich dein Freund und will es auch bleiben.«

Doktor Sonnfeld zögerte, dann gab er sich innerlich einen Ruck. »Ich helfe dir. In der Bankenwelt bin ich ausgezeichnet vernetzt, kenne auch die Spezialbanken gut, die sich auf das Depot- und Verwahrgeschäft konzentrieren. Man kennt sich in der Szene. Sollte Hellstroem Kapital im Ausland haben, bekomme ich auch das heraus. Diese Geschichte muss wirklich unter uns bleiben, und ich mache das auch nur dieses eine Mal, Peter. Ich komme sonst irgendwann ins Gerede und in Teufels Küche.« Er schaute auf die Uhr. »Bitte sei mir nicht böse, aber ich muss dich jetzt rausschmeißen.«

Beide lächelten einander verständnisvoll an.

»Ist klar. Ganz herzlichen Dank für alles, Karl. Du meldest dich?«

»Selbstverständlich, sobald ich etwas für dich habe.«

Die beiden umarmten sich zum Abschied kurz, dann verließ Dorn das Bankhaus und beeilte sich, um zu seinem Porsche unter dem Opernplatz zu kommen.

Nachmittags klingelte es an seiner Haustür, was ihn erstaunte, denn er erwartete heute keinen Besuch, seine Haushälterin konnte es nicht sein, und die Post war längst durch. Er öffnete die schwere Tür. Vor ihm stand ein großer, blasser, hagerer Mann mit verschlissenen Jeans und zotteligen Haaren, die ihm über die Schultern hingen.

»Was wünschen Sie? Hausieren ist hier nicht erwünscht, steht am Gartenzaun. Haben Sie das nicht gelesen?«

»Erkennste mich denn nicht, Peter? Mann, Alter, ich bin doch der Franzi!«

Dorn zögerte. »Ich kann Sie nicht erkennen, bei aller Liebe nicht. Geben Sie mir mal Ihren Personalausweis.«

Franzi zog das gewünschte Dokument aus seiner Jackentasche und reichte es Dorn.

Der starrte abwechselnd auf das Dokument, dann in Franzis Gesicht. »Mensch, Franzi, du bist es ja wirklich! Bist du dünn geworden, früher hattest du wesentlich mehr Fett auf den Rippen.«

»Hab schwere Zeiten hinter mir.«

»Das tut mir leid für dich, Franzi. Was möchtest du denn von mir?«

»Hab 'ne kleine Bitte an dich, kann ich mal kurz reinkommen?«

»Ja klar. Setz dich da vorn hin.« Dorn zeigte auf eine kleine Essecke. »Magst du was trinken oder essen? Du siehst hungrig aus.

»Lass mal, ich will dich nicht lange aufhalten.«

»Wie hast du mich denn gefunden?«

»Ich bin in ein Internet-Café rein. Da ich von dem Computerkram nichts verstehe, hat mir ein Typ geholfen. Ich konnte mich erinnern, dass du immer in Norddeutschland leben wolltest. Ich hab dann ein paar Leute angerufen, du bist der zweite Peter Dorn, den ich besuche. Ich hab dich gleich wiedererkannt.«

»Wir haben uns ja ewig nicht gesehen.« Dorn verfiel unwillkürlich in den Slang von damals. »Alter, wann haben wir uns denn kennengelernt? Ich hab das fast alles vergessen, außer *Rockens*, den Namen deiner Band.«

»Das war 1986. Ich hatte schon 'ne Weile unsere Band. Wir suchten einen neuen Drummer, du konntest wenigstens den Takt halten, auch nach Breaks.«

»Oh Gott, da war ich gerade vierundzwanzig«, stöhnte Dorn.

»Du warst damals unser Küken in der Truppe.«

Die beiden lachten und unterhielten sich noch eine Weile über die gute alte Zeit. Dann berichtete Franzi, dass er obdachlos war und außerhalb der Wintersaison mit dem Bulli unterwegs war, der ihm auch als Übernachtungsmöglichkeit diente.

»Ich kann mir nicht vorstellen, dass man so leben kann. Wie hältst du das aus?«

»Man gewöhnt sich dran.«

»Okay. Aber was möchtest du denn jetzt von mir?«

Vorsichtig zog der hagere Mann ein Papier aus seiner Jeanshose und entfaltete es mit zittrigen Händen. »Ich hoffe, dass du dich noch daran erinnerst. Ende 1986 hatte ich dir dreitausend Mark geliehen für ein neues Schlagzeug, deins war eine ziemlich billige Buffe. Damals war es andersherum: Du hattest kaum Kohle, ich aber schon, weil ich mit Studiomuckern ein paar Titel von mir auf CD eingespielt hatte. Wir haben uns dann aus den Augen verloren, du hattest also keine Chance, mir das Geld zurückzugeben. Letztens habe ich den Wagen aufgeräumt, da fiel mir dieser Schuldschein wieder in die Hände.«

»Ach, daher weht der Wind. Du willst Geld von mir?!«

»Ich wäre dir sehr dankbar, Peter, wenn du mir die tausendfünfhundert Euro geben könntest. Ich habe Probleme mit dem Bulli, der läuft so stotternd, Bremsen müssen gemacht werden, ich muss damit in die Werkstatt. Dafür habe ich aber kein Geld übrig. Bitte.«

Dorn sah in die wässrigen Augen seines alten Kumpels. »Eigentlich ist das längst verjährt.« Dann kam ihm eine Idee, er konnte den alten Freund nicht einfach fortschicken. »Franzi, wir machen jetzt Folgendes. Du fährst morgen früh zur Reparatur. Die Adresse schreibe ich dir gleich auf. Die sollen dir helfen, ich kenne den Chef. Die Rechnung soll er an mich ausstellen, egal, was das kostet. Wenn er das nicht glauben will, soll er mich morgen ab 10 Uhr anrufen. Außerdem gebe ich dir jetzt noch zweihundert Euro mit. Falls der Bulli über Nacht dort bleiben muss, nimmst du dir ein Zimmer. Okay?«

»Ich weiß nicht, wie ich dir danken soll.«

»Sollte noch Geld übrig sein, bekommst du den Rest von den eintausendfünfhundert Euro noch ausbezahlt, später. Aber eine Bitte habe ich noch.«

»Ja?«

»Du wirst mich bitte nicht mehr so überfallen. Falls ich dir noch Geld schulde, ruf an, dann können wir einen Termin vereinbaren, aber bitte erst in ein, zwei Monaten. Und danach bitte ich dich herzlich, dass du mich künftig in Ruhe lässt. Betteln kann ich nicht leiden, und die alten Zeiten kommen nicht wieder und interessieren mich auch nicht mehr. Hier, die zweihundert Euro und dein Schuldschein.«

»Ist gut.«

Mit einem kräftigen Händedruck verabschiedeten sich die beiden voneinander. Franzi zwang sich zu einem kurzen Lächeln, dann schlich er bedrückt davon.

Kapitel 10

Dienstag, 11. April 2017
Burgdorf bei Hannover

Maria Sonnfeld ärgerte sich mal wieder über ihren Mann, der am frühen Vormittag einen geplanten Theaterbesuch abblies, kurz bevor sie nach Hannover fahren wollte, um die Karten zu besorgen. »Ich werde dann wohl heute zu einer Freundin fahren und bei ihr übernachten. Also, bis dann.«

Karl Sonnfeld spürte ihre Wut. »Bitte sei nicht böse, aber ich muss gleich nach Hamburg. Ich kann unmöglich pünktlich zurück sein, wir holen das kurzfristig nach, ja, Schatz?«

»Wir holen das kurzfristig nach«, äffte sie ihn nach, »wie viele Abende, auf die ich mich vergeblich gefreut habe, willst du denn nachholen?«

»Maria, Schatz, jetzt übertreib nicht so maßlos! Du bist ja auch oft unterwegs, wenn ich mal Zeit für dich hätte. Also, sei nicht mehr böse. Ich wünsch dir jedenfalls viel Spaß mit deiner Freundin, tschüss, Liebes.«

»Ja, ist gut, ich bin nicht böse. Tschüss.«

Er hatte sich längst abgewöhnt, nach den Namen ihrer vielen Freundinnen zu fragen, er konnte sich diese sowieso nicht alle merken und erst recht nicht zuordnen. Seine Frau war vielseitig interessiert, hatte diverse Hobbys und dadurch auch sehr viele Bekannte. Ihr letzter Satz beruhigte ihn, weil ihr Tonfall wieder entspannter klang.

Maria Sonnfeld ging nach dem Telefonat in das großzügige Bad, legte ein dezentes Make-up auf und steckte sich die Haare hoch. Dann verließ sie das Haus, startete ihren Kleinwagen und fuhr einkaufen.

Wieder zu Hause, verstaute sie die erworbenen Sachen, nahm sich etwas Tee aus einer Karaffe, zog sich eine warme Jacke über und legte sich hinter ihrer Villa auf ihre bequeme Liege. Hier war sie vor den Blicken neugieriger Passanten sicher; es war noch recht kühl, aber die Sonne strahlte endlich mal vom wolkenlosen Himmel, das wollte sie unter der Markise wenigstens ein, zwei Stunden genießen. Nach einem Schluck Tee griff sie nach ihrem Smartphone. Nach zehn Versuchen gab sie auf; fünf ihrer Freundinnen konnte sie nicht erreichen, die anderen hatten am Abend keine Zeit für sie. Sie blätterte ihre Telefonliste weiter durch, aber auf bestimmte Damen hatte sie heute einfach keine Lust. Dann erschien die Nummer eines Mannes, den sie vor zwei Jahren auf dem Golfplatz kennengelernt und der sie beeindruckt hatte. Der Mann verfügte über eine Villa mit riesigem Grundstück und einem fünfundzwanzig Meter langen, beheizbaren Indoor-Pool mit großzügiger Liegefläche. Er war schätzungsweise zehn Jahre älter als sie, hatte noch volles, gewelltes Haar, aber all das war nicht ausschlaggebend für die Zuneigung, die sie verspürte, wenn sie an ihn dachte. Der Mann hatte eine eigenwillige Art, Dinge zu formulieren, eine gewisse Form von Humor schwang da gelegentlich mit, gepaart mit einem unerschütterlichen Selbstvertrauen.

Maria trank ihren Tee aus. Sollte sie oder sollte sie nicht? Natürlich liebte sie ihren Karl, auch nach dieser langen Zeit noch. Außerdem – letztlich konnte sie dieses Leben nur so führen, weil Karl genügend Geld verdiente und ein kleines Vermögen angehäuft hatte. Falls ihm etwas zustoßen sollte, war sie abgesichert und brauchte sich über die Zukunft keine Sorgen zu machen. Das wollte sie auf keinen Fall aufs Spiel setzen. Aber dieser andere Mann hatte etwas, was Karl ihr nicht wirklich bieten konnte – viel Zeit für sie. Instinktiv ließ sie ihr Smartphone wählen. Von Anfang an hatten sie verabredet, dass er sie nicht anrufen sollte, wenn, dann würde sie sich bei ihm melden. Damit wollte sie vermeiden, dass er ständig an ihrem Rockzipfel hing, denn so weit ging ihre Zuneigung dann doch nicht.

»Welch eine Ehre, welch ein Glücksmoment, mit Ihnen sprechen zu dürfen. Womit kann ich dienen, Teuerste?«

Das war typisch. Er siezte sie oft, angeblich aus purer Höflichkeit, obwohl sie sich längst mit Vornamen ansprachen, besiegelt mit einem Gläschen Sekt und Handkuss, damals auf dem Golfplatz. »Wie wäre es, wenn ich dich heute besuche?«

»Es wäre schon eine wahre Wonne, dich in meiner Nähe zu wissen, Madame. Allerdings bedeutete dies eine große Überzeugungskunst, mich von meinem eigentlichen Vorhaben abzubringen.«

»Was wäre das?«

»Der Herr wollte sich bald aufmachen, um bei einer Runde Golf zu entspannen.«

Maria musste lachen. »Und wie kann man den Herrn vom Gegenteil überzeugen?«

»Da dürfte einer wundervollen und großen, ja großartigen Frau wie dir sicherlich etwas in den Sinn kommen.«

Mit ihm zusammen Golf zu spielen, war sicher nicht die beste Idee, da er ihr neuerdings den ein oder anderen Kuss auf Stirn oder Wange gab, wenn sie zusammen waren. Sollten das Bekannte von Karl beobachten, könnte dies zu Fehlannahmen und Auseinandersetzungen führen, die man besser vermied. »Ich würde so gerne in deinem beheizten Pool schwimmen. Dazu ziehe ich den Bikini an, den du am liebsten magst, den sehr knapp sitzenden, du weißt schon. Und anschließend gibt es sicherlich wieder etwas Herrliches zu essen.«

»Mein Widerstand ist gebrochen, ich schmelze dahin.«

»Also bleiben wir bei dir?«

»Selbstverständlich. Ich werde den Koch instruieren, ein fürstlich Mahl zu bereiten, Teuerste. Und der Pool ist bereit für dich.«

»Ich bin in etwa zwei Stunden da.«

»Ich harre in Geduld, obwohl Geduld eine der zweifelhaftesten Tugenden ist, die ich mir gerade vorzustellen wage.«

Das Gespräch war beendet, sie buchte wieder mal ein Einzelzimmer im *Seehotel Mardorf*, das ganz in der Nähe seiner Villa lag. Bei ihm zu übernachten, kam für sie nicht infrage, es waren ihrem Empfinden nach einfach zu viele Männer im Haus, mit Ignatz' ganzen Angestellten. Mit ihm schlafen wollte sie erst recht nicht, sie reizte einfach nur der Gedanke, begehrt zu werden, denn wenn sie ihren knappen Bikini präsentierte, würde er sie anstarren, bis ihm die Augen brannten, natürlich auch die jungen Köche, nur der Butler mit der feinen britischen Schule würde die Etikette wahren und so tun, als ob ihn dies nichts anginge.

Sie warf das Handy auf ihren Liegestuhl, duschte und überlegte lange, was sie außer dem besagten Bikini anziehen sollte. Dann ging sie zu ihrem Kleinwagen, der sie von Burgdorf aus über Neustadt am Rübenberge nach Mardorf brachte.

Sie verlebten einen langen und unterhaltsamen Tag, der erst spät endete. Im Hotel angekommen, fiel sie ins Bett und schlief sofort ein.

Am nächsten Morgen fragte sie sich, ob sie mit einem solchen Mann zusammenleben könnte. Verehrte er sie nun wirklich oder nahm er sie auf den Arm? Ihr kamen zum ersten Mal Zweifel an seiner Aufrichtigkeit. Zum Abschied hatte sie ihm nämlich ins Ohr geflüstert: »Ich habe dich gern.« Worauf er erwidert hatte: »Ich mich auch, Liebste.« War diese Art, sich auszudrücken, eine Form von Humor, Albernheit oder einfach nur arrogantes Gehabe? Oder gar Selbstverliebtheit? Darüber hatte sie noch nie nachgedacht. Tief in Gedanken versunken fuhr sie zurück nach Hause.

Doktor Karl Sonnfeld kehrte gegen ein Uhr nachts von seinem Hamburger Termin zurück und fuhr den Wagen in die Garage. An der Bar goss er sich einen doppelten Weinbrand ein und schlenderte zum Hintereingang, um noch einen Moment lang frische Luft zu schnappen. Zu seinem Erstaunen war die Tür zur Terrasse nicht abgeschlossen. Das hatte er bei Maria noch nie erlebt, dass eine der Türen nicht verschlossen war! Vielleicht war sie ja doch nicht bei ihrer Freundin geblieben. Er stellte das Glas auf einem Bartisch ab und suchte leise die oberen Räume ab. Nein, Maria war nicht da, genauso, wie sie es vorgehabt hatte.

Er kehrte zurück auf die Terrasse und trank einen Schluck Weinbrand. Dann sah er es. Wurde Maria jetzt vergesslich, musste er sich Sorgen machen? Auf ihrer Liege lag ein Smartphone, es war unzweifelhaft ihres. Auch das ließ sie normalerweise nie irgendwo herumliegen, sondern hatte es immer bei sich, wenn sie unterwegs war. Er nahm es an sich. Augenblicklich reizte es ihn, das Ding anzuschalten und ihre Kontakte zu studieren. Er zögerte … hatte er kein Vertrauen mehr zu seiner Frau, würde sie das Gleiche tun? Karl Sonnfeld war nicht der Typ, der andere ständig kontrollierte, es ließ sich aber nicht immer vermeiden, zum Beispiel, wenn er Bilanzen, Planzahlen oder Projektergebnisse absegnen musste. Hier erwartete jeder Beteiligte, dass Sonnfeld kontrollierte, hinterfragte, im Zweifel korrigierte und wieder kontrollierte. Aber das war doch streng zu unterscheiden – Geschäft und das Private, oder? Unsicherheit in seinen Entscheidungen kannte er jedenfalls nicht, er war ein Mensch der Tat, ansonsten wäre er für seine Position ungeeignet. Jetzt schaltete er das Handy ein. Als Passwort gab er zunächst ihr, dann sein Geburtsdatum ein, was zum Erfolg führte.

Dann wälzte er ihr langes Telefonregister durch. Er hatte ja keine Vorstellung davon gehabt, wie viele Kontakte seine Maria hatte, die Liste schien kein Ende zu nehmen. Er wollte die Suche gerade beenden, da fiel ihm ein Eintrag auf.

X IGNATZ. Was war das denn? Das X vorne führte natürlich dazu, dass dieser Eintrag ziemlich weit hinten auftauchen musste. Wollte sie ihn dadurch verbergen oder war er so unwichtig?

Er holte sich sein eigenes Handy, wählte als Option die Rufnummernunterdrückung und wählte die Ziffernfolge.

»Von Hellstroem«, hörte er eine wütende Stimme. Ignatz von Hellstroem! Das konnte einfach nicht wahr sein, seine Maria kannte Ignatz von Hellstroem!

»Welcher Flegel ist denn da?«, brüllte der Mann.

Sonnfeld legte auf; natürlich war es eine Frechheit, mitten in der Nacht jemanden zu belästigen. Aber Skrupel hatte er nicht. Er konnte sich keinen Reim darauf machen, wie seine Frau ausgerechnet an den Mann geraten konnte, der seinem Freund Peter Dorn so viel Kummer machte.

Gleich am nächsten Tag wollte er seine Kontakte spielen lassen, um möglichst viel über diesen Kerl herauszufinden. Seine Frau wollte er zu einem späteren Zeitpunkt darauf ansprechen, sonst war sofort klar, dass er ihr Handy ausspioniert hatte.

Kapitel 11

Dienstag, 18. April 2017
Gehrden

Für seine Verhältnisse stand er früh auf und ging gegen 8 Uhr fröhlich pfeifend unter die Dusche. Nachdem er sich abgetrocknet und seine herrlich duftende Creme aufgetragen hatte, wählte er im begehbaren Kleiderschrank seine Kleidung aus. Er wollte heute ganz in Schwarz auftreten, das machte ihn schlanker, als er in Wirklichkeit war.

Seine Haushaltshilfe würde gegen 10 Uhr kommen, eine ältere, treue Seele, die schon lange bei ihm für Ordnung im Haus sorgte. Sie kam gern zu ihm, da er sie anständig bezahlte, doppelt so viel wie seine knauserige Nachbarschaft.

Beim Frühstücken überlegte er, wann die Vernissage beginnen sollte, zu der er heute Nachmittag eingeladen war und die ihn sehr interessierte. Ein junges

Künstlerpaar hatte sich auf abstrakte Landschaftsmalerei spezialisiert und wollte seine aktuellen Werke ausstellen.

Nach zwei Knäckebrotscheiben und etwas Obst verspürte er keinen Appetit mehr, räumte alles wieder weg und ging in sein Büro, um die Einladung zu suchen, die er vor zwei Wochen bekommen hatte. Und tatsächlich, er hatte sich eine falsche Zeit eingeprägt, die Veranstaltung begann um 16 Uhr, Einlass ab 15 Uhr.

Dann setzte er sich in seinen Lieblingssessel und studierte eine Fachzeitschrift über Kunst und Antiquitäten.

Gegen 9.30 Uhr klingelte sein Haustelefon. »Ja, bitte?«

»Guten Morgen, Peter, schön, dass ich dich zu so früher Stunde schon erreiche.«

»Mensch, Karl, dir auch einen guten Morgen! Wie komme ich denn zu dieser Ehre?«

»Ich habe es einfach mal probiert. Seitdem du deinen Betrieb verkauft hast, erreicht man dich ja selten vor 11 Uhr.« Doktor Sonnfeld lachte freundlich. »Wie geht es dir heute, Peter?«

Auch Dorn musste lachen. »Ich habe ausgesprochen gute Laune, ich hoffe, dass dies auch so bleiben wird.«

»Vielleicht kann ich da einen Beitrag zu leisten. Hast du heute Zeit, in die Bank zu kommen?«, fragte sein Freund geschäftig.

»Ich will heute zu einer Vernissage nach Hannover, in die Königstraße. Sonst habe ich nichts weiter vor.«

»Wann ist die denn?«

»Einlass ist 15 Uhr.«

»Kannst du um 13 Uhr bei mir sein?«

»Wenn mein Bankhaus ruft, dann werde ich da sein«, scherzte Dorn. »Worum geht es denn?«

»Nachher, Peter, nachher. Ich muss leider Schluss machen, habe gleich wieder einen anstrengenden Kundentermin. Uns Bankern geht es halt nicht so gut wie euch freischaffenden Kunstexperten.«

»Na, ganz so ist es ja auch wieder nicht«, widersprach Dorn, »Also, bis um 13 Uhr, plus minus zehn Minuten, ist das okay für dich?«

»Ja klar, bis dann.«

Kurz nach 10 Uhr kam seine Haushaltshilfe, er öffnete ihr und fuhr zum Tennisplatz, ging mit seinem Spielpartner anschließend noch in die Sauna. Jetzt erst fühlte er sich richtig fit für den Rest des Tages, er plante ernsthaft, dem Künstlerehepaar einen Vertrag anzubieten. Er stellte sich ein Kommissionsgeschäft vor, bei dem er gezielt einzelne Gemälde verkaufen wollte, gegen eine noch auszuhandelnde Provision ohne Vorkasse. Zu diesem Schritt motiviert hatte ihn der Erwerb eines Bildes der beiden, dessen Kaufpreis er von zweitausend Euro innerhalb eines halben Jahres hatte verdreifachen können. Das Risiko des Selbsterwerbs aber wollte er durch Kommissionsgeschäfte ausschließen. Viel zu schnell änderte sich der Markt; was heute an Kunststilen attraktiv war und Käufer in Scharen anlockte, konnte morgen schon vergessen sein oder kein großes Interesse mehr wecken. Und nur begehrte Künstler bedeuteten auch steigende Preise. Der Geschmack der Käuferschichten unterlag einem ständigen Wandel, manchmal schnell, manchmal langsamer, dies galt insbesondere für die vielen jungen Künstler, die es heutzutage gab.

Um 12 Uhr verließ er den Tennisplatz und fuhr mit seinem 911er über die Bundesstraße 217 Richtung Hannover. Eine große Baustelle war entfernt worden, das Verkehrsaufkommen gering. So konnte er seinen Wagen bereits um 12.25 Uhr im Parkhaus Opernplatz abstellen. Kurzerhand ging er am Kröpcke, dem beliebten Treffpunkt im Herzen von Hannover, noch einen Cappuccino trinken und erreichte das Bankhaus Sonnfeld kurz nach 13 Uhr. Karl erwartete ihn bereits und bat ihn wieder an den hellen Marmortisch.

»Wie geht es dir? Immer noch so gut wie heute Morgen?«, fragte der Banker.

»Immer noch super, kommt drauf an, was du heute von mir willst.«

»Lieber Peter, ich will nichts von dir. Es ist genau andersherum, du wolltest was von mir.«

Der große Dorn starrte sein Gegenüber an. »Du hast doch nicht etwa …«

»Doch, ich habe«, fiel ihm Karl Sonnfeld ins Wort. »Ich habe sogar recht gute Informationen über diesen Ignatz von Hellstroem.« Er zögerte. »Eigentlich darf ich dir hierüber …«

»Ich weiß«, ging nun seinerseits Peter Dorn dazwischen. »Ich weiß, Karl, das Bankgeheimnis. Ich habe dir doch beim letzten Treffen die Dinge dargelegt. Ich brauche die Informationen, um selbst wieder Perspektiven für die Zukunft entwickeln zu können.«

Sonnfeld wiegte seinen Kopf hin und her, dann stand er langsam auf und ging zu einer der Türen seiner Eichenschrankwand. Er entnahm einen Aktendeckel mit losen Papieren und blätterte diese, nachdem er wieder Platz genommen hatte, durch. Dorn erkannte Notizzettel, Faxe und ein paar Kopien von Schreiben anderer Banken.

»Also«, sagte Sonnfeld leise, »ob ich mich jetzt wiederhole oder nicht, zwei Anmerkungen. Erstens: Alles, was ich dir jetzt erzähle, darf diesen Raum nicht verlassen.«

»Das habe ich dir bereits beim letzten Mal zugesagt. Was noch?«

»Zweitens: Diese Aktion werde ich nicht wiederholen, Peter, auch wenn du vor mir knien und betteln würdest. Das muss dir klar sein!«

»Das ist es, Karl.«

»Gut, dann sind wir uns ja einig.« Der Banker las noch einen Moment, dann sprach er leise weiter, so als ob er Angst hätte, dass irgendwer sonst noch zuhören würde. »Diesem Ignatz von Hellstroem geht es finanziell schlecht.«

»Wie bitte? Soll das ein Witz sein? Von der letzten Auktion, an der ich nicht teilnehmen konnte, habe ich gehört, dass Ignatz ein modernes Werk mit einem Schätzpreis von einhunderttausend Euro für dreihunderttausend zuzüglich zwanzig Prozent Aufgeld erworben hat. Er scheint jetzt generell aggressiver zu werden, von seinem Bieterverhalten her kann es ihm nicht schlecht gehen.«

»Es ist kein Witz, Peter.«

»Bitte erklär mir das!« Dorn konnte und wollte es einfach nicht glauben.

»Die Banken, die ihm Kredite oder liquide Mittel auf Girokonten eingeräumt haben, werden jetzt vorsichtiger. Die meisten seiner Sammlerstücke sind sicherungsübereignet.«

»Was bedeutet das genau?«

»Ein schwieriges Geschäft, ist aber ganz simpel zu erklären. Hellstroem hat sie in seinem Tresorraum, er *besitzt* sie. Das Eigentum, die sogenannte rechtliche Herrschaft über einen Gegenstand, ist aber bei der Bank, dieser *gehört* das Bild. Sollte mal ein Kredit platzen, kann die Bank als Eigentümerin den Sicherungsgegenstand zurückfordern und verkaufen. Ist in praxi wesentlich komplizierter, sollte aber für das Verständnis des Prinzips ausreichend sein.«

Dorn schaute ihn fragend an. »Habe ich das jetzt richtig verstanden? Dieser Lump hat fast alle Bilder auf Pump gekauft?«

»Sicher nicht sofort. Aber um wieder neue Gemälde zu kaufen, musste er um weitere Kredite anfragen, für die er vorher erworbene Gemälde als Sicherheit angeboten haben wird. Ein, zwei Bankhäuser haben es mit der Herauslage von immer größeren Kreditlinien an Hellstroem wohl etwas übertrieben. Jetzt werden sie vorsichtiger.«

»Und was ist das Problem?«, fragte Dorn verunsichert.

»Eine der Banken hat sich zwei wertvolle Exponate herausgeben und nochmals begutachten lassen.«

»Ja, und?«

»Eins davon ist ein Falsifikat, eine Fälschung, also für den Markt wertlos.«

»Wie bitte?«

»Ja. Ich habe diese höchst sensible Info von einem Banker, den ich zu Recht als Freund bezeichnen kann, wie dich auch. Der hat mich nachdrücklich gebeten, darüber – auf Deutsch gesagt – die Klappe zu halten. Wenn sich dies nämlich in der Bankenszene herumsprechen sollte, würde es mehr Überprüfungen geben und es könnten wohl weitere Fälschungen auftauchen. Die Folge: Hellstroems Kartenhaus würde zusammenbrechen, die beteiligten Banken vermutlich gewaltige Verluste einfahren. Deshalb fällt mir dieses Gespräch auch so schwer.«

»Jetzt verstehe ich langsam. Weiß Hellstroem von seinem Fehlgriff?«

»Nein, es wird ihm verschwiegen. Das Problem ist, dass sich mein Freund damit eventuell strafbar machen könnte, nämlich dann, wenn Hellstroem dieses Ding wieder verkaufen wollte, natürlich mit Genehmigung der Bank. Aber neues Geld wird ihm zumindest von dieser Bank nicht mehr zur Verfügung gestellt werden. Auf Dauer wird man seine Kreditlinien auch kürzen, vielleicht nicht sofort, damit Ignatz die Sache nicht mit den neuen Gutachten in Verbindung bringen kann. Für meinen Freund ein echtes Dilemma.«

»Gott, das wird ja immer komplexer. Gab es denn zu diesem Gemälde kein Gutachten?«

»Selbstverständlich. Keine Bank würde Kredite oder Liquidität auf ein teures Gemälde gewähren, ohne dass ein Gutachten vorliegt. Aber auch Gutachter können sich mal täuschen, das weißt du ja besser als ich.«

»Das ist mir natürlich bewusst«, erwiderte Dorn. Das Gespräch tendierte jetzt zu sehr in Richtung Falsifikate, Irrtümer von Gutachtern und Probleme im Kunst- und

Bankenmarkt. Alles viel zu kritisch, das konnte Dorns Pläne vereiteln, wenn es in dieser Richtung weiterging. Dorn musste die Diskussion wieder zum eigentlichen Bösewicht lenken, der war schließlich das Problem. »Kann man denn sagen, wie viel Liquidität unser Hellstroem noch zur Verfügung hat?«

»Ja, aber nur in etwa.«

»Nun sag schon.«

Sonnfeld zögerte, dann gab er sich einen Ruck. »Seine frei verfügbaren Mittel sind auf etwa vierzig bis vielleicht fünfzig Millionen begrenzt, das ist meine Einschätzung aus allem, was ich weiß. Auslandsvermögen spielt wohl auch keine Rolle, nachdem er vor Jahren mal in der Schweiz aufgeflogen ist und sich selbst anzeigen musste, um aus dem Problem herauszukommen. Aber es gibt etwas, was niemand weiß oder beurteilen kann.«

Dorn wurde neugierig. »Was ist das, Karl?«

»Sein Barvermögen, in seinem Tresor eingeschlossen oder im riesigen Garten vergraben, vielleicht auch in seinem Schwimmbad versteckt«, lachte Sonnfeld und steckte Dorn damit an.

»Meinst du, dass der dort Millionen zur Verfügung hat?«

»Da bin ich überfragt. Ich verwalte einige vermögende Kunden, die horten allesamt keine Millionen an Bargeld in ihren Tresoren, eher ein bisschen Gold, Münzen, wichtige Dokumente und solche Dinge. Bei Hellstroem würde ich dies allerdings nicht unterschreiben.«

»Aber Ignatz hat ja wohl ein paar Bilder, die nicht den Banken gehören?«

»Das ist so.«

»Konntest du hierüber etwas in Erfahrung bringen?«

Sonnfeld blätterte in seinem Aktendeckel. Dann schaute er wieder Peter Dorn an. »Mein Freund, also der Banker, hat sich Anfang des Jahres von Hellstroem mal eine Liste über die frei verfügbaren Kunstobjekte anfertigen lassen. Die haben nicht die Werthaltigkeit wie die sicherungsübereigneten Exponate, außerdem könnten sie ebenfalls Fälschungen sein. Dazu kommt, dass der Mann beim Verkauf viele davon nur mit Verlusten loswürde, weil er seine Kaufpreise kaum mehr erzielen kann. Dies besagt der Vergleich mit zwei Kunstpreisdatenbanken, an deren Taxierungen man sich orientieren kann.«

»Dann hat der Kerl also nicht nur, wenn es um den Wettstreit mit mir ging, viel zu hohe Preise bezahlt, sondern generell?«

»Dieser Verdacht erhärtet sich. Willst du meine Meinung zu Hellstroem hören?«

»Selbstverständlich, Karl.«

»Der Mann hat einen psychischen Defekt. So etwas wie eine Zwangsstörung. Er scheint bei Kunstgegenständen in eine Art Kaufrausch zu verfallen, er muss diese Dinge unbedingt haben, koste es, was es wolle. Wenn er sie dann besitzt, verlieren sie für ihn schnell an Bedeutung. *Du* hast mir schließlich berichtet, dass er einen großen Tresorraum besitzt, in dem er die ersteigerten Gegenstände offensichtlich wegschließt. Interessant ist, dass er gelegentlich einzelne Werke verkauft, also von den verfügbaren, um wieder Liquidität aufzubauen. Das könnte bedeuten, dass es ihm ausschließlich um die Befriedigung des Kaufrausches geht und nicht unbedingt um den Besitz. Wir sind keine Profis, aber der Mann gehörte meines Erachtens in psychiatrische Behandlung.«

Dorn nickte nachdenklich. »Anderes Thema, Karl. Was ist mit Immobilien?«

»Habe ich auch recherchiert. Außer seinem Grundstück mit Luxusvilla existieren keine Immobilien. Sein Anwesen ist abbezahlt, wird auf etwa zehn Millionen geschätzt.«

»Eine Frage noch, Karl. Woher hat Ignatz den Reichtum, den er ja offensichtlich verschwendet?«

Karl lächelte ihn an. »Erbschaft, etwa fünfhundert Millionen. Das Leben ist manchmal etwas ungerecht in der Verteilung von Vermögen.«

Dorn lächelte zurück. »Na ja, ich kann mich ja auch nicht beklagen.«

Sonnfeld winkte ab. »Wir alle dürfen uns nicht beklagen. Der Unterschied zwischen Hellstroem und dir ist nur der, dass du für dein Vermögen in den letzten Jahren hart gearbeitet hast, ohne Anschub durch Erbschaften. Natürlich hast du mit diversen Transaktionen auch sehr, sehr viel Glück gehabt.«

»Da muss ich dir recht geben. Eine allerletzte Frage drängt sich mir auf.«

»Jetzt ist aber gleich Schluss«, antwortete der Banker und lächelte wohlwollend. »Was möchtest du denn noch wissen?«

»Wie lange, glaubst du, wird Ignatz noch durchhalten, also finanziell?«

Sonnfeld dachte nach, bevor er antwortete. »Es kann sich theoretisch noch einige Jahre hinziehen, bis er aufgeben muss, selbst wenn er alle seine freien Kunstwerke mit Verlust verkaufen müsste. Und seine Villa wäre ja auch noch beleihbar mit etwa acht bis zehn Millionen. Es ist schwer vorhersehbar, es sei denn, er macht einen großen Fehler.«

Doktor Sonnfeld stand auf und wanderte einen Moment auf und ab, dann setzte er sich wieder in den schwarzen Ledersessel und verschränkte die Arme. »So, Peter, ich habe dir jetzt alles erzählt, was ich in Erfahrung bringen konnte. Habe mich bei den Recherchen ziemlich weit aus dem Fenster gelehnt, das Bankgeheimnis gebrochen und ein richtig schlechtes Gewissen. Ich denke, es ist an der Zeit, dass du jetzt mal *deine* Karten auf den Tisch legst.«

»Was meinst du?« Dorn wusste es.

»Du schuldest mir noch eine Erklärung, wofür du siebzig bis achtzig Millionen brauchst.«

Jetzt war es so weit! Die weiteren Planungen hingen davon ab, ob Karl weiter mitspielte. Dazu musste er, Dorn, seine Geschichte, die er sich in wochenlanger Arbeit zurechtgelegt und hinsichtlich ihrer Plausibilität immer wieder hinterfragt hatte, so glaubhaft wie möglich darstellen.

»Ja, Karl, das hatte ich erwartet. Du als mein Freund sollst natürlich erfahren, was ich jetzt vorhabe. Dazu muss ich aber etwas ausholen. Hast du denn noch Zeit für mich oder soll ich in den nächsten Tagen wiederkommen?«

»Die nehme ich mir«, erwiderte Sonnfeld leise. »Hauptsache, ich verstehe es.«

Dorn versprach ihm, alles verständlich darzustellen. »Du weißt, dass ich mir in West- und Osteuropa ein Netz von Vermittlern aufbaue, die mir Kunstwerke, speziell Gemälde, anbieten. Diese lehne ich ab, wenn ich sie für wertlos erachte, oder vereinbare bei interessanten Objekten einen Termin zur Ansicht. Dabei prüfe ich Zustand, Alter und, wenn möglich, auch erste Eindrücke von der Echtheit und Zuschreibung zu Künstlern, wenn Werke keine Signatur aufweisen. Dies über vorliegende Expertisen oder sonstige Dokumente. Wenn es mich weiterhin interessiert, versuche ich, das Werk auszuleihen mit einem entsprechenden Vertrag, um es auf eigene Kosten prüfen zu lassen.«

Sonnfeld hob kurz die Hände. »Das weiß ich bereits alles, du hast ja damit auch schon einiges an Geld verdient. Aber jetzt mal Butter bei die Fische! Ich bin ganz Ohr.«

Nun gab es kein Zurück mehr! Die Geschichte musste auf den Tisch! Peter Dorn machte sich Sorgen, ob Karl ihm folgen würde. Sonnfeld hatte in den letzten Minuten etwas skeptisch gewirkt oder bildete er sich das nur ein?

Anfang Februar dieses Jahres war Dorn durch einen polnischen Vermittler ein Objekt angeboten worden, bei dem er den Verdacht hatte, dass es sich um das Werk eines großen Künstlers handeln könnte. Der Vermittler, selbst kein Fachmann, schrieb Dorn, dass es ein älteres Ehepaar in einer Hausecke hängen hatte und weiter nicht beachtete, sich aber von dem Gemälde auch nicht trennte, da es ihnen von einer Tante aus Deutschland vererbt worden war. Das Testament sah ferner vor, dass das Gemälde, falls nötig, nur in Deutschland an einen deutschen Kunstliebhaber verkauft werden sollte. Die Tante hatte dieses Hintertürchen vorgesehen, falls das Ehepaar in finanzielle Schwierigkeiten kommen sollte. Der Vermittler hatte das Ehepaar überreden können, das Kunstobjekt für Peter Dorn freizugeben. Die Übergabe erfolgte auf der deutschen Seite der Grenze bei Frankfurt/Oder.

Karl Sonnfeld hatte aufmerksam zugehört. »Peter, entschuldige, über diese Vorgänge besitzt du doch hoffentlich Kopien?«

»Selbstverständlich. Ich habe das Testament und sogar einen Kaufbeleg über die Anschaffung des Exponates. Aus diesem geht hervor, dass der Vater dieser verstorbenen Tante das Gemälde bereits 1912 von einem Augsburger Lebensmittelhändler für einhundert Mark, später Goldmark genannt, erworben hat.«

»Das ist gut, sehr gut.« Sonnfeld klopfte sich erfreut auf den Oberschenkel.

»Warum soll das gut sein?«

»Dann ist es keine *Beutekunst*, weder aus dem Ersten noch aus dem Zweiten Weltkrieg, das ist sehr wichtig, weil bei Beutekunst die Eigentumsverhältnisse geklärt werden müssten. Es scheinen damit vollkommen akzeptable Rechtsgeschäfte zugrunde zu liegen. Die Tante hat dann nach dem Tod ihres Vaters das Gemälde geerbt und weitervererbt, das ist doch plausibel, oder?«

»Das ist vollkommen logisch, ja.«

»Sag mal, welchen Künstler hast du denn vermutet, und was ist daraus geworden?«

Ein Glück, Karl schien ihm die Geschichte abzukaufen. Jetzt fehlte nur noch ein weiterer großer Schritt.

»Ich vermutete, dass das Objekt von Jan Vermeer oder einem seiner Schüler stammt. Ich habe es dann mit verschiedensten Methoden überprüfen lassen, es ist echt und stammt von Vermeer!«

»Deinen Optimismus hätte ich gern, was macht dich da so sicher?«

»Weil es von einem der weltbesten Gutachter untersucht wurde. Seine Expertisen sind allesamt korrekt gewesen, er hat jede Menge Falsifikate aufgedeckt. Nur einmal hat er eine falsche Empfehlung abgegeben, aber dies basierte nicht auf einer Fehldiagnose, sondern war ein abgekartetes Spiel mit reichlich Schmiergeld, was aber nicht in der breiten Öffentlichkeit bekannt wurde. Daraus hat er gelernt und sich bei den Beteiligten entschuldigt. Nie wieder ist so etwas vorgekommen, der Mann genießt heute einen nicht zu toppenden Ruf, nicht nur in Deutschland, sondern europa- und wohl auch weltweit.«

»Und um wen handelt es sich?«

»Professor Doktor Lehmdörfel, Restaurator, er hatte einen Lehrstuhl für Kunstgeschichte und war dann später als Gutachter mit dem Schwerpunkt sechzehntes bis achtzehntes Jahrhundert tätig.«

»Mensch, Peter, der sagt sogar mir was! Vor etwa einem Jahr erschien mal ein Artikel über ihn, seine Irrtumswahrscheinlichkeit in der Malkunst liegt bei null, ein ausgesprochen fähiger und gründlicher Experte.« Sonnfeld freute sich wie ein Kind. »Du Glücklicher! Um welches Gemälde handelt es sich?«

»Die meisten Werke von Jan Vermeer hängen weltweit in großen Museen. Aber aus alten Auktionsverzeichnissen weiß man, dass es noch unbekannte Objekte in Privatbesitz geben muss. Meine Entdeckung ist eines davon, hat somit auch noch keinen offiziellen Titel. Es gehört zur Genremalerei von Vermeer und zeigt einen schlafenden Soldaten mit Weinkrug, und so wird es künftig auch heißen. Ich habe dir ein Foto ausgedruckt. Hier.« Dorn griff in die Innentasche seiner schwarzen Lederjacke und schob ein Foto über den Besprechungstisch.

Der Banker betrachtete es eine Weile, nickte und sagte dann leise: »Es ist großartig, auf den ersten Blick sind keinerlei Mängel zu erkennen. Das Ding dürfte wohl einiges wert sein. Was sagt Lehmdörfels Gutachten dazu oder hat er sich zu diesem Thema nicht geäußert?«

»Doch. Sechzig bis siebzig Millionen bei einem Erstverkauf von Privat an Privat, in einer öffentlichen Versteigerung bei einem internationalen Auktionshaus sollte sich der Preis dann mehr als verdoppeln.«

»Du meinst sicherlich New York oder London?«

»So in der Größenordnung.«

»Ach, jetzt verstehe ich! Um dieses Bild zu erwerben, brauchst du die besagten Millionen.«

»Das ist grundsätzlich richtig. Aber ich habe einen anderen Plan, den ich dir gern vorstellen würde.«

»Da bin ich aber gespannt.«

»Vorweg noch eine Frage. Sag mal, Karl, hast du noch die Lizenz, um Auktionen durchzuführen?«

Sonnfeld wurde hellhörig. »Selbstverständlich. Ich habe eine Versteigerungserlaubnis nach Paragraf vierunddreißig B Gewerbeordnung, um genau zu sein. Aber warum fragst du danach? Was hast du vor?«

»Zunächst möchte ich den Wünschen des polnischen Ehepaares entsprechen und den Vermeer an einen deutschen Interessenten verkaufen, also nicht unbedingt selbst einsteigen. Natürlich wissen weder mein Vermittler noch das Ehepaar von dem Wert des Objektes. Was aber viel wichtiger ist – ich möchte Ignatz von Hellstroem herausfordern, im Rahmen einer offiziellen Auktion.«

»Die Sache mit deinem schärfsten Widersacher kann ich gut nachvollziehen. Aber wie willst du das anstellen?«

»Ich wünsche mir eine Auktion hier im Bankhaus, du bist der Veranstalter und stellst das Werk zur Ansicht zur Verfügung, wenn es jemand sehen möchte.«

»Das ist grundsätzlich kein Problem. Ich muss gelegentlich Versteigerungen durchführen, meistens mit Briefmarken, für die sich Erben kaum noch interessieren. Zweimal habe ich auch kleinere Bildsammlungen unter den Hammer gebracht, aber immer öffentlich mit entsprechenden Ankündigungen in der Fachpresse und im Internet.«

Dorn schüttelte den Kopf. »Nein, so geht das natürlich nicht. Ich brauche eine Privatveranstaltung, zu der zahlungskräftige Leute eingeladen werden. Sie geben während einer Angebotsfrist ein einmaliges, schriftliches Gebot ab, was geheim gehalten wird. Nach Ablauf der Frist erhält das Höchstgebot den Zuschlag.«

»Das wäre eine sogenannte verdeckte Auktion mit einmaliger Preisabgabe. Ist rechtlich kein Problem, könnte man machen.« Der Banker rieb sich die Wangen. »Aber ich verstehe immer noch nicht, was du mit einer solchen Veranstaltung bezwecken willst und wie das mit dem Hellstroem zusammenhängt.«

»Das ist nicht sonderlich kompliziert. Ich gebe dir gleich eine Liste von acht Interessenten, die du zur Gebotsabgabe einlädst. Die kenne ich alle persönlich, sie sind übrigens allesamt Geschädigte von Ignatz' Preistreiberei und möchten ihm einen Denkzettel verpassen. Sie werden dir je ein Angebot abgeben, auf eine Objektbesichtigung verzichten, damit du mit ihnen keine Termine machen musst. Ihre Angebote werden alle *unter* meinem Gebot liegen, das habe ich mit diesen Leuten abgestimmt. Keiner von den Bietern hat wirklich Interesse an dem Vermeer.«

Sonnfeld hob die Hand. »Wieso eigentlich nicht, Peter? Es ist doch ein Geschäft, das kurzfristig Gewinne von hundert Prozent und mehr erwarten lässt. Auf Deutsch gesagt – wirst du hier nicht verarscht?«

»Nein. Diese acht Personen sind nicht in der Lage, die notwendigen Millionen aufzubringen, auch nicht auf Kredit.«

»Verstehe. Was ist nun dein Gebot?«

»Ich werde achtundsechzig Millionen bieten.«

»Gut, gut. Aber die Angelegenheit mit Hellstroem habe ich immer noch nicht kapiert.«

»Der Hellstroem wird ganz normal von dir zur Besichtigung und Gebotsabgabe eingeladen. Er wird sicher zur Besichtigung erscheinen, da er keine lange Anfahrt hat und ihn teure Malkunst nun mal magisch anzieht. Du machst mit ihm einen Termin, auf diesem muss er irgendwie erfahren, dass ich ebenfalls dabei bin und achtundsechzig Millionen biete. Wie schon gesagt, ich will ihn herausfordern! Es können nun drei Dinge passieren. Erstens: Er könnte noch wesentlich mehr Geldvermögen haben, als deine Recherchen ergeben haben. In diesem Fall würde er mich sofort überbieten und den Vermeer erhalten. Dann hätte ich mit Zitronen gehandelt und müsste mein künftiges Mitbieten auf Auktionen komplett überdenken. Zweitens: Er erscheint zur Besichtigung, bietet aber nicht mit. In diesem Fall wüsste ich genau, dass seine finanziellen Ressourcen am Ende sind, bei derart teuren Versteigerungen würde er folglich keine Rolle mehr spielen. Drittens: Er überbietet mich, kratzt aber seine letzten Reserven zusammen und bekommt das Bild. Dann müsste er es schnellstens mit Gewinn versteigern lassen, was aber nur über die großen Auktionshäuser möglich wäre. Da es Wochen oder sogar Monate dauern kann, bis er im Versteigerungskatalog eines solch renommierten Hauses aufgenommen würde, sollte er in diesem Fall in finanzielle Schwierigkeiten kommen. Du hattest ja bereits erwähnt, dass die Banken sich mit weiteren Engagements zurückhalten werden, dann wäre der Kerl schnell am Ende.«

Sonnfeld hatte seinen Freund ausreden lassen, obwohl er ihn gerne unterbrochen hätte. »Wenn ich das richtig sehe, funktioniert dein Plan aber nur, wenn Hellstroem von der Höhe deines Gebotes erfährt. Das muss ja hier passieren, wenn er seinen Besichtigungstermin wahrnimmt. Wie soll ich das anstellen?«

»Karl, du bist doch ein erfahrener und listiger Banker, dir wird doch bestimmt was einfallen, wie Ignatz bei dir an diese Information gelangt, ohne dass er misstrauisch wird, oder?«

Der Banker zögerte. »Ja, das lässt sich wohl machen, aber …«

»Was, aber?«

»Peter, Hand aufs Herz! Das ist ein ziemlich ausgeklügelter Plan, geht das denn auch alles mit rechten Dingen zu?«

Sein Freund durfte jetzt auf keinen Fall einen Rückzieher machen! »Karl, schlimm genug, dass du daran zweifelst. Ich sagte dir bereits, dass ich dein Freund bin und auch bleiben möchte.«

»Ja, entschuldige. Als Inhaber einer Versteigerungslizenz muss ich mich mit den rechtlichen Grundlagen dieses Geschäftes befassen. Gegen die verdeckte Auktion mit geheimer Gebotsabgabe ist nichts einzuwenden, auch nicht gegen die persönliche Einladung ausgewählter Teilnehmer. Was aber streng verboten ist, sind Preistreibereien durch Lockvögel, um künstlich höhere Preise zu erzwingen. Dies scheint mir hier aber gegeben.«

»Wie bitte? Karl, ich bin doch kein Lockvogel! Sieh es von der praktischen Seite – ich gebe ein ganz normales Gebot ab, die anderen Bekannten von mir werden einfach darunter bleiben. Das ist alles! Hier treibt doch niemand die Preise! Wenn Ignatz nicht mitmachen sollte, dann erhalte ich den Zuschlag. Noch mal – ich bin nicht scharf auf das Gemälde, ich will Ignatz endgültig aus der Reserve locken, um zu wissen, wie ich in Zukunft am Kunstmarkt seriös agieren kann, möglichst ohne diesen kranken Querulanten. Der ist doch der Preistreiber! Den einzigen Gefallen, den du mir noch tun musst, ist, dass der Kerl von meinem Gebot erfährt. Du hast doch überhaupt kein Risiko, nach der Auktion ist die Sache für dich erledigt, niemand kann dich angreifen, du hast alle Dokumente, die du brauchst, und das war es!«

Dr. Karl Sonnfeld dachte nach. Peter hatte recht. Er, Sonnfeld, hatte kein Risiko, Preistreiberei lag auch nicht vor. Plötzlich kam ihm seine Frau Maria in den Sinn. Sie hatte Kontakt zu diesem Hellstroem, welcher Art, das wusste er noch nicht. Aber er wusste, dass er seine Maria nicht verlieren wollte. Somit hatte auch er ein ganz persönliches Interesse daran, dass Hellstroem unterging, dann würde sie ohnehin von dem Mann ablassen. Und er? Er musste sich wieder mehr um sie kümmern, mehr Zeit für sie haben, sie wieder richtig lieben. »Ich mach es.«

»Das ist wahnsinnig nett von dir, das werde ich niemals vergessen«, sagte Dorn erleichtert.

Sonnfeld lächelte, zum ersten Mal wieder in seiner gütigen Art, und verschränkte die Arme als Zeichen, dass er etwas Wichtiges sagen wollte. »So, Peter. Jetzt machen wir Nägel mit Köpfen. Ich brauche einen verbindlichen Auftrag von dem Ehepaar, dass ich mit der Versteigerung beauftragt bin.«

»Das habe ich bereits, in Polnisch und mit deutscher Übersetzung.«

»Dann brauche ich die Einverständniserklärung deines Vermittlers, dass die Einlieferung über dich erfolgt.«

»Habe ich auch schon erledigt.«

»Du bist ja ein Fuchs. Sehr gut. Ferner brauchen wir ein Treuhandkonto, auf das die Zahlung des Höchstgebotes und des Aufgeldes erfolgt, mein Part, kein Problem. Wir treffen uns morgen um 10 Uhr, bitte pünktlich sein! Ich brauche alle Dokumente im Original, Kopien bekommst du von uns. Hast du das Gemälde zu Hause?«

»Ja.«

»Bitte mitbringen in einem transportsicheren Behältnis. Einen Aufsteller haben wir im Keller, ich rufe gleich den Hausmeister an, es handelt sich um eine Art Vitrine, die vielleicht von einigem Staub befreit werden muss. Die Einlagerung erfolgt bei uns in meinem Spezialtresor. Die Auktionsbedingungen inklusive Treuhandkonto gehen dir wie allen anderen per Post zu. Letzte schriftliche Angebotsabgabe ist am Donnerstag, vierter Mai 2017, es zählt das Datum des Poststempels. Das Aufgeld beträgt zwei Prozent, ich arbeite nicht gern umsonst.«

Dorn blühte auf. »Ich bringe dir alles mit und werde morgen Punkt 10 Uhr bei dir sein.«

»Dann sind wir uns ja einig.« Sonnfeld ging um den Besprechungstisch herum und umarmte seinen Freund zum Abschied. Dorn steckte das Foto des *Schlafenden Soldaten mit Weinkrug* ein und verließ eilig das Büro.

Zu Hause in Gehrden kamen ihm Gewissensbisse. Es gab tatsächlich ein polnisches Ehepaar und den Vermittler, die jeweils eintausend Euro erhalten hatten, um die Existenz eines Gemäldes und den Transfer an Dorn zu bestätigen, falls es zu Kontrollanrufen käme. Eintausend Euro für Nichtstun war viel Geld. Egal wer das Kunstwerk ersteigert haben würde, das Geld würde immer zu dem Treuhänder fließen, von dem dann das Aufgeld an das Bankhaus Sonnfeld & Co. KG überwiesen würde. Den Rest behielt in jedem Fall Peter Dorn, entweder war es sein eigenes Geld oder jenes von diesem verhassten Hellstroem. Dieses Vermögen würde Dorn dann bei einer kleinen schwedischen Bank über einen Zwischenhändler parken, sodass Sonnfeld von diesen dubiosen Transaktionen wohl nichts mitbekommen würde. Auch die acht vermögenden Mitbieter gab es, mit denen hatte Dorn über deren Gebote verhandelt. Alle waren damit einverstanden, diesem Dämonen, der sämtliche Preise mit seinen Auftritten im kleinen und größeren Kunsthandel kaputtmachte, das Handwerk zu legen.

Alles andere waren gekonnte Fälschungen oder frei erfundene Personen:

Der Kaufvertrag des Vaters von der Tante des Ehepaares, der angeblich 1912 das Bildnis erworben hatte.

Der Vater der Tante.

Die Tante und das Testament der Tante aus Deutschland.

Der Auftrag, das Kunstwerk zu versteigern.

Die Einverständniserklärung des Vermittlers.

Nicht zuletzt das wunderschöne Kunstwerk, das eigentlich keinen Cent wert war, außer der verwendeten Farbe und sonstiger Utensilien, weil es ein junger Künstler fertiggebracht hatte, es als Neuschöpfung in der Art und Technik eines Jan Vermeer van Delft zu gestalten.

Kapitel 12

Donnerstag, 20. April 2017
Zentraler Kriminaldienst

Christa Brunner rief bei Tobias Heuward an.

»Hallo, Frau Brunnen, wie komme ich denn zu der Ehre, dass Sie mich anrufen?«

»Junger Freund, ich heiße Brunner. Bitte einprägen, Brunner, Christa Brunner. Wo ist denn dein Chef abgeblieben?«

»Wieso? Der ist doch in seinem Zimmer.«

»Ist er eben nicht.«

»Dann ist er kurz bei einem Kollegen oder hat halt eine Sitzung auf der Toilette. Von größeren Terminen weiß ich nichts. Soll ich ihm was ausrichten, Frau … Brunner?«

»Ganz schön kess für einen jungen Mann in deinem Alter. Moment.« Tobias hörte ein lautes Schnäuzen, dann war sie wieder am Apparat. »Herr Heuward?«

»Ja, bin ganz Ohr.«

»Die Berichte zum Thema Malte Decker habt ihr ja längst vorliegen. Sag ihm, dass ich ein paar Nachträge für euch habe. Soll sich melden wegen Termin, am besten heute noch.«

»Werde ich ihm ausrichten.« Tobias lief in Leitners Büro und schrieb ihm eine kleine Notiz.

Fünf Minuten später öffnete Leitner Tobias' Tür und schaute um die Ecke. »Tobias, Zandermann und ich gehen jetzt zu Frau Brunner, willst du mitkommen?«

»Klar, Chef«, sagte Tobias.

»Dann komm schon«, erwiderte Leitner.

Frau Brunner lachte ganz entzückt auf. »Huch, gleich drei so nette Herren beehren mich, das bin ich gar nicht gewöhnt.« Die korpulente Dame strich eine blonde Locke zur Seite. »Nehmt doch Platz. Kaffee?« Sie holte eine vorbereitete Kanne und stellte vier Becher bereit. »Ihr müsst heute mit mir vorliebnehmen. Die anderen Kollegen lassen sich entschuldigen, haben alle keine Zeit, meine Leute sind auch schon wieder unterwegs. Ich habe mir die Mühe gemacht, noch ein paar Nachträge zusammenzustellen.«

Leitner nahm einen Schluck des heißen Kaffees. »Sehr nett, können wir gleich einsteigen?«

Frau Brunner schaute ihn irritiert an und blies eine Locke aus ihrem Gesicht. »Wieso? Ja, wir können loslegen, keinen Stress bitte, mein lieber Kollege Leitner.« Sie schnaubte einmal kräftig in ein Taschentuch, dann fuhr sie fort: »Ich beginne mal mit den Sachen, die nicht viele Erkenntnisse gebracht haben, zum Beispiel die Analyse von Malte Deckers Computer. Die Auswertung hatte sich verzögert, weil der Kollege krank geworden ist. Rein vom E-Mail-Verkehr her kann Decker nicht allzu viele Leute gekannt haben, er hatte Mail-Kontakte zu zehn Leuten, letzter Kontakt war vor zwei Jahren. Hier habe ich die Liste.« Sie wühlte in ihren Unterlagen, zog eine Seite heraus und gab sie Leitner.

»Das ist doch schon mal ein Ansatz«, kommentierte dieser.

»Ich mach mal weiter. Im Darknet war er auch mal unterwegs, ist aber lange her. Was er da wollte, wäre nur mit einem erheblichen Aufwand zu untersuchen, sagen unsere Experten.«

»Vielleicht nicht so wichtig«, murmelte Zandermann.

»Das müsst *ihr* wissen.« Sie lächelte in die Runde. »Eine kleine Ergänzung zu den Drogen. Hatte etwas gedauert, aber wir finden einfach alles, wir sind doch klasse, oder?« Sie erwartete eine Antwort, aber die drei Ermittler schauten sie nur an.

»Das Zeug war in einem doppelten Boden *auf* dem Schrank versteckt, nicht unten, wo man es eigentlich vermuten würde. War nicht ganz einfach, da überhaupt ranzukommen.«

Frau Brunner war offenkundig in Plauderlaune, aber keiner der drei Männer ging darauf ein. »Ihr seid ja heute richtige Langweiler. Na gut, ich mach einfach weiter. Das nächste Thema wäre der Leichnam. Nachdem dieser aus dem Wasser gehoben worden ist, fanden wir neben ihm eine hartborstige Handbürste, die man zum Beispiel zum Reinigen der Fingernägel nutzen kann. Also, wenn …«

»Mann, mir fällt gerade ein: Das Ding erklärt die komischen Kratzspuren im Gesicht und an den Händen bei unserem Freund«, fiel ihr Tobias ins Wort.

»Schon möglich. Aber warum? Jetzt lass Frau Brunner weitermachen«, fuhr ihn Leitner an.

»Ja, mein Brötchengeber.«

Leitner überhörte die Albernheit. »Einfach weiter, Kollegin.«

»Ja, wo waren wir stehen geblieben? Ach ja, habt ihr zu der Bürste noch Fragen?«

»Nein.«

»Der nächste Punkt kommt vom Labor, wurde auch nachgereicht. Die Konzentration des Blutes in der Wanne wurde sorgfältig untersucht auf Fremdstoffe, die zum Beispiel die Augenrötung des Toten erklären könnten. Ergebnis ist negativ.« Sie griff nach einer bestimmten Seite in ihren Notizen. »Hier ist es. Weiter im Text. Eine ergänzende Notiz von Frau Engelberg habe ich noch für euch: mögliche Hinweise auf postmortal gesetzte Schnitte an den Pulsadern.«

Da Tobias sie etwas irritiert anschaute, meldete sich Werner Zandermann zu Wort. »Herr Heuward?«

Der wendete den Kopf fragend zu seinem Kollegen.

»Postmortal gesetzte Schnitte bedeutet, dass man dem Herrn Decker die Pulsadern *nach* seinem Tod beigefügt haben könnte. Die Betonung liegt auf *mögliche Hinweise*.« Dann lächelte Zandermann in die Runde. »Mit dem Wissen wächst der Zweifel, ein Sinnspruch aus Goethes *Maximen und Reflexionen*, erster Teil.«

Tobias grinste. »Sind Sie Philosoph oder Sprücheklopfer?«

»Nein, Kriminalhauptkommissar, glücklich verheiratet, zwei Kinder.«

»Danke für die Belehrung, Herr Zandermann, aber speziell mit Goethe habe ich nicht so viel am Hut, mehr mit …«

Leitner räusperte sich. »Kann Frau Brunner jetzt fortfahren?« Sein Magen meldete sich, er brauchte dringend seine Schmerztabletten.

Da es im Raum still wurde, ergriff Frau Brunner wieder das Wort. »Na, dann mach ich mal eben weiter. Thema Fingerabdrücke. Also, wir haben naturgemäß sehr viele Spuren des Toten. Dann noch Fragmente, die nicht auswertbar waren. Glücklicherweise haben wir im Rahmen einer Nachuntersuchung auf dem Laptop ein paar vollständig erhaltene Abdrücke einer anderen Person sichern können.«

»Haben wir die in der Datenbank?«, reagierte Leitner sofort.

»Leider nicht, ich hätte euch gern ein anderes Ergebnis präsentiert.«

Tobias hob kurz seine rechte Hand. »Frau Brunner, eine Sache lässt mir keine Ruhe. Als wir weggefahren sind, haben Sie danach Deckers Handy gefunden?«

»Das steht doch im Bericht, junger Mann. Ich habe wirklich gute Leute, uns entgeht nichts. Zwei Mitarbeiter waren nochmals dort, aber ein Handy haben wir nicht gefunden, es bleibt dabei.«

»Und was ist mit dem Hausschlüssel, haben Sie wenigstens den noch entdeckt?«

»Auch nicht. Kleiner Nachtrag für euch: Es handelt sich um einen sehr großen Bartschlüssel, das hat die Analyse des Türschlosses ergeben. Selbst der Versuch, diesen Schlüssel in der Toilette versenken zu wollen, wäre gescheitert, weil er zu groß und zu schwer war, um weggespült zu werden.« Stolz fügte sie hinzu: »Was wir nicht finden, ist auch nicht da, selbst in der Toilette nicht.« Sie wischte eine ihrer Locken aus der Stirn, trank den Kaffeebecher aus und stand auf. »Mehr habe ich für euch nicht, alles andere findet ihr wie gesagt in den Berichten. Ich muss mich jetzt verabschieden, ich muss zu meinem Chef, bin schon überfällig.«

Zum Verabschieden war keine Zeit mehr, Frau Brunner verließ eilig den Raum, und die drei schlenderten gedankenversunken zurück. Vor seinem Büro sagte Leitner zu den anderen: »Wir sollten uns gleich noch mal zusammensetzen. Der Fall fängt an, mich nervös zu machen. Vorschlag ... wir treffen uns im kleinen Besprechungsraum nebenan, in einer halben Stunde.«

Die beiden anderen waren einverstanden, ihre Wege trennten sich vor Leitners Büro. Heuward und Zandermann gingen eine Kleinigkeit essen, während Max Leitner sein Büro betrat und schnell seine Magentabletten einnahm.

Wie verabredet, trafen sie sich im kleinen Besprechungsraum. Leitner sagte mit Blick auf Tobias: »Schön, dass ihr pünktlich seid. Bitte nehmt Platz, lasst uns ohne Umschweife beginnen.« Er wies auf die vier Stühle, und er und Zandermann setzten sich. Tobias hatte offensichtlich Probleme, sich für einen der beiden restlichen Stühle zu entscheiden, hektisch zog er beide nach hinten und fiel dann stöhnend auf den linken Stuhl. »Gibt's keine Kekse?«

»Nein, gibt es nicht«, entgegnete Leitner scharf. »Ich möchte, dass wir uns kurz mit den möglichen Szenarien beschäftigen. Was ist mit diesem Malte Decker passiert?«

Der immer ruhig und souverän wirkende Werner Zandermann meldete sich zu Wort. »Ihr habt mich ja auf dem Laufenden gehalten, wenn ich mal nicht dabei war. Ich persönlich meine, dass dieser Herr Decker keinen Suizid begangen hat.«

»Warum?«, fragte Leitner.

In diesem Moment ging Tobias dazwischen und wühlte in seinen Haaren. »Leute, darf ich mal analysieren?«

»Mach«, erwiderte Leitner, »bist du einverstanden, Werner?«

»Na klar.«

Sofort ergriff der junge Mann das Wort und zeigte auf Leitner. »Wir beide hatten das schon kurz besprochen. Ich meine, wir müssen drei Szenarien im Kopf behalten und mit allem, was wir jetzt wissen, abgleichen. Erstens: Der Malte hat sich doch umgelegt. Zweitens: Malte ist gestorben. Drittens: Er ist umgebracht worden.« Tobias zögerte, bevor er weitersprach. »Für Suizid sprechen die aufgeschnittenen Pulsadern nur noch eingeschränkt, siehe die Ergänzung von Frau Engelberg. Dafür spricht allenfalls noch der von Viktoria Schall beschriebene Gemütszustand, also himmelhochjauchzend und zu Tode betrübt. Der Decker war doch quasi schon gestorben, bevor er tot war; Lungenkrebs, Leberzirrhose, Drogen, Alkohol und gewaltige Schmerzen.«

»Was spricht gegen Suizid?«, wollte Werner Zandermann wissen.

»Zum Beispiel das gebrochene Rückgrat. Wenn er selbst gegen die Badewanne geknallt ist, kann er sich die Pulsadern nicht aufgeritzt haben, weil er gelähmt war. Oder? Ach, ich weiß auch nicht …« Tobias wippte mit dem Stuhl, ein sicheres Zeichen, dass er ganz bei der Sache war, aber plötzlich nicht weiterwusste.

»Es kann kein Suizid sein«, wandte Zandermann ein.

»Und wieso nicht?«

»Es spricht einfach zu viel dagegen, was meinst du, Max?«

»Ich bin unsicher. Wir dürfen uns jetzt nicht in Spekulationen verrennen.«

Plötzlich schnippte Tobias mit den Fingern. »Ich möchte einen bescheidenen Beitrag leisten, damit wir weiterkommen, Ausschlussverfahren ist das Zauberwort, habe ich von dir gelernt, Max.«

Leitner grinste und machte eine kleine Handbewegung, damit Tobias weitersprach.

»Also, Leute. Es ist vollkommen unerheblich, ob der Malte Suizid begangen hat oder einfach verstorben ist. Entscheidend ist doch Folgendes: kein Handy, kein Schlüssel. Heute hat doch jeder Opa ein Handy, also wieso Malte nicht? Der mag zwar alles Mögliche verkauft haben, aber nicht sein Handy. Zusammen mit dem fehlenden Schlüssel, der nicht im Klo heruntergespült worden sein kann, ergibt sich eine ganz entscheidende Wendung – es sind in jedem Fall ein oder mehrere Personen in seiner Wohnung gewesen, sie haben beim Weggehen Maltes Schlüssel und sein Handy mitgenommen!« Tobias verschluckte sich vor Aufregung und musste husten. Es dauerte einen Moment, dann erholte er sich. »Sorry. Kann ich weitermachen?«

Leitner und Zandermann zuckten mit den Schultern.

»Na denn«, sprach Tobias weiter, »darf ich ein Szenario vorstellen, was da passiert ist, unter Berücksichtigung aller Fakten, die wir jetzt kennen?«

»Ja«, antwortete Leitner in seiner kurz angebundenen Art.

Tobias suchte etwas in seinem Notizbuch. »Also. Ich rede jetzt in der Mehrzahl. Zwei oder mehr Personen, wahrscheinlich diese nett gekleidete Viktoria Schall plus Anhang, sind am neunzehnten März bei Malte Decker mit einem Ersatzschlüssel eingedrungen oder er hat ihnen aufgemacht. Bei Malte waren auch die Drogen seiner Kumpel gelagert, denn ich kann mir nicht vorstellen, dass eine Einzelperson Drogen im Wert von fünftausend Euro hortet. Entweder war Malte bereits tot oder ist durch einen Stoß nach hinten gefallen und gestorben. Dann wurde intensiv nach den Drugs gesucht, aber nichts gefunden. Ist ja auch eine Frage der Intelligenz, Drogen *auf* einem Schrank mit doppeltem Boden zu suchen. Da er, theoretisch noch lebend, die Drugs nicht rausrückt, wird er spätestens jetzt umgebracht, mit Vorsatz oder eben versehentlich! Nun wollen die Eindringlinge einen Suizid von Malte vortäuschen, tragen ihn ins Badezimmer. Man zieht ihm die Schuhe aus, und ein stämmiger Kerl will ihn in die noch leere Badewanne befördern, mit den Füßen voran. Tote sind aber mächtig schwer, das weiß ich aus anderen Fällen. Dabei rutscht ihm der leblose Körper weg, und der Sturz bricht dem Toten das Rückgrat auf der Kante der Badewanne. Jetzt füllen sie Wasser ein, schneiden ihm die Pulsadern auf mit einem nicht ganz scharfem Messer, weil sie nichts anderes finden. Dann wollen sie abhauen, nehmen das Handy mit und machen jetzt einen Riesenfehler. Sie verschließen die Tür und nehmen seinen Schlüssel mit. Na, wie war ich?«

»Großartig«, lächelte Werner Zandermann. »Aber warum nehmen diese Personen sein Handy mit?«

»Na, das ist doch wohl sonnenklar. Sie wollen ihre Spuren verwischen, denn auf Maltes Handy sind vermutlich zumindest ihre Telefonnummern gespeichert.«

Zandermann wirkte weiter interessiert. »Warum lassen die Leute den Computer stehen?«

»Äh, Moment ... warte mal«, antwortete Tobias und vergrub seinen Lockenkopf in den Händen. Schnell zuckte er wieder hoch. »Ist auch ganz einfach, sie haben alle ausschließlich miteinander telefoniert. Immer, wenn ein Typ Drogen braucht, ruft er Malte an, und sie verabreden sich. Malte holt die Sachen vorher aus seinem Versteck, und dann gibt's Ware gegen Geld. Kein E-Mail-Verkehr, keine Auftritte in sozialen Netzwerken.«

»Aber der hatte doch E-Mail-Adressen auf seinem Computer«, wandte Zandermann ein.

»Das sind andere Kontakte, sie sind zu lange her, vielleicht aus seinem früheren Leben, als es noch geregelt verlief.«

Zandermann nickte. »Das ist durchaus eine Erklärung. Aber was ist mit der Bürste und den Kratzspuren im Gesicht und an den Händen?«

»Ach ja, diese blöde Bürste. Das weiß ich auch nicht.«

Leitner schaltete sich ein. »Wir verzetteln uns. Deine Darstellungen klingen zwar gut, Tobias, bringen uns aber keinen Millimeter weiter.«

»Diese Scheißbürste vermasselt mir mein Szenario.«

»Das ist nicht das Problem.«

»Was schlägst du vor, Max?«, wollte Zandermann wissen.

»Ganz einfach. Ich arbeite die Computerliste durch, versuche herauszufinden, in welchem Verhältnis die Leute von der Liste zu dem Toten standen und so weiter. Ihr beide besucht Viktoria Schall.«

»Und warum?« Tobias schien etwas irritiert zu sein, weil seine Analysen nicht so richtig angekommen waren.

»Neben der Computerliste und Frau Schall haben wir keine weiteren Anhaltspunkte. Ihr macht das aber bitte zu zweit. Werner?«

»Das geht in Ordnung. Wo wohnt die?«

Schnell war Tobias wieder zur Stelle. »Ganz in der Nähe der Lutherkirche, Hannover-Nordstadt.«

»Das erledigen wir nächste Woche, Herr Heuward«, versprach Zandermann.

»Warum nicht gleich?«

Werner Zandermann schüttelte den Kopf. »Für die Restwoche bin ich komplett dicht mit Terminen. Ich melde mich Anfang nächster Woche bei Ihnen. Bevor wir fahren, müssen wir uns noch auf das Gespräch vorbereiten.«

»Warum das denn? Die Viktoria beißt uns doch nicht.«

»Es ist sinnvoll, sich vorzubereiten, glauben Sie mir.«

Die drei gingen in ihre Büros zurück.

Kapitel 13

Freitag, 21. April 2017
Hannover

Doktor Karl Sonnfeld hatte noch am Tag von Peter Dorns letztem Besuch ein Einladungsschreiben für die Privatauktion verfasst und an die acht Scheininteressenten und an Ignatz von Hellstroem verschicken lassen. Wie von Dorn avisiert, gaben daraufhin die acht Leute Gebote per Fax ab, die zum Teil deutlich unter dem Kaufpreisangebot seines Freundes lagen, niemand hatte mehr geboten. Ferner hatte keiner dieser acht Auserwählten um einen Besichtigungstermin gebeten, was Sonnfeld besonders gefreut hatte, weil es ihm viel Zeit ersparte und Peter Dorn damit sein Versprechen gehalten hatte.

Heute Morgen hatte Sonnfeld den Hausmeister gebeten, die Vitrine in seinem Büro aufzubauen, und zwar so, dass das auszustellende Objekt von der Besprechungsecke aus gut zu sehen war.

Gegen 12.30 Uhr hatte sich Sonnfeld mit einem Kollegen zum Essen verabredet, gegen 14.30 Uhr kam er zurück. Es war noch genug Zeit, bis sein nächster Gast kommen wollte. Er öffnete seinen Tresor und holte das wertvolle Gemälde heraus. Vorsichtig entfernte er die Transporthülle, stellte das Exponat in den Glasschrank, verschloss diesen und hängte ein großes Tuch über das Ganze. Der Schlüssel verschwand in seiner Anzugjacke. Aus Sicherheitsgründen würde er seinem Gast gegenüber behaupten, dass er den Schlüssel nicht habe, weil ein Mitarbeiter vom Sicherheitsdienst ihn an sich genommen habe. Bei derartigen Werten war immer Vorsicht geboten.

Seine Assistentin kam herein und reichte ihm eine Aufstellung, auf der alle Gebote für das Bild mit Namen und Höhe des Gebotes aufgelistet waren. »Hier ist das Dokument, das Sie noch haben wollten. Das höchste Gebot, das von Peter Dorn, steht oben. Ich hoffe, Herr Sonnfeld, dass es für Sie noch rechtzeitig fertig geworden ist?«

»Ganz herzlichen Dank, absolut im Zeitplan.« Er überflog es. »Es ist schnell zu lesen, die Daten sind gut zu verinnerlichen, super, liebe Kollegin. Ich brauche diese Tabelle für unseren nächsten Gast. Kommt um 15 Uhr.«

»Wer ist es?«

»Ein gewisser Hellstroem, ein ganz spezieller Freund von mir.«

Die Dame lächelte wissend, denn diese Formulierung von Sonnfeld deutete darauf hin, dass ein Kunde mit schlechtem Benehmen, unangenehmer Stimme oder Ähnlichem zu erwarten war.

Sonnfeld nahm einen Ordner aus der Schrankwand und legte ihn etwas abseits auf den hellen Marmortisch. Direkt vor seinen Sitzplatz, den er bei Besuch immer einnahm, legte er einen Aktendeckel, in dem sich nur diese eine Tabelle befand.

Er ließ seine schwere Tür geöffnet, damit er hörte, wann dieser Hellstroem im Sekretariat anklopfte oder gleich hereinplatzte. Er musste sich eingestehen, etwas nervös zu sein, schließlich ging es auch um einen Bekannten seiner Frau, wobei er immer noch nicht wusste, was diese Bekanntschaft für Maria bedeutete. Vielleicht machte er sich auch nur selbst verrückt.

Um 15.20 Uhr trat Hellstroem ein. Nicht groß von Gestalt, etwas wirres Haar, allerdings teuer gekleidet, wofür Sonnfeld ein Auge hatte, was ihn aber zu keinerlei Rückschlüssen auf Seriosität und Ehrlichkeit verleitete.

»Kommen Sie herein in die gute Stube und nehmen Sie Platz«, sagte Sonnfeld zur Begrüßung und deutete auf die schwarzen Ledersessel. Er selbst setzte sich zu seinen Unterlagen, Hellstroem schaute im Raum herum und nahm ihm gegenüber Platz.

»Da erscheine ich erstmalig in den Katakomben eines mir nicht bekannten Kreditinstitutes, und schon muss ich deutlich darauf verweisen, dass mein Name nicht Hellstroem lautet, sondern *von* Hellstroem. Ich darf Sie höflichst, aber dringlich auffordern, Ihre Tippse darüber in Kenntnis zu setzen, Herr Sonnfeld.«

»Doktor.«

»Ich verstehe nicht recht?«

»Mein Name ist Doktor Sonnfeld. Und die Dame nebenan ist keine Tippse, sondern meine Assistentin, ohne die ich meine Aufgaben hier im Haus nicht erfüllen könnte. Würden Sie das bitte zur Kenntnis nehmen, Herr von Hellstroem?« Was für ein Mistkerl.

Hellstroem wirkte in dem großen Ledersessel wie ein Zwerg. Seitdem er im Sessel versunken war, sah sein Gesicht irgendwie faltig aus, ähnlich wie seine Krawatte, was ihn noch kleiner erscheinen ließ. Ohne eine Antwort auf Sonnfelds Frage zu geben, streckte er seine Hand aus und deutete auf die abgehängte Vitrine. »Gehe ich recht in der Annahme, dass wir dort das Schmuckstückchen versteckt halten?«

»Erst mal sprechen wir über ein paar organisatorische und rechtliche Dinge.«

Sonnfeld zitierte aus den Auktionsbedingungen, erläuterte Ablauf und Ende der Veranstaltung. »Haben Sie das so weit zur Kenntnis genommen?«

Auch auf diese Frage reagierte Hellstroem nicht. Er entgegnete lediglich: »Herr Sonnfeld, dürfte ich höflichst darum bitten, dass man sich jetzt dem Objekt der Begierde zuwendet? Ich möchte Sie darauf aufmerksam machen, dass meine Zeit einer gewissen Beschränkung unterliegt.«

Karl Sonnfeld hätte diesen Giftzwerg am liebsten vor die Tür gesetzt. Mit letzter innerer Anstrengung sah er davon ab, schließlich wollte er seinen Freund Peter nicht enttäuschen. Aus dem Ordner entnahm er ein Dokument und schob es Hellstroem zu. »Erst wird hier unterschrieben!«, sagte er dann etwas schroff. »Sie müssen mir bestätigen, dass Sie mit den Auktionsbedingungen, einer einmaligen, unwiderruflichen und schriftlichen Gebotsabgabe und den Liefer- und Zahlungsbedingungen einverstanden sind.«

Ignatz schnappte sich das Papier, bewegte seinen Kopf, als wolle er es scannen. Dann knallte er es auf den Tisch und zückte aus seiner Jacke einen Kugelschreiber. Wie zu erwarten war, erfolgte eine gewaltig große Unterschrift, die fast über die gesamte Breite des Dokumentes reichte. Man konnte nur raten, dass dieses wirre Gekritzel *Ignatz von Hellstroem* heißen sollte. Von seinem Bankfreund wusste Sonnfeld aber, dass diese Unterschrift richtig war, da er eine Kopie eines anderen Dokumentes gesehen hatte, das Hellstroem genauso eigenwillig unterschrieben hatte.

Sonnfeld ging zur Vitrine. »Bleiben Sie einen Moment sitzen«, wies er Hellstroem an, »genießen Sie dieses fantastische Werk aus der ferneren Ansicht.« Mit gekonnten Handgriffen entfernte er das Tuch.

Hellstroem hielt es jedoch nicht auf seinem Sessel, sofort stürmte er auf das Bild zu. »Oh.« Mehr kam aus ihm nicht heraus.

»Es stammt aus Familienbesitz. Ich wurde beauftragt, das Gemälde an einen deutschen Liebhaber zu versteigern, daher auch der private Charakter mit den persönlichen Einladungen. Kommen Sie, setzen wir uns, ich zeige Ihnen die Dokumente. Wer den Zuschlag von mir erhält, bekommt dann alle Originale als Nachweis der Rechtmäßigkeit des Geschäftes.«

Sie studierten zusammen die Unterlagen. Immer wieder lief Hellstroem kurz zur Vitrine, kopfschüttelnd kam er zurück. Dies Prozedere wiederholte sich einige

Male, bis er sich in den Sessel fallen ließ und abwinkte. »Werter Herr, ich muss nach intensiver Prüfung der Sachverhalte leider davon ausgehen, dass dies ein unbedeutender Schüler von Jan Vermeer gemalt hat.«

»Da irren Sie sich, Herr von Hellstroem, Moment, ich schau gerade nach dem Gutachten.« Sonnfeld suchte im Ordner weiter hinten. »Hier ist es.«

»Lieber Herr Doktor, es gäbe vielleicht ein oder zwei Schlaufüchse, deren Aussagen ich gegen Gold aufzuwiegen bereit und in der Lage wäre. Von wem stammt denn diese wundervolle Expertise?«

»Sie wurde von Professor Doktor Lehmdörfel verfasst und liegt mir im Original vor. Er kommt, nach intensiven Prüfungen, zu dem Ergebnis, dass es sich um einen originalen Vermeer handelt, das Bild gehört zu den unbekannten Kunstwerken in Privatbesitz. Diese Werke müssen existieren, weil dies aus alten Auktionsverzeichnissen hervorgeht. Der *Schlafende Soldat mit Weinkrug* ist ein echter Vermeer.«

Ignatz strahlte ihn kurz an und rutschte auf seinem Sessel vor bis zur Kante. »Es freut mich, Ihnen mitteilen zu dürfen, dass der Lehmdörfel genau einer der beiden Kandidaten ist, denen ich mein volles Vertrauen schenken würde.« Wieder ging er zu dem Gemälde, rieb sich am Kinn. »Hätten Sie wohl die große Güte, das Schätzchen mal herauszuholen aus diesem scheußlichen Glaskasten?«

Sonnfeld verschränkte die Arme und lächelte Hellstroem gütig an. »Das ist aus versicherungstechnischen Gründen nicht erlaubt. Im Übrigen hat den Schlüssel unser externer Sicherheitsdienst.«

Hellstroem trottete zu seinem Platz zurück und ließ sich wieder auf die Kante fallen. »Sie dürfen mir jetzt verraten, wie viele Leute dieses Prachtexemplar erwerben wollen, ich höre?«

Was für eine Ungehörigkeit! Jetzt nur ruhig bleiben. Sonnfeld griff nach dem Aktendeckel, lehnte sich zurück, sodass Ignatz nichts sehen konnte. Er öffnete den Deckel und tat so, als lese er das darin enthaltene Dokument. Klappte den Aktendeckel zu und legte ihn wieder vor sich ab. »Es ist nur ein kleiner, erlauchter Kreis von Investoren.«

»Könnten Sie an dieser Stelle genauer werden, also?«

»Mit Ihnen sind zehn Personen eingeladen worden, sich zu beteiligen.«

»Nun verbliebe die letzte Information, die Sie mir selbstverständlich anvertrauen werden, nämlich die nach dem bisherigen Höchstgebot, das ich in jedem Fall zu überbieten gedenke.«

Sonnfeld schüttelte den Kopf. »Herr von Hellstroem, das darf ich als Auktionsleiter nicht machen, das wäre unzulässige Vorteilsnahme. Die Gebote werden nicht öffentlich gemacht.«

Das Telefon klingelte, der Doktor schritt zu seinem Schreibtisch. »Ich hatte doch ausdrücklich darum gebeten, dass Sie keine Gespräche durchstellen«, sagte er aufgebracht, »was ist denn so wichtig? … Ja, ja … Mensch, das hätte ich fast vergessen, danke, dass Sie mich erinnert haben.« Er schaute zu Ignatz. »Es tut mir sehr leid, aber ich muss kurz zu unserem Hausanwalt, der sitzt eine Etage höher. Mensch, das hätte ich fast vergessen«, wiederholte er, »ich brauche maximal zehn Minuten, möchten Sie etwas trinken?«

»Herr Sonnfeld, ich wäre Ihnen sehr verbunden, wenn Sie sich etwas beeilen könnten, meine Zeit ist sehr begrenzt.«

Sonnfeld nickte, verließ den Raum und schloss die schwere Eichentür hinter sich. Er klopfte seiner Assistentin kurz auf den Rücken und grinste sie an. »Der Hellstroem will nichts trinken«, flüsterte er, obwohl Hellstroem durch die schwere Tür sowieso nichts hören konnte, »das haben Sie gut gemacht, war genau im richtigen Augenblick.«

Die Frau lächelte zurück.

»Lassen Sie den Kerl jetzt allein, nicht ins Zimmer gehen. Bin in wenigen Minuten zurück.«

»Das geht in Ordnung.«

Doktor Sonnfeld hatte natürlich keinen Termin, ging im Haus herum, begrüßte die Angestellten, die ihm unterwegs begegneten. Er hatte jetzt ausgesprochen gute Laune, denn er konnte sicher sein, dass Hellstroem in den Minuten des Alleinseins den Aktendeckel öffnete und dann feststellen würde, dass Peter Dorn gegenwärtig das Höchstgebot von achtundsechzig Millionen Euro abgegeben hatte. Nur mit diesem Trick bekam Hellstroem die Information, die er brauchte, um ganz sicher zu gehen, den *Schlafenden Soldaten* zu bekommen. Natürlich nur, wenn er dazu noch in der Lage war. Und Sonnfeld hatte nichts Unrechtes getan.

Nach zehn Minuten kehrte er zurück, drückte die Eichentür auf. »So, da bin ich wieder. Ich hoffe, Sie entschuldigen meine kurze Abwesenheit.«

Ignatz stand vor der Vitrine und starrte auf das Gemälde. »Ich werde Ihnen vergeben, sofern Sie mir die

Information zukommen lassen würden, ob sich noch weitere Interessenten beteiligen könnten«, sprach er zum Bild.

»Herr von Hellstroem, das können Sie ausschließen. Es ist eine Einladungsauktion, wie bereits erwähnt, mit Ihnen hatte ich zehn vermögende Interessenten angeschrieben, und damit ist Schluss. Ich hätte diese Geschichte aus zeitlichen Gründen sonst nicht übernehmen können.«

Hellstroem drehte sich um und ging zur Tür. »Verehrter Herr Sonnfeld, es wird mir ein großer Genuss sein, Ihnen ein Gebot zu unterbreiten.«

Sonnfeld überreichte ihm den Ordner. »Dies sind Ihre Kopien. Sollten Sie den Zuschlag erhalten, finden Sie dort die Kontonummer unseres Notars, an den Sie überweisen, inklusive Aufgeld von zwei Prozent. Sobald das Geld dort eingegangen ist, können Sie das Gemälde bei mir abholen. Rufen Sie bitte vorher an, damit wir einen Termin vereinbaren können.«

Ignatz von Hellstroem verließ Sonnfelds großes Büro, ohne Gruß und Händedruck, er verschwand einfach, was für ein ungehobelter Gast.

In Gedanken war Karl bei seiner Maria und wunderte sich, dass Hellstroem beim Namen *Sonnfeld* keinerlei Regung zeigte, nicht einmal das kleinste Zucken in den Gesichtszügen. Was reizte Maria an einem solchen Grobian? Er tröstete sich mit dem Gedanken, dass eine solche Figur vielleicht Damen gegenüber charmanter war und sich möglicherweise sogar benehmen konnte.

Kapitel 14

Dienstag, 25. April 2017
Zentraler Kriminaldienst

Tobias Heuward und Werner Zandermann hatten sich unten am Parkplatz verabredet. Diesmal wollte der junge Lockenkopf pünktlich sein und verließ sein Büro fast zehn Minuten früher als nötig.

Zandermann erschien pünktlich, aber nach ihm. »Herr Heuward, Sie können Termine ja auch einhalten, das ist gut für die Karriere«, sagte er mit einem Augenzwinkern. »Pünktlichkeit ist die Höflichkeit der Könige, Ludwig XVIII, König von Frankreich.«

»Was für ein alter Hut, häufiges Zitat des Lehrerkollegiums, wenn man mal zu spät zum Unterricht erschien. Kennen Sie den, Herr Zandermann? Wenn man zur gleichen Zeit am gleichen Tag zwei gleiche Blumensträuße an die gleiche Frau verschenkt, freut sie sich nicht, sondern schöpft Verdacht.«

»Von wem stammt das Zitat? Das kannte ich noch nicht.«

»Können Sie nicht kennen, ist von mir«, antwortete Tobias kleinlaut, musste aber schelmisch grinsen.

Lächelnd warf ihm Zandermann den Autoschlüssel zu. »Haben Sie Probleme mit Ihrer Freundin?«

»Seit der Aktion mit den zwei Blumensträußen immer noch ein wenig.«

»Wie ich Sie einschätze, bekommen Sie das doch geregelt, Herr Heuward.«

»Ihr Wort in meinem Ohr oder wie das heißt.«

Zandermann zog die Beifahrertür zu. »Wissen Sie, wie wir fahren müssen?«

»Richtung Klagesmarkt, dann Engelbosteler Damm, dann links zur Lutherkirche, dann Parkplatz suchen.«

»Na denn, auf geht's.«

Endlich, nach längerer Parkplatzsuche, standen die beiden Ermittler vor dem fünf Stockwerke hohen Haus, in dem Viktoria wohnte. Sie drückten auf den Klingelknopf, neben dem drei verschiedene Nachnamen dick mit Bleistift notiert waren, einer davon lautete Schall. Sie waren am Ziel.

»Ja?«, meldete sich eine Männerstimme.

»Ja, guten Tag, mein Name ist Tobias Heuward, ich will zu Viktoria. Wir sind verabredet.«

»Yeah, ich drück ma' druff«, sagte die Stimme, und im Türschloss ertönte ein lauter Summton, den man wohl noch in der gesamten Nachbarschaft hören konnte.

Nachdem sie vier Etagen in dem alten Haus erklommen hatten, erreichten sie endlich Viktoria Schall, die bereits an der riesigen, glasverzierten Eingangstür wartete. Zu Tobias' Entsetzen war sie nicht bunt gekleidet, sondern trug eine blaue Jeans, dazu ein blaues T-Shirt und rannte barfuß herum. Immerhin hatte sie passenderweise ihre Haare blau gefärbt.

»Hallo, Frau Schall, mein Name ist Zandermann, Kripo Hannover. Meinen Kollegen Heuward kennen Sie ja schon.« Zandermann streckte ihr seinen Ausweis entgegen, Tobias lächelte Viktoria einfach an und kraulte sich in den Locken, da ihm einfiel, dass er seinen Ausweis vergessen hatte.

»Kommen Sie rein. Letzte Tür rechts, Toilette ist vorletzte links, alle anderen Zimmer sind für Sie tabu«, sagte Viktoria barsch. Sie schien keine gute Laune zu haben, deshalb sprach Tobias sie auch nicht auf die sonst üblichen sexy Strumpfhosen und kurzen Röcke an, er war rundum enttäuscht von ihrem blauen Äußeren.

Als die drei in Viktorias Zimmer waren, wies sie auf eine Sitzecke. »Da. Was trinken?«

Die beiden lehnten dankend ab und setzten sich.

Frau Schall wirkte aufgeregt. »Was wollen Sie eigentlich noch von mir? Ich habe doch schon alles zu Protokoll gegeben bei diesem Herrn …«

»Leitner«, half Tobias nach, »und bei mir.«

»Ja, genau. Also, was wollen Sie? Die Sache ist schon peinlich genug, ich musste meinen Mitbewohnern ja klarmachen, dass ich Besuch von der Kriminalpolizei kriege.«

»Vollstes Verständnis für Ihre Unannehmlichkeiten«, erwiderte Zandermann ruhig, »es ist nur allzu normal, dass wir nach Protokollen weitere Nachfragen haben, speziell dann, wenn sich die Sachlage verändert.«

»Sachlage? Welche Sachlage? Ich verstehe nur Bahnhof«, jammerte Viktoria.

»Um es vorsichtig zu formulieren – Frau Schall, es sind Umstände eingetreten, die die Vermutung zulassen, dass Ihr Freund Malte Decker nicht eines natürlichen Todes gestorben ist.«

Das hübsche, sonnenstudiogebräunte Gesicht verfärbte sich. »Was soll das heißen?«

Es waren diese Augenblicke, die Zandermann, wie so viele seiner Kollegen, hasste. »Herr Decker ist möglicherweise ermordet worden«, sagte er behutsam. »Es ist aber noch nicht sicher«, fügte er schnell hinzu, als er bemerkte, dass Viktoria ein paar dicke Tränen das Gesicht hinabrollten. Er reichte ihr ein Papiertaschentuch und wartete, bis sie wieder ansprechbar schien. »Geht's wieder, Frau Schall?«

»Muss ja.« Sie versuchte zu lächeln.

»Können Sie sich vorstellen, dass Herr Decker Feinde hatte oder zumindest Leute kannte, die ihm nicht wohlgesonnen waren?«

»Nein, kann ich nicht. Ich bin sicher, dass Malte keine Feinde hatte. Im Gegenteil, er war sehr großzügig und spendabel und hatte damit eine ganze Reihe Bekannter und Kumpel. Vermutlich waren die wenigsten davon Freunde, aber sicher auch keine Feinde.«

»Anderes Thema: Die Obduktion hat ergeben, dass Ihr Bekannter schwer krank war. War Ihnen bekannt, dass er Leberzirrhose und Lungenkrebs hatte?«

»Oh Gott, nein!« Wieder fing sie an zu weinen, beruhigte sich jedoch schnell wieder.

Werner Zandermann wollte ihr Glauben schenken, ihre Reaktion auf diese Nachricht wirkte ehrlich. »Ich glaube Ihnen. Ganz sicher brauchte er gegen die Schmerzen sehr viel Morphin und für seine Stimmungslage Barbiturate. Aber das wenigstens müssen Sie doch gewusst haben, bei Ihren Treffen hat so was sicher auch mal irgendwo herumgelegen, oder?«

»Nein, Herr Zandermann. Natürlich lagen da mal Tabletten herum, die Malte aber als harmloses Zeug, wie zum Beispiel Kopfschmerztabletten, abtat.«

»Und Sie haben das geglaubt?«

»Ich habe mich nicht darum gekümmert. Ich war einfach nur froh, wenn ich ihn mal sehen konnte. Außerdem war ich nicht sein Oberaufseher oder Kontrolleur.«

Zandermann nickte zufrieden. »Aus dem Protokoll ist zu ersehen, dass Sie Ihren Bekannten am neunzehnten März besuchen wollten.«

»Das ist richtig.«

»Wenige Tage später, nämlich am dreiundzwanzigsten März, als wir von der Kripo vor Ort waren, kamen Sie auch dazu. Warum?«

»Das fragen Sie noch? Ich war jeden Tag dort, weil ich mir Sorgen gemacht habe, stand aber jedes Mal vor verschlossener Tür.«

»Hatte denn niemand aus Ihrer Bekanntschaft einen Schlüssel?«

»Nein, nein, nein! Ich kann es echt nicht mehr hören! Ich hatte keinen, niemand außer er selbst hatte einen Schlüssel zur Wohnung. Sonst wäre ich ja längst drin gewesen, ist das so schwer zu kapieren?«

Zandermann reagierte nicht auf ihren Ausbruch. »Sie hatten uns am Tag der ersten Begegnung gesagt, dass Sie das Foto von Herrn Decker aufgenommen haben.«

»Genau. Ich studiere Dokumentarfotografie, habe, wenn ich unterwegs bin, fast immer eine Kamera dabei, falls nötig, benutze ich das Smartphone.«

»Im Protokoll steht, dass Sie behauptet haben, das Foto etwa vierzehn Tage bis drei Wochen vor dem dreiundzwanzigsten März gemacht zu haben, ist das richtig?«

Viktoria Schall antwortete nicht sofort und setzte sich aufrecht hin. »Worauf wollen Sie hinaus?«

»Auf dieser Porträtfotografie sieht Ihr Bekannter noch frisch und munter aus. Wir haben ihn allerdings anders aufgefunden, gezeichnet vom ständigen Schmerz, Drogen und Alkohol. Dieses Bild kann niemals, sagen wir, etwa Anfang März 2017 aufgenommen worden sein. Wenn dieses Foto an Ihrem letzten Treffen mit Malte entstanden ist, dann liegt beides schon eine ganze Weile zurück, können Sie mir folgen?«

»Ach, darauf wollen Sie hinaus.« Viktoria fühlte sich wohl in die Ecke gedrängt, da sie ins Grübeln kam. »Wissen Sie …«, begann sie, beendete den Satz aber nicht.

»Sagen Sie uns doch einfach die Wahrheit«, mischte sich Tobias ein, der sich die ganze Zeit in dem großzügigen Zimmer umgeschaut hatte, was zwischen den beiden Ermittlern so abgestimmt war.

»Mach ich doch«, reagierte sie gereizt, klang dabei aber nicht sehr überzeugend.

Zandermann übernahm wieder die Gesprächsführung. »Dann darf ich Sie bitten, diesen gordischen Knoten aufzulösen.«

»Weiß nicht, was Sie damit meinen. Aber ich werde Ihnen das mit dem Foto erklären.«

»Ich bitte darum.«

»Also, als mir Ihr Kollege das Bild zeigte, ist mir rausgerutscht, dass ich es zwei oder drei Wochen zuvor gemacht hatte. Ich wollte eigentlich nur bestätigen, dass ich der Urheber der Aufnahme bin. Tut mir leid.«

»Sie haben uns angelogen. Lügen sind im Rahmen einer Ermittlung, möglicherweise wegen Mordes, nicht besonders günstig.«

»Ja, ich weiß. Aber mehr als die Dinge geraderücken und mich entschuldigen kann ich nicht. Wo wir gerade dabei sind«, fuhr sie kleinlaut fort, »ich habe Malte etwa ein Jahr nicht gesehen, hatte nur noch telefonischen Kontakt. Ich bekam natürlich mit, dass er langsam verfiel, was mir Angst machte. Zum Beispiel, als ihm einfach zwei Zähne ausgefallen waren. Er sprach von neuen Freunden, die wohl mit Beschaffung und Konsum von härteren Drogen zu tun hatten. Wann ich das Foto von ihm gemacht habe, weiß ich nicht mehr, es stammt aber aus der Zeit, in der es ihm noch gut ging.«

»Haben Sie denn irgendwelche Namen für uns, von diesen sogenannten neuen Freunden?«

»Nein, keine Namen. Der einzige, der mir bis heute eingefallen ist, steht in Ihrem Protokoll.«

»Sie meinen diesen Ben, der Herrn Decker angeblich einen Auftrag erteilt hatte, im Wert von einhunderttausend Euro, oder?«

»Genau. Das hat er mir wieder und wieder am Telefon erzählt. Ich kann es bis heute nicht glauben.«

»Ich freue mich, dass wir ein paar Dinge klarstellen konnten. Gestatten Sie mir noch ein paar mehr Fragen, die sich im Zusammenhang …«

»Frau Schall?«, fiel Heuward seinem Kollegen ins Wort.

»Was ist denn?«, motzte sie.

»Ich müsste mal Ihre Toilette benutzen.«

»Habe ich doch schon gesagt. Auf dem Flur schräg gegenüber. Steht dick WC dran.«

»Ja, danke.« Tobias ging in den Flur, fand auf Anhieb die beschriebene Tür und betrat das WC. Er schloss die Tür hinter sich ab. In dem schmalen Raum entdeckte er nichts Besonderes. Ganz hinten war die Toilette, davor, auf der rechten Seite, wartete eine kleine Duschkabine auf ihre Nutzer, außerdem eine Waschmaschine und ein Wäschetrockner. Vorne auf der linken Seite ein Waschbecken, dahinter eine ganze Reihe von Handtüchern an Haken und auf Handtuchhaltern oberhalb der Heizung. Alles wirkte verdächtig normal, so stinknormal, wie eben schmale Bad- und Toilettenräume so aussehen. Er öffnete den Spiegelschrank oberhalb des Waschbeckens. Rasierer und Klingen, Rasierschaum, Nagellackentferner und verschiedenfarbige Nagellackfläschchen, Tampons, Parfüm und Tablettendosen. Er öffnete eines der Fläschchen mit der Aufschrift *black* und roch daran. Schwarzer Nagellack! Aber der roch, wie dieses Zeug eben riechen musste. Der Entferner stank abscheulich, aber den Geruch kannte er von seiner Freundin, wenn sie die Farbe ihrer Nägel wechseln wollte. In der Schachtel mit Tampons fand er auch nichts Ungewöhnliches. Das Parfüm roch gut, er stellte sich Viktoria wieder in ihrer bunten Kleidung vor, mit dem wundervollen Duft an ihrem Körper, wow! Er musste sich zusammenreißen … Jetzt waren die Tabletten dran. Er schrieb sich Hersteller und Medikamente auf und steckte je eine Tablette in winzige Clipbeutel.

Vielleicht fanden die Leute im Labor die ein oder andere Tablette, die da nicht reingehörte, zum Beispiel Partydrogen oder anderes Zeug. Damit würde sich nicht nur Viktoria wieder verdächtig machen, mit Maltes Tod zu tun zu haben.

Er ließ vom Spiegelschrank ab, drehte sich nach links, erschrak und starrte die Toilettentür an. Das konnte nicht wahr sein!

So schnell er konnte, rannte er in Viktorias Zimmer zurück. »Herr Zandermann, können Sie bitte mal kommen?«

»Klar. Wieso sind Sie so aufgeregt?« Der Hauptkommissar ging dem zappeligen Lockenkopf hinterher, gefolgt von einer zeternden Viktoria. »Was ist denn jetzt schon wieder? Ihr macht mich fertig!«

»Herr Zandermann, schauen Sie mal.«

Nun quetschten sich alle drei in den Raum hinein, jeder versuchte, einen guten Platz in der Enge zwischen Tür, Spiegelschrank und Wäschetrockner zu ergattern. Viktoria blieb der Tür am nächsten. Sie zeigte auf eine große Pinnwand, die dort in Kopfhöhe begann, weit hinunterreichte und vielleicht fünfzig oder gar hundert Fotos festhielt. »Die beiden Mitbewohner haben mir ausdrücklich erlaubt, dass ich diese Pinnwand hier aufhängen kann. Was ist denn dabei?«

Zandermann glaubte, den Grund für Tobias' Schrecken zu verstehen. »Sind die Bilder alle von Ihnen, und wer sind diese Leute?«, fragte er ernst.

»Genau, die Fotos habe alle ich gemacht.«

»Was sind das für Leute?« Zandermann wirkte nun etwas gereizt.

»Machen Sie mich nicht so an! Ich habe doch nichts Böses getan. Die Leute auf den Bildern, das sind alles alte Bekannte.«

»Dann schreiben Sie uns jetzt alle Namen auf, mit Vor- und Zunamen, Adresse, Telefon, alles was Sie über die Leute wissen.«

Frau Schall brach wieder in Tränen aus, nahm ein Taschentuch, schnaubte einmal kräftig hinein und wischte sich mit dem Handrücken über das Gesicht. »Das sind Leute, die ich alle längst aus den Augen verloren habe. Die Bilder sind mindestens zehn Jahre alt, eher Schnappschüsse aus einer fröhlichen Jugendzeit ohne Sorgen. Ich war da etwa fünfzehn, alles Leute, die ich nur flüchtig kannte, beim Tanzen öfter mal gesehen, keine festen Bindungen. Ein, zwei Vornamen fallen mir von damals noch ein, aber was hilft Ihnen das? Das einzig jüngere Foto ist das von Malte, da oben in der Ecke, das kennen Sie ja. Niemand von den anderen hat je mit Malte zu tun gehabt, Sie wissen doch, dass er aus Österreich stammte.«

Tobias hatte zwar zugehört, wurde aber zusehends unruhiger. »Herr Zandermann, darum geht es doch gar nicht!«, rief er.

Langsam wurde auch der sonst fast immer gelassene Zandermann nervöser. »Herr Heuward, etwas klarer bitte!«

»Es geht nicht um diese ganzen Typen. Jetzt schauen Sie doch mal dieses eine Foto an, da!«

Zandermann zuckte mit den Achseln. »Da ist niemand zu sehen, was soll da sein?«

»Gucken Sie doch mal richtig hin! Im Vordergrund sehen Sie Fußspuren, im Hintergrund Maltes armselige Hütte!« Tobias fummelte vor dem Bild herum.

»Jetzt nehmen Sie mal Ihre Finger da weg ... Frau Schall, haben Sie das auch aufgenommen?«

»Sagte ich doch schon, alle Bilder stammen von mir«, erwiderte sie mürrisch.

Tobias war immer noch nicht zufrieden. »Das Foto zeigt Fußspuren im Matsch von jemandem, der auf das Haus zugegangen ist, sie enden an der Haustür! Und da unten links ist eine Datums- und Uhrzeitanzeige im Bild. Aufgenommen wurde es am neunzehnten März um 21.03 Uhr, klingelt es jetzt? «

Zandermann schaute auf, nickte und blickte zu Frau Schall. »Das müssen Sie uns jetzt erklären.«

Jetzt wurde die blaue Dame ganz ruhig. »Ich kann alles erklären, aber müssen wir das hier besprechen?« Sie nahm das Bild vorsichtig von der Pinnwand, öffnete die Tür, die drei gingen wieder in Viktorias Zimmer zurück und setzten sich.

»Sie wissen doch, dass ich am Sonntag, den neunzehnten März, eigentlich mit Malte verabredet war, oder? Am Tag zuvor hatte ich mit ihm telefoniert, um zu testen, wie er drauf war. Es schien alles in Ordnung zu sein, also habe ich mich mit ihm zum Essen verabredet, so gegen 21 Uhr. Ich wollte ihn endlich mal wiedersehen.«

»So weit klar.« Zandermann nickte, nun wieder freundlicher. »Und weiter?«

»Bevor ich auf das Haus zuging, sah ich diese Fußspuren. Ich war von der Größe beeindruckt und habe sie mit dem Haus im Hintergrund fotografiert. Mit Blitzlicht, es war schon dunkel. Die Spuren waren deswegen so gut erhalten, weil es Sonntagmittag kräftig geregnet hatte. Am nächsten Tag, als ich noch mal bei Malte vorbeisehen wollte, waren sie vom nächtlichen Dauerregen weggespült.«

»Stammen die von Ihrem Bekannten?«, fragte Zandermann nach.

»Nein, Maltes Schuhgröße war erheblich kleiner.«

Tobias meldete sich. »Gibt es eigentlich eine Möglichkeit, Maltes Wohnung seitlich oder nach hinten zu verlassen? Ich habe das nicht mehr richtig in Erinnerung.«

Viktoria dachte kurz nach. »Nein, es gibt nur das Küchenfenster. Das hintere Fenster wurde zugemauert. Die Zimmer wurden jahrelang als Lager eines Malereibetriebes genutzt.«

»Woher wissen Sie das?«

»Von Malte.«

»Haben Sie an dem Sonntag noch weitere Fotos geschossen?«

»Ja, eins. Bevor wir weitermachen, muss ich Ihnen noch etwas erklären.«

Tobias kraulte in seinen Locken. »Das wäre schön.«

»Genau. Ich hatte Ihnen ja eben erzählt, was ich studiere. Ich arbeite seit Anfang März an einer Hausarbeit mit dem Titel *Steps after rain*, wofür ich menschliche und tierische Fußspuren fotografiere und diese für eine Fotomontage vorbereite.«

»Ach, deshalb rennen Sie immer mit einer Kamera durch die Gegend!«, vermutete Tobias.

»Genau. Momentan ist das für mich ganz wichtig.«

»Könnten Sie uns das andere Foto zeigen?«

Viktoria Schall stand auf und ging zu ihrem überfüllten Schreibtisch. »Ich habe noch eine Aufnahme von einem der Fußabdrücke, von oben fotografiert und großformatiger. Moment.« Sie wühlte in einer der Schubladen und durchsuchte einen ganzen Stapel Fotos. »Ah, hier ist es.« Sie reichte Tobias das Bild.

»Fantastisch.« Er reichte das Bild an seinen Kollegen weiter. »Das Ding können wir doch in der Schuhdatenbank beim LKA …«

»Ja, das können wir, Herr Kollege«, fiel ihm Zandermann unwirsch ins Wort, weil er ungern vor fremden Leuten über kriminalpolizeiliche Vorgehensweisen sprach. »Frau Schall, ich muss Sie bitten, uns die beiden Bilder zu überlassen.«

»Ja, wenn es Ihnen weiterhilft. Kriege ich die denn wieder?«

»Selbstverständlich.«

Die beiden Ermittler verabschiedeten sich. »Frau Schall, danke, dass Sie Zeit für uns hatten«, sagte Werner Zandermann.

Tobias Heuward konnte es nicht schnell genug gehen, zum Wagen zurückzukehren.

»Warum rennen Sie so?«, schnaufte Zandermann, der Mühe hatte, dem jungen Lockenkopf zu folgen.

»Gleich.« Schon von Weitem öffnete Tobias per Fernbedienung den Pkw. Als Werner Zandermann im Wagen Platz genommen hatte, startete Tobias den Motor nicht, sondern verlangte von seinem Beifahrer das kleine Foto mit den Fußspuren, die an Malte Deckers Eingang endeten. »Ich wollte eben nicht weiter nerven, unsere Madame muss ja nicht alles mitbekommen.«

Zandermann pustete einmal kräftig durch den Mund. »Was ist denn an dem Bild so aufregend, Herr Heuward?«

»Ganz einfach, wie Max oft zu sagen pflegt. Es gibt Spuren, die zum Häuschen unseres Toten führen. Vorne spitz zulaufend, hinten rund.«

»So weit klar.«

»Es gibt aber keine einzige Spur zurück!«

»Das haben wir doch eben schon festgestellt, was ist also …«

»Lassen Sie mich mal, Herr Zandermann, das ist so was von geil!«, plapperte Tobias dazwischen. »Da es keine Spuren zurück gibt, auch nicht vom Küchenfenster aus, und keine Hinter- und Seitenausgänge existieren, kann das nur bedeuten, dass ein Typ mit größeren Füßen bei Malte war, während Viktoria die zwei Aufnahmen gemacht hat. Sie hat nur an ihre dämliche Studienarbeit gedacht und diesen Zusammenhang nicht erkannt, wahrscheinlich immer noch nicht.«

Werner Zandermann schaute seinen jungen Kollegen staunend an. »Eine verdammt gute These, Herr Heuward. »Aber was ist denn Ihrer Meinung nach der genaue Ablauf, was ist da passiert?«

»So langsam glaube ich ein paar Darstellungen unserer Madame. Sie hatte am Samstag tatsächlich angerufen, wie der Typ tickt. Alles okay, sie fährt am Sonntag gegen 21 Uhr mit ihrem bunt lackierten Fahrrad zum Malte, sieht die Spuren, macht die Aufnahmen, geht an die Tür und klopft. Sie hat keinen Schlüssel. Niemand macht auf. Malte ist zu diesem Zeitpunkt schon tot oder der Typ mit den großen Füßen zwingt ihn, den Mund zu halten. Nach einer Weile hat sie die Nase voll und haut wieder ab. Später verschwindet auch der Typ, nachdem er Maltes Suizid vorgetäuscht hat.

In der Nacht regnet es in Strömen, alle Fußspuren sind vernichtet.«

»Aber was hat der Typ, wie Sie ihn nennen, dort gewollt?«

»Das ist simpel – in allen Räumen sah es wirklich so aus, als ob dort ein Künstler am Werk war, Sie erinnern sich doch auch an diese Farbpaletten, Pinsel, Spachtel, vertrocknete Farbe und so weiter. Wenn Malte wirklich ein Künstler war, der im Auftrag anderer gearbeitet hat, dann ist es nicht ausgeschlossen, dass er lange an einem einzigen Werk gearbeitet hat, das dem Auftraggeber, nach Madames Aussagen, einhunderttausend Euro wert war. Der Typ mit den großen Füßen hat das bestellte Werk abgeholt! Und weil einhunderttausend Euro nicht Lira sind, hat sich Malte nur noch um dieses eine Bild gekümmert. In dem gesamten Schuppen gab es ja kein weiteres, keine Skizzen, nichts.«

»Verdammt gut, Herr Heuward. Aber warum haben wir beziehungsweise unsere Spurensicherung dort kein Geld gefunden? Außer einer Brieftasche mit ein paar Euro und allen Papieren?«

Tobias grübelte einen Moment. »Aus irgendeinem Grund … ja, aus irgendeinem Grund wollte der Auftraggeber nicht zahlen und hat Malte den Rest gegeben und in die ewigen Jagdgründe befördert. Falls der Malte aber schon tot war, muss der andere Kerl einen Schlüssel gehabt haben oder Malte hatte die Tür nicht verschlossen. Als der Fremde in der Wohnung war, hat dieser natürlich die Tür dicht gemacht, um nicht unangenehm überrascht zu werden.«

»Das kann aber noch nicht alles gewesen sein«, bemerkte Zandermann.

»Natürlich nicht. Der Großfüßler hat den vergleichsweise schmächtigen Toten in die leere Badewanne verfrachtet, ihm dabei unwissentlich das Rückgrat gebrochen, die Pulsadern aufgeschnitten und das Wasser aufgedreht. Alles sollte nach Suizid aussehen. Dann packt er das Bild ein, Verpackungsmaterial lag genug herum. Und dann macht er die entscheidenden Fehler – er nimmt Maltes Handy an sich, schließt die Tür von außen ab und nimmt den Schlüssel mit. Unser großer Mann kann kein Killer sein, ein Profi hätte ein Kartentelefon hingelegt, den Schlüssel innen stecken lassen und die Tür nicht verschlossen.«

Werner Zandermann nickte zustimmend. »Ihre wirklich exzellente Analyse bedingt allerdings, dass wir Viktoria Schalls Aussagen weitgehend Glauben schenken müssen.«

»Da haben Sie recht. Ich habe ihr am Anfang kein Wort geglaubt, muss das aber jetzt zurücknehmen. Warum sollte sie sich eine so komplexe Geschichte ausgedacht haben? Und warum sollte sie uns bei der Lösung des Falls quasi helfen, indem sie uns diese Fotos liefert? Sie musste annehmen, dass einer von uns die Toilette besuchen würde. Die Bilder hätte sie vor uns verstecken können, ja müssen, falls sie mit Maltes Tod zu tun hätte. Einziges Problem: Warum hat sie uns angelogen?«

»Sie meinen Frau Schalls falsche Angabe, wann das Malte-Foto entstanden ist?«

»Ja. Ich kapier das nicht.« Tobias kraulte wieder seinen Lockenschopf.

»Ich würde es psychische Indisponiertheit nennen. Als wir am dreiundzwanzigsten März mit unseren Fahrzeugkolonnen von Schutzpolizei, Spurensicherung und so weiter angerückt waren und sie plötzlich auftauchte, nicht zu ihrem Bekannten hineindurfte, stand sie vollkommen neben sich. Als Frau Schall dann das Bild gesehen hat, dürfte ihr das wirklich rausgerutscht sein, sie wollte einfach eine große Verbundenheit mit Malte Decker dokumentieren. Denn sie konnte nicht wissen, wie schlecht der Mann schon aussah. Dass diese große Verbundenheit aufgrund seines sexuellen Übergriffes nicht mehr so innig war, hat sie uns gegenüber doch auch korrigiert, schließlich hatte sie ihn ein Jahr nicht gesehen. Diese Lappalie sollten wir nicht auf die Goldwaage legen. Da gibt es jetzt ganz andere Sachen!«

Tobias schaute ihn interessiert an. »Was denn zum Beispiel?«

»Wir suchen einen Kerl, der eine extrem teure Fälschung in Auftrag gegeben hat, um diese bei sich im Schlafzimmer aufzuhängen? Sicherlich nicht.«

»Aber dann müssen wir den Vorgang doch an die Kollegen abgeben, die für Fälschungen zuständig sind, oder?«

»Nein, Herr Heuward. Wir informieren über den Vorgang, eventuell brauchen wir fachliche Unterstützung, bleiben aber am Ball, weil hier möglicherweise ein Mord verübt wurde. Warum fahren wir eigentlich nicht?«

»Hä? Ach so, natürlich.« Tobias startete den Motor und fuhr los. »Das muss ich nachher Max erzählen, der wird Augen machen.«

»Max wird es zur Kenntnis nehmen, aber keine Augen machen. Kommt von der langen Routine. Werden Sie auch noch erleben, irgendwann.«

»Weiß nicht recht. Vielleicht werde ich später mal Tennislehrer.«

Während der Fahrt murmelte Werner Zandermann vor sich hin: »Ein einz'ger Augenblick kann alles umgestalten, Christoph Martin Wieland, um 1800, deutscher Schriftsteller.«

»Wer ist tot?«

»Ach, nichts weiter.«

Kapitel 15

Donnerstag, 4. Mai 2017
Hannover

Punkt 12 Uhr endete die Gebotsabgabe für das privat zu ersteigernde Gemälde von Jan Vermeer. Neun der Bieter hatten ihre Gebote längst abgegeben, auch sein Freund Peter Dorn hatte in der letzten Aprilwoche seine Beteiligung über achtundsechzig Millionen schriftlich bestätigt. Nur Ignatz von Hellstroem hatte sich bis heute Zeit gelassen. Sein Gebot erreichte Sonnfeld per Fax gegen 9 Uhr und lautete kurioserweise über achtundsechzig Millionen und fünfzigtausend Euro. Damit erhielt Hellstroem den Zuschlag.

Sonnfeld diktierte zwei Schreiben: eines an die neun Interessenten, in dem er darauf hinwies, dass die gebotene Summe nicht ausgereicht hatte, das Gemälde zu erwerben; ein weiteres an Hellstroem. Er gratulierte ihm zum Erwerb des Gemäldes und erwähnte nochmals den

Ablauf dieses Zug-um-Zug-Geschäftes. Sobald das Geld zuzüglich Aufgeld in Höhe von einer Million dreihunderteinundsechzigtausend Euro auf dem Konto des Notars gebucht wurde, konnte das Kunstobjekt abgeholt werden, wobei das Transportrisiko allein beim Käufer lag. Das war sonst ohnehin üblich, aber Hellstroem traute er nicht, diesem windigen Hund ohne Manieren, deshalb betonte er es noch mal ausdrücklich. Außerdem wollte er die Angelegenheit aus der Welt schaffen und nicht noch Streitereien haben.

Dorn meldete sich gegen 13 Uhr. »Hallo, Karl, wie geht's?«

»Gut so weit. Du meldest dich sicherlich wegen der Auktion, oder?«

»Natürlich bin ich interessiert, wie es ausgegangen ist.«

»Na, dann will ich dich nicht länger auf die Folter spannen. Der Herr von Hellstroem hat den Zuschlag bekommen«, sagte Karl mit einem verächtlichen Unterton.

»Das ist ja irre. Wie viel hat er?«

»Fünfzig Riesen mehr als du.«

»Wieso fünfzigtausend Euro?«

»Weil es das kleinste machbare Gebot über deinem ist. Sag mal, Peter, hast du die Auktionsbedingungen nicht gelesen?«

»Ehrlich gesagt nein. Du hattest eine mündliche Zusage von mir, die ich schriftlich bestätigt habe, das musste reichen. Aber die Sache mit Ignatz ist doch mehr als erstaunlich, findest du nicht? Heißt das jetzt, dass er mit diesem Gemälde an seine Grenzen gelangt ist? Vielleicht doch etwas mehr im Tresor hatte?«

»Ich würde da nicht zu viel hineininterpretieren. Warum sollte er mehr bieten als notwendig? Er kannte alle Gebote, auch deins. Er kannte den vertraglichen Passus, das die Gebote einem Vielfachen von fünfzigtausend entsprechen mussten. Um das Objekt zu bekommen, musste er dein Gebot also nur um diese Summe überbieten.«

»Karl, das würde mich ja mal interessieren – wie hast du das angestellt, dass Ignatz genau wusste, dass ich mit dem Höchstgebot dabei bin und wie viel mir das Gemälde wert ist?«

»Ich plaudere nicht gern aus dem Nähkästchen. Nur so weit – es ist ein einfacher, aber sehr effizienter Verhandlungstrick, den ich angewendet habe.«

»Einverstanden, Karl. Mehr muss ich ja auch nicht wissen. Noch mal zu Ignatz: So wie er bisher auftrat, hätte ich erwartet, dass er wenigstens siebzig oder fünfundsiebzig Millionen bietet, um sich von den anderen Bietern abzuheben. Dieses Verhalten ist mir gänzlich neu. Es wirkt auf mich, als ob er auf die Schnelle alles zusammengekratzt hat, was noch da war und sich schnell zu Geld machen ließ. Von einem Bekannten habe ich erfahren, dass er zwei wertvolle Gemälde und eine teure Skulptur unter Marktwert verkauft hat, genauere Zahlen konnte oder wollte der mir nicht nennen. Was meinst du jetzt, Karl?«

Karl zögerte einen Moment, bevor er antwortete. »Ich bleibe zunächst bei meiner Einschätzung, dass Hellstroem an einem krankhaften Kaufzwang leidet. Der Mann hat den Vermeer immer wieder angestarrt, wollte ihn in die Hände nehmen, am liebsten gleich einpacken und verschwinden, das war mein Eindruck, als er zur Besichtigung hier war.«

»Und weiter?«

»Zwei Dinge sprechen dafür, dass er am Ende ist.«

»Da bin ich aber gespannt.«

»Erstens: Die drei Notverkäufe unter Wert, es zeigt wiederum, dass es ihm nicht so sehr um den Besitz an sich geht, es ist das Kaufen, das Siegen, den Zuschlag bekommen.«

»Und zweitens?«

»Die Tatsache, dass sein Gebot erst heute Morgen per Fax eingegangen ist, quasi in letzter Minute. Es zeigt, dass er die Zeit gebraucht hat, um diesen gewaltigen Betrag aufzubringen.«

»Interessant, interessant.«

»Du wolltest ihn herausfordern, Peter. Ich denke, du hast es geschafft. Ich schreibe gleich noch einen Brief an unseren Notar, welche Summe bei ihm eingehen muss.«

»Informierst du mich, wenn es so weit ist? Ich habe dann noch eine Überraschung für dich, sozusagen als Dank für deine Hilfe.«

»Eigentlich müsstest du wissen, dass ich Überraschungen nicht sonderlich mag. Also, warum geht es?«

»Wir werden mal wieder etwas unternehmen, etwas, das wir lange nicht mehr gemacht haben.«

»Nun komm, mach's nicht so spannend!«

»Wir werden eine schöne Abendfahrt mit meinem neuen Heißluftballon unternehmen.«

»Mensch, Peter, das ist super, da freu ich mich drauf! Hast du denn noch eine gültige Pilotenlizenz?«

»Na logisch, Ballonfahren ohne gültige Lizenz geht nicht.«

»Noch was anderes, Peter: Du hattest mir etwas versprochen.«

»Mmh, was war das noch?«

»Wir wollten uns um neue Geldanlagen für dich kümmern. Du brauchst die siebzig, achtzig Millionen nicht mehr zurückzuhalten, die zahlt jetzt dein Freund Ignatz.«

»Stimmt. Lass uns einen Termin machen. Du hast dein Wort gehalten, ich will meins natürlich nicht brechen«, lachte Peter.

»Das ist gut«, erwiderte Karl und griff nach seinem Lederkalender.

Kapitel 16

Samstag, 6. Mai 2017
Steinhuder Meer

Er fuhr mit seinem dunkelgrünen Bulli an der Nordflanke des Steinhuder Meeres in Richtung Mardorf. Vor dem eigentlichen Ortskern gab es eine Reihe von Einfahrten zur linken Seite, von wo aus man Campingplätze, Segelschulen, Lokalitäten und jede Menge Bootsstege erreichen konnte. Franz Irrmann, der schon immer Franzi genannt wurde, fuhr in einen dieser Wege hinein und fand auf Anhieb einen der begehrten Parkplätze.

Heute wollte er ein bisschen Geld verdienen, auf der Mardorfer Seite. Das Wetter schien mitzuspielen, es war bewölkt, sah aber nicht nach Regen aus. Er schnappte sich seinen Gitarrenkasten und ging gegen 15.30 Uhr Richtung Wasser. Er wusste, dass am Seeufer eine kilometerlange Promenade entlangführte, die viele Ausflügler und Erholungssuchende nutzten, speziell an den Wochenenden.

Er suchte sich eine Bank, legte seinen Koffer etwa zwei Meter von sich weg auf den Boden, öffnete ihn und griff nach seiner sechsseitigen Konzertgitarre. Aufgrund seiner Hörprobleme ließ er sich viel Zeit beim Stimmen. Um ohne Verstärker auszukommen, musste er seinen Kopf zum Gitarrenkörper hinunterbeugen, wobei ihn seine langen Haare störten. Vorsichtig legte er sein Instrument auf die Bank, griff nach den zotteligen Haaren, um sie mithilfe eines einfachen Gummibandes zusammenzubinden. Schon besser! Er stimmte noch einmal nach, fummelte aus seiner Hose ein paar Euro- und Centmünzen hervor und warf sie in den bereitstehenden Gitarrenkasten. Wenn er das nicht tat, dauerte es oft sehr lange, bevor jemand das erste Geld spendierte. Mit diesem Trick konnte er wohl die Berührungsängste der Zuhörer reduzieren, niemand musste sich überwinden, zum Kasten zu gehen und die ersten Münzen zu werfen. Oder erhöhte sich dadurch die Spendenbereitschaft, nach dem Motto: Vor mir haben ja auch schon andere etwas gespendet, dann sollte ich dem Mann auch ein wenig unter die Arme greifen? Wieder einmal machte Franzi sich klar – er bettelte nicht, sondern gab kleine Open-Air-Konzerte bei freiem Eintritt, wobei Spenden aber sehr willkommen waren. Der Ausdruck *betteln* war ihm schon immer verhasst gewesen, er verfluchte Leute, die ihn als Bettler oder Hausierer bezeichneten.

Er begann zu spielen; es gab wohl kein Lied und keine Ballade aus den 1970er-Jahren, die er nicht auswendig konnte, außerdem verfügte er über ein gewisses Repertoire an eigenen Kompositionen und konnte auch gut improvisieren.

Schon bei den ersten Klängen dachte er wieder an frühere Zeiten. Wenn sie mit seiner Band *Rockens* durch die Nachtclubs tourten oder Gigs auf Rockkonzerten hatten, zahlten die Leute zwanzig Mark oder mehr für eine einzige Karte. Heute konnte Franzi froh sein, wenn genügend Leute vorbeikamen und den ein oder anderen Euro in den Koffer beförderten. Aber er wollte nicht klagen, es gab auch Menschen, die mal fünf oder zehn Euro lockermachten. Scheine sammelte er so schnell wie möglich ein und steckte diese in seine Socken, weil man sie bei einem Überfall kaum dort suchen würde.

Ein sportlich gekleidetes Pärchen joggte an ihm vorbei, würdigte ihn keines Blickes. Er spielte weiter, auch wenn gerade niemand da war. Immer wieder hob er den Kopf, um die Umgebung im Blick zu behalten. Von Weitem erkannte er eine Gruppe älterer Menschen, die auf ihn zukamen. Hören konnte er sie noch nicht, dafür waren seine Ohren zu schlecht geworden. Aber in ihren Gesichtszügen konnte er eine gewisse Fröhlichkeit ablesen. Als sie ihn erreichten, blieben sie stehen und lauschten seinen Klängen, wurden dabei ganz still. Zwei Damen schwangen im Takt mit, alle anderen verharrten andächtig. Sein letzter Akkord ging im Beifall unter, alle gingen auf seinen Gitarrenkasten zu und legten Münzen und Scheine hinein. »Das ist für Sie, guter Mann. Machen Sie sich einen schönen Abend, auf Wiedersehen«, sagte eine der Damen.

»Danke«, mehr kam aus ihm nicht heraus.

Die Gruppe setzte sich langsam wieder in Bewegung. Einen Moment lang versuchte Franzi, die positive Stimmung einzufangen, die von diesen Leuten ausging. Es war ein selten gewordenes Glücksgefühl, da die meisten Passanten, denen er üblicherweise begegnete, einsilbig und still waren.

Er unterbrach sein Spiel, schob die Scheine tief in die Socken hinein. Allein diese netten Leute hatten ihm fast zwanzig Euro gespendet!

Viele weitere Spaziergänger folgten, die ihm hin und wieder Euro-Münzen in die Kiste warfen, aber unbeteiligt weitergingen, die Schönheit seiner Musik nicht verstehen wollten oder konnten.

In der Ferne sah er ein Paar mit einem kleinen Kind, das in seine Richtung ging. Als sie näher kamen, senkte er den Kopf und improvisierte ein bisschen herum. Irgendwann blickte er wieder hoch und zuckte zusammen. Da stand sie! Direkt vor ihm! Es war die kleine Ausgabe seines Schätzchens! Leuchtende Augen sahen ihn an, ihr pechschwarzes, langes Haar bewegte sich im leichten Wind. Wie schön sie war! Am liebsten hätte er sie auf der Stelle mitgenommen und wäre mit ihr weit weggefahren. Jeden Abend und jeden Morgen hätte er ihre Lieblingsstücke gespielt, immer und immer wieder …

»Du spielst aber schön«, sagte das kleine Mädchen plötzlich, strahlte ihn an und riss ihn aus seinen Träumen, obwohl er es nicht richtig verstanden hatte.

»Was hast du gesagt? Bitte sprich lauter!«

»Du … spielst … aber … schön«, wiederholte die Kleine laut und betonte dabei jedes einzelne Wort. Sie lachte ihn an.

»Ganz lieben Dank dafür, Schätzchen«, brummte der alte Mann und lachte zurück. »Ich spiel dir noch was, das ist nur für dich.«

Die Kleine klatschte vor Freude in die Hände und tanzte vor ihm herum.

Während er spielte, schaute er zu ihr auf und sah, dass die Eltern weitergehen wollten. Das Mädchen entdeckte die Münzen in seinem Koffer, rannte zu ihrer Mutter und kam langsam zurück. Und legte ganz vorsichtig eine Zwei-Euro-Münze in den Kasten.

Franzi bedankte sich noch mal, und das Mädchen lief schnell zu seinen Eltern, die es in ihre Mitte nahmen. Was für eine schöne Familie, was für ein wundervolles Kind, so oder zumindest so ähnlich hätte er sich eine gemeinsame Tochter mit Schätzchen vorgestellt, aber so weit war es leider nicht mehr gekommen. Wie hatte er es bloß so verbocken können? Scheißdrogen, Scheißalkohol. Als das Kind sich umdrehte und ihm zuwinkte, brach er in Tränen aus und legte die Gitarre auf die Bank. An Weiterspielen war nicht mehr zu denken. Lange sah er der Kleinen nach. Als sie am Horizont verschwand, stand er auf.

Plötzlich verspürte er einen kräftigen Schlag von hinten in die Lebergegend. Ein übermächtiger Schmerz drang durch seinen ganzen Körper, fast wäre er gestürzt, konnte sich gerade noch an der Bank festhalten.

Ein junger Bengel, hellhäutig, kurz geschoren, mit einem schwarzen C auf beide Wangen tätowiert, sprach ihn von der Seite an. »Na, was geht ab, Alder?«

Ein zweiter mit Tattoos am Hals sprang vor ihn und zeigte ihm mit beiden Mittelfingern ein Kreuz. »Guck her, dat is der Tod, Alder. Scheißkinderficker, guck genau hin, du tote Bohnenstange, langhaariger Spargeltarzan!«

Eine dritte Person kam von der anderen Seite, hatte eine Maske auf mit Löchern in Augenhöhe und ließ ein Klappmesser aufspringen.

Es war schrecklich, seine Angst steigerte sich mit jeder Gestalt, die neu auftauchte. Er drehte sich zu den Parkplätzen und schrie, so laut er konnte: »Hilfe! Überfall! Hilfe!«

Der Kerl mit den Buchstaben zeigte auf seine Wangen. »Du Arschloch, ich Chef, vastehste?« Er trommelte auf seine Brust wie ein Gorilla und brüllte nun ebenfalls: »Ficken is nich mehr, wir machen dich alle, du Null, du!«

»Hilfe!«, brüllte Franzi aus Leibeskräften, es dröhnte in seinem Körper.

Von den Parkplätzen kam ein großer, bärtiger Mann angelaufen. Er schwang eine Metallkeule in den Händen, ein zweiter Muskelriese folgte ihm und schoss eine Leuchtpatrone in die Luft. »Abhauen, ihr Säcke, lasst euch hier nicht mehr blicken!«

Die Metallkeule verpasste dem etwas langsameren Maskierten noch einen kräftigen Schlag an den linken Oberarm, sodass der vor Schmerzen aufschrie, dann waren die drei Schlägertypen so schnell verschwunden, wie sie aufgetaucht waren.

Franzi und seine Retter keuchten einen Moment vor sich hin, dann fasste sich Franzi als Erster. »Ganz … ganz herzlichen Dank, dass … dass ihr mir geholfen habt.«

Der bärtige Mann schwang noch mal seine Metallkeule. »Kein Problem. Diese Jugendlichen fühlen sich nur in der Gruppe stark. Waren letzte Woche schon mal hier und wollten tatsächlich zwei alte Frauen überfallen und Geld klauen, das geht bei mir gar nicht, da kriege ich so'n Hals!« Er ließ die Keule sinken. »Die kommen mit Sicherheit nicht wieder, Gegenwehr macht diesen Milchbubis Angst. Die kopieren Sachen, die sie auf Videos sehen. Das Problem ist, dass die wahrscheinlich woanders weitermachen.« Der Mann stellte sich als alter Seemann vor, lud die beiden anderen zu einem Bier ein, nachdem sie Franzis Sachen im Bulli verstaut hatten. Aus diesem einen Bier wurden dann ein paar mehr, bis Franzi abwinkte, zu seinem Bulli torkelte, gerade noch die Schiebetür aufbekam, sich einschloss und in einen lange nicht gekannten tiefen Schlaf versank.

Kapitel 17

Montag, 8. Mai 2017
Zentraler Kriminaldienst

Es ging auf 10 Uhr zu. Max Leitner und Tobias Heuward trafen sich im Besprechungsraum neben Leitners Büro.

»Einen wunderschönen guten Morgen, Chef«, strahlte Tobias, »ich hoffe, dass es dir heute genauso gut geht wie mir.« Er streckte ihm die rechte Hand entgegen.

Leitner ließ seine Hände in der Lederweste. »Morgen.«

»Haben wir etwa schlechte Laune, Max?«

»Nein«, entgegnete der Hauptkommissar und setzte sich an seinen angestammten Platz. »Wo bleibt denn Zandermann?« Er schaute auf seine Uhr, es war mehr ein Reflex, deutete aber an, dass er wenig Zeit hatte.

»Der ist doch sonst immer so pünktlich«, murmelte Tobias und zappelte wieder zwischen zwei Stühlen herum.

»Jetzt setz dich endlich auf deine fünf Buchstaben«, befahl ihm Leitner, »willst du mich um 10 Uhr morgens schon rappelig machen?« Er zeigte auf den vorderen Stuhl, Tobias wählte, nach kurzem Zögern, den anderen. »Wollen wir schon anfangen?«, fragte er vorsichtig und breitete seine Unterlagen aus.

»Nein.«

»Na gut, dann warten wir eben.« Der Lockenkopf fing an, in seinen Unterlagen zu blättern, die andere Hand bediente einen Kugelschreiber, mit dem er auf dem Tisch herumklopfte.

Leitner wollte gerade wütend werden, entschied sich dann aber, einfach nur aus dem Fenster zu schauen, obwohl dort nichts Besonderes zu sehen war. Heuward konnte ihn gelegentlich auf die Palme bringen, manchmal raubte er ihm auch den letzten Nerv. Aber der junge Mann war nicht zu unterschätzen. Er war an den entscheidenden Stellen kreativ, konnte logisch denken und war ausgesprochen loyal.

Vorsichtig wurde die Tür geöffnet. Werner Zandermann schaute um die Ecke und lächelte.

»Komm rein, hast noch nichts verpasst. Außer einem Schlagzeugsolo unseres Kollegen Heuward.«

Der grinste, legte den Kuli zur Seite und feixte: »Es ist jetzt 10.05 Uhr. Pünktlichkeit ist gut für die Karriere, Werner Zandermann, 2017, deutscher Kriminalkommissar.«

»Kriminalhauptkommissar, bitte«, gab Zandermann zurück, »ansonsten haben Sie mich recht gut zitiert, Herr Heuward, gratuliere.« Er warf eine Akte auf den Tisch, setzte sich und schaute zu Leitner. »Komme gerade aus der Medizinischen Hochschule, wieder eine Selbstanzeige eines Arztes, die alte Leier – kann der verstorbene Patient zur Beerdigung freigegeben werden oder muss sie obduziert werden? War ein etwas schwieriger Fall, kennst das ja.«

Leitner nickte verständnisvoll und zückte sein Notizbuch. »Lasst uns jetzt gegenseitig mal auf den neuesten Stand bringen in der Sache Malte Decker.«

Tobias meldete sich. »Darf ich dazu einen Vorschlag machen?«

Leitner nickte kurz. »Welchen?«

»Können wir ganz strukturiert vorgehen, ich meine, dass wir nicht alle Aspekte durcheinander behandeln?«

»Superidee«, lächelte Leitner, »dann fang einfach mal an.«

Tobias erhob sich, ging an ein Whiteboard, schnappte sich einen Stift, wischte die Reste von Buchstaben weg, die dort noch zu sehen waren, und schrieb einfach nur:

MALTE DECKER

»Von den drei Thesen, die wir entwickelt haben, können wir, nach neuesten Erkenntnissen, den Suizid wohl ausschließen, es spricht immer mehr dagegen. Bleiben Mord oder Todesfall, was uns, isoliert betrachtet, erst mal nicht weiterbringt. Wie Max neulich sagte, drehen wir uns hier im Kreis.« Wieder schrieb er:

E-MAIL-LISTE

»Das war deine Aufgabe, Max. Was hast du herausgefunden?« Tobias wirkte jetzt wie ein Lehrer, der eine Gruppenarbeit überprüfen wollte.

»Langform oder Kurzform?«

»Die Kurzform.«

»Nichts.«

»Hä? Wie jetzt, nichts? Geht es etwas länger als die Kurzform?«

»Natürlich. Drei Leute auf der Liste sind bereits verstorben, vier Leute sind ins Ausland verzogen, zwei sind im Rahmen von Tötungsdelikten als vermisst gemeldet.« Leitner stoppte kurz.

»Das sind erst neun«, meinte Tobias.

»Der zehnte sitzt seit einem Jahr seine Haftstrafe wegen Autodiebstahls und Autoschiebereien nach Osteuropa ab. Alle Kontakte wurden vor zwei bis vier Jahren abgebrochen. Das sind alles tote Spuren, bringen uns nicht weiter.«

Als Zandermann nickte, schrieb Tobias einen dritten Begriff an die Tafel:

TABLETTEN

»Wie ihr wisst, habe ich im Bad bei Viktoria ein paar Tabletten mitgehen lassen. Ergebnis des Labors: keine Auffälligkeiten, alles Originale. Also abhaken.«

Diesmal nickte Leitner.

AKTE AUS ÖSTERREICH

Zandermann räusperte sich. »Darum habe ich mich gekümmert, die österreichischen Kollegen haben mir die Akte zum Verbleib kopiert. Die Aussagen von Viktoria Schall können hiermit bestätigt werden. Decker hat mit fünfzehn Jahren seine zwei Jahre jüngere Schwester ermordet. Das steht so natürlich nicht in der Akte, der Fall konnte wegen fehlender Zeugen nicht abgeschlossen werden. Der Tötungsakt dürfte ihm nicht schwergefallen sein, da die Schwester sehr viel kleiner war als er. Außerdem war sie kränklich, litt bereits unter Osteoporose.«

»Aber warum hat der Kerl seine Schwester getötet?«, wollte Tobias wissen.

»Das geht aus der Aktenlage nicht klar hervor. Aus einem Gutachten kann man aber einen Grund ableiten: Seine Eltern hatten wohl ihre gesamte Energie auf seine Schwester verwandt, während er sich vernachlässigt fühlte. Durch diese schreckliche Tat glaubte er wohl die Aufmerksamkeit seiner Eltern wieder ganz auf sich ziehen zu können, was natürlich vollkommen danebengegangen ist. Ständige Vorwürfe an ihn, nicht aufgepasst zu haben, sowie die Trennung und Scheidung der Eltern veranlassten ihn später, seine Heimat Österreich zu verlassen. Aber ein gewaltiger psychischer Knacks ist ihm verblieben, was seine Drogen- und Alkoholsucht erklären dürfte. Das Wichtigste ist aber, dass uns Frau Schall die Wahrheit gesagt hat. Wieder ein Pluspunkt für sie.«

SCHUHDATENBANK

»Das war mein Thema. Als ich das Foto mit der Obenansicht dieses einen Schuhabdrucks noch mal genau angeschaut hatte, fiel mir ein, dass man für die Analyse der Schuhgröße einen Vergleichsmaßstab braucht. Viktoria hatte natürlich kein Maßband danebengelegt, sie brauchte das Bild für ihre Fotomontage, es entstand also aus Sicht einer Künstlerin. Ich habe sie, einen Tag nachdem wir bei ihr in der Wohnung waren, noch mal kurz besucht. Sie erzählte mir, dass sie von der Größe dieses Schuhs beeindruckt war und ihren Schuhabdruck genau danebensetzte. Ihr Abdruck war etwa ein Drittel kleiner. Sie hat mir dann die Schuhe ausgeliehen, die sie an diesem Abend trug.«

Zandermann schüttelte den Kopf. »Wie haben Sie das denn geschafft? Normalerweise gibt doch eine Frau keine Schuhe von sich heraus.«

»Ich habe so lange geredet, bis sie sie rausgerückt hat.«

»Die arme Frau.«

»Hä, was?«

»Machen Sie einfach weiter, Kollege.«

Zandermann hatte Tobias einen Moment lang aus dem Konzept gebracht, er hustete kurz und setzte dann seine Rede fort. »Mithilfe ihrer Schuhe und dieser Drittelangabe von Madame konnte der Schuhsohlenerkennungsdienst zwei Dinge herausfinden. Erstens sind die Schuhe des Unbekannten wohl eine individuelle Maßanfertigung und ergaben somit auch keinen Treffer in der Schuhdatenbank. Zum zweiten konnte die Schuhgröße auf einundfünfzigeinhalb bis zweiundfünfzigeinhalb eingegrenzt werden, was einer Fußlänge zwischen dreiunddreißig und vierunddreißig Zentimetern entspricht. Damit kann man fast einem Elefanten Konkurrenz machen, das sind Riesenfüße!«

Zandermann pfiff durch die Zähne.

»Ich habe sofort drei Schuhläden in Hannover angerufen, ob sie solche Größen führen. In keinem dieser drei Geschäfte hätte der Unbekannte Schuhe bekommen, wohl ein Grund für die Sonderanfertigung. Oder er kann es sich leisten, das dürfte in Deutschland allerdings ein teures Vergnügen sein.«

»Worauf willst du hinaus?«, fragte Leitner, der bisher geschwiegen hatte.

»Ich will jetzt von der Schuhgröße auf die Körpergröße des Mannes schließen. Hierüber ist sich die Wissenschaft nicht einig, ob es überhaupt einen Zusammenhang gibt. Es gibt aber gewisse Wahrscheinlichkeiten, wonach bei bestimmten Schuhgrößen auch bestimmte Körpermaße zu erwarten sind. Zurück zu unserem Unbekannten. Der Mann kann bei seiner Schuhgröße von etwa zweiundfünfzig nicht ein Meter fünfzig groß sein, das ist statistisch auszuschließen. Wir müssen also von einem erwachsenen Mann ausgehen, der mindestens so groß ist wie ich, also ein Meter neunzig, wobei ich lange nicht an Schuhgröße zweiundfünfzig herankomme. Wahrscheinlich ist er zwei Meter oder noch größer. Und wahrscheinlich heißt er Ben, wenn wir Viktoria glauben wollen.«

»Das mit der Größe ist doch mal eine Ansage.«

Einen Augenblick lang kehrte Stille ein, dann sagte Tobias: »Kommen wir zum letzten Punkt.«

KUNSTHÄUSER

»Eine Aufgabe von Herrn Zandermann und mir bestand auch noch darin, in der Kunstszene Leute kennenzulernen, die wiederum sehr großwüchsige Männer kennen oder gesehen haben oder uns idealerweise auch Namen liefern können. Museen haben wir ausgeschlossen, weil diese einen anderen Auftrag haben und hier nicht Kunstkenner unter sich sind. Wir haben letzten Mittwoch begonnen, Kunstvereine und Galerien zu besuchen. Leider haben wir nichts erreicht, haben nur staunende Gesichter erlebt und mussten uns auch spöttische Bemerkungen anhören. Irgendwie kommen wir so nicht weiter, es ist …«

»Stopp mal, Herr Heuward«, fiel ihm Zandermann ins Wort. »Wir sind ein wenig in operative Hektik verfallen, glaube ich.«

»Wieso?«

»Fangen wir wieder von vorne an. Glauben wir den Ausführungen von Viktoria Schall?«

Leitner und Tobias nickten.

»Wir haben den Fotobeweis, dass ein großfüßiger Mann, möglicherweise ein gewisser Ben, am neunzehnten März Malte Decker besucht hat und während der Aufnahme des Fotos auch noch da gewesen sein muss, da entsprechend rückwärts gerichtete Fußspuren fehlen, so weit einverstanden?«

Wieder nickten die beiden anderen.

»Noch eine Variante zum Thema Spuren: Dass der Mann rückwärts gehend in seinen eigenen Fußspuren den Ort verlassen hat, können wir ebenfalls ausschließen, dafür sind die Fußspuren zu exakt und scharfkantig, richtig?«

Zum dritten Mal nickten sie, und Tobias fügte staunend an: »Daran habe ich überhaupt noch nicht gedacht. Wow, Herr Zandermann!«

»Schon gut. Frau Schall hat mehrfach betont, dass Decker an einem Großauftrag in Höhe von einhunderttausend Euro arbeitete, was sie selbst kaum glauben wollte. Die Arbeiten daran wird sie nicht gesehen haben, weil sie Malte Decker ein Jahr nicht besucht hatte. Hier stellt sich die Frage, ob wir ausnahmsweise mal dem Toten glauben wollen?«

Max Leitner meldete sich zu Wort. »Was spricht dagegen?«

Tobias hob die Finger. »Eigentlich nichts. Es wäre unglaubwürdig, hätte Malte zum Beispiel von immer anderen Summen gesprochen.«

»Sehe ich auch so. Also wollte Maltes Besuch das fertige Gemälde abholen und nicht irgendwelche Drogen.«

»Das hatte ich mal vermutet.«

»Richtig, Herr Heuward. Das ist auch plausibel. Aber jetzt kommt die alles entscheidende Frage.«

»Und welche?«, bettelte Tobias förmlich und raufte sich aufgeregt seine Haarpracht.

»Was hat unser großfüßiger Mann im Sinn? Er ist bereit, für ein einziges Gemälde einhunderttausend Euro zu bezahlen. Dass er es doch nicht tut, liegt an den Umständen, zum Beispiel, weil Malte verstorben ist. Niemand würde in einem solchen Fall so viel Geld einfach liegen lassen. Der Fremde muss recht vermögend sein, um so was überhaupt in Auftrag zu geben. Wenn ich Geld hätte, würde ich aber selbst für die Kopie einer Mona Lisa keine einhunderttausend ausgeben. Es sei denn, ich bin versessen darauf, davon eine Kopie im Haus zu haben, um damit herumprahlen zu können.«

Tobias konnte sich nicht mehr zurückhalten. »Nee, nee. Hier klaffen für mich Kosten und Nutzen zu weit auseinander, es sei denn, ich bin etwas bescheuert und Geld spielt überhaupt keine Rolle. Aber wen interessiert eine Nachahmung der Mona Lisa, nur die echte wäre für Kunstexperten ein Renner, diese Heimvariante zieht irgendwie nicht. Ich meine, dass der Mann ein anderes Motiv gehabt haben muss.«

»Meine Herren, genau da wollte ich hin! Wer sich für so viel Geld ein Gemälde anfertigen lässt, hat einen größeren Betrug vor, will damit sehr viel Geld verdienen. Das bedeutet aber, dass hier ein bekannter Maler im Spiel ist, vielleicht einer von den alten Meistern, vielleicht geht es um ein verschollenes Werk, das auf diese betrügerische Weise ans Tageslicht kommen soll.«

»Das wäre aber nicht unsere Aufgabe, dafür haben wir Kollegen, die sich mit Betrugsfällen aller Art beschäftigen. Worauf willst du hinaus?« Leitner schaute Zandermann fragend an.

»Kunstvereine und Galerien fördern einzelne Künstler oder generell den Kunstgedanken durch Verkäufe, aber auch durch Veranstaltungen aller Art. Es geht eigentlich immer um moderne Kunst verschiedenster Stilrichtungen. Bei diesen Kunsthäusern sind wir vermutlich an der falschen Adresse. Wenn ich recht mit meiner großen Betrugssache habe, müssen wir uns also eher an Auktionshäuser wenden.«

Leitner schaltete sich ein. »Ich denke auch, dass ihr die Ermittlungen bei Kunstvereinen und Galerien einstellen solltet. Die Idee mit den Auktionshäusern scheint mir Erfolg versprechender zu sein, müsste aber noch präzisiert werden.«

Zandermann nickte. »Kommt gleich, Max.«

Tobias meldete sich. »Ich habe keine Ahnung, kenne nur die beiden Häuser in London und New York, allerdings auch nur aus dem Fernsehen. Gibt's denn überhaupt Auktionshäuser in Deutschland?«

»Reichlich. Schon in Niedersachsen dürften das vielleicht zwanzig oder dreißig sein. Natürlich sind die meisten Häuser spezialisiert, zum Beispiel auf Briefmarken, Antiquitäten, Kraftfahrzeuge und vieles mehr. Es gibt sogar Auktionen an Flughäfen über nicht abgeholte Gepäckstücke. Wir müssten uns also auf Häuser fokussieren, die Gemäldekunst im Angebot haben.«

»Und wo sollen wir anfangen, Ihrer Meinung nach?«

»Ich meine, in Hannover und Umgebung. Frau Schall hatte mal erwähnt, dass Malte Decker zwar begabt war, aber sich niemals und nirgends bemüht hat, bekannter zu werden. Seine wenigen, aber wohl gut bezahlten Aufträge kann er also nur durch Mundpropaganda aus einem kleinen Kreis von Kunstenthusiasten bekommen haben. Wenn wir Glück haben, lebt der Auftraggeber vielleicht in Niedersachsen. Ich meine, wir müssen es hier versuchen und nicht irgendwo in der Weltgeschichte herumturnen!«

»Ja«, sagte Leitner. »Tobias stellt die Adressen der Auktionshäuser zusammen und ist bei allen Terminen dabei. Werner und ich wechseln uns dann bei den Besuchen ab. Wenn wir nicht können, fährst du halt allein.«

»War ja wieder klar, dass ich die Fummelarbeit machen darf«, nörgelte der junge Lockenkopf. »Ich werde das übernehmen, unter einer Bedingung.«

»Für Erpressung sind die Kollegen nebenan zuständig«, grinste Leitner. »Also, was möchtest du denn?«

»Ich will noch mal in Malte Deckers Hütte.«

»Warum das denn? Die kriminaltechnischen Untersuchungen sind doch abgeschlossen. Was willst du denn da noch?«

»Ich würde gern mal allein reingehen, ohne den Stress mit Frau Brunnen und ihren Kollegen. Einfach Inspiration tanken, endlich alles in Ruhe auf mich einwirken lassen. Ich ziehe auch Handschuhe an, die andere Ausrüstung brauche ich ja nicht mehr, oder?«

»Nein, Handschuhe genügen, falls du was anfassen willst. Und verdammt noch mal, die Dame heißt Brunner und nicht Brunnen!«

»Ja, Sir. Heißt das, ich darf?«

»Nur unter einer Bedingung.«

»Und?«

»Nenn mich nie mehr Sir.«

»Ja, äh … Max. Übrigens: Wenn ich da fertig bin, fahre ich zum Tennis.«

Zandermann lächelte gütig. »Ich besorge Ihnen die Schlüssel, es ist ein neues Schloss drin. Das Gebäude ist von uns noch nicht wieder freigegeben. Sie müssen die Tür neu versiegeln, wenn Sie gehen. Und denken Sie an Ihren Dienstausweis, den Sie bei Frau Schall ja nicht mithatten.«

»Woher wissen Sie …«

»Beobachtungsgabe, Herr Heuward, Beobachtungsgabe.«

Gegen 15 Uhr meldete sich Heuward bei Zandermann. »Ich habe was gefunden, könnte wichtig sein, vielleicht auch nicht.«

»Wie bitte? Was ist es denn?«

Tobias überhörte vor lauter Aufregung die Frage. »Ich brauche eine kleine Handsäge, Stechbeitel und einen Gummihammer. Äh, können Sie mal einen … mal eben einen Kollegen aus der Spurensicherung vorbeischicken?«

»Das könnte ich veranlassen, aber es könnte ein bisschen dauern. Ich habe eine Idee, wir machen das anders. Ich habe einen Werkzeugkasten im Auto. Was war das noch?«

»Handsäge, Stechbeitel, Gummihammer«, wiederholte Tobias ungeduldig.

»Geht auch ein normaler Hammer?«

»Geht auch.«

»Ich komme vorbei, bin in etwa zwanzig Minuten bei Ihnen. Muss dann aber gleich wieder fahren, okay?«

»Ja gut, ich warte, und beeilen Sie sich«, rief Tobias in sein Smartphone.

Dann wurde es wieder ganz still in Malte Deckers ehemaliger Wohnung.

Kapitel 18

Dienstag, 16. Mai 2017
Mardorf am Steinhuder Meer

Der Mann kochte vor Wut. »Es ist unter aller Würde, was mir hier serviert wird. Ich sehe mich außerstande, diesen Fraß zu mir zu nehmen. Rufen Sie mir den Koch heran, aber ein bisschen plötzlich, wenn ich bitten darf.«

Der Butler verzog keine Miene. »Jawoll, Sir.« Er entfernte sich mit würdevollem Gang und verließ das Esszimmer. Wenige Augenblicke später stand der Koch, vollkommen verunsichert, am Esstisch.

»Herr von Hellstroem, genau diese Fischbrötchenplatte hatten Sie letzte Woche bei meinem Kollegen bestellt, und es hat Ihnen vorzüglich gemundet. Ich wollte Ihnen damit eine Freude machen.«

»Gestatten Sie mir die Bemerkung, dass mir die Kreationen, speziell zum Mittagstisch, zunächst vorzuschlagen sind und mir hier nicht irgendein Zeug nach Gutdünken Einzelner einfach vorgesetzt wird, wie man es bei einem Hund zu tun pflegt. Ich denke, Sie können gehen.«

»Wohin? In die Küche, Herr von Hellstroem?«

»Nein, ich gedenke Sie zu entlassen. Packen Sie Ihr weniges Hab und Gut und verschwinden Sie durch den Hinterausgang, ich will Ihnen nicht mehr begegnen, ist das bei Ihnen angekommen?«

Der Mann stand einen Moment lang wie versteinert da. Dann sagte er selbstbewusst: »Ich habe es wirklich schon längst bereut, bei Ihnen angefangen zu haben, und werde mit meiner exklusiven Ausbildung überall und sofort einen neuen Job finden. Sie schulden mir noch drei Monatsgehälter plus die vertraglich zugesicherte Abfindung. Sollten Sie nicht innerhalb von dreißig Tagen zahlen, hören Sie von meinem Anwalt, Spezialist für Arbeitnehmerrecht, Sie ungehobelter Kretin.«

»Das ist doch …« Ignatz von Hellstroem sprang auf und schleuderte dem Koch die mit acht Fischbrötchenhälften belegte, liebevoll garnierte Platte entgegen. Da der Mann geschickt ausweichen konnte, krachte sie Sekunden später gegen die Wand. Der Koch baute sich mit verschränkten Armen vor Hellstroem auf. »Sollten Sie mal in einem Restaurant auftauchen, in dem ich arbeite, bekommen Sie Ihre Bestellung mit E605 verabreicht, das verspreche ich.« Er drehte sich auf dem Absatz um und verschwand, ohne eine Antwort abzuwarten.

»Raus«, schrie Hellstroem, wuchtete den langen Tisch hoch und warf ihn auf die Seite, wobei zwei teure Kerzenständer aus Porzellan zerbrachen. Die stehen gebliebenen Stühle schleuderte er Richtung Tür, dabei zersplitterten einige von ihnen an den großen Wandkacheln. Schwer atmend ließ er sich in einen Sessel fallen.

Sein Butler hatte, die Hände auf dem Rücken, die ganze Szene beobachtet, ohne auch nur einmal mit der Wimper zu zucken. Sein Gesichtsausdruck wirkte versteinert.

Hellstroem schrie auch ihn an: »Stehen Sie nicht so unmotiviert herum, sehen Sie zu, dass hier alles wieder in Ordnung kommt, nun los, zackig.«

»Sehr wohl, Sir.«

»Ich werde mich etwas beruhigen, indem ich mich im Schwimmen ertüchtige. Wenn ich diesen Raum wieder zu betreten gedenke, ist alles, wie es immer war.«

»Sollen die kaputten Stühle und das Porzellan neu angeschafft werden, Herr von Hellstroem?«

»Ich bitte herzlich darum, von diesem Vorhaben Abstand zu nehmen. Nehmen Sie zur Kenntnis, dass hier schon immer zu viel Stuhlmaterial herumstand. Und die Kerzenständer schlagen mir aufgrund ihrer geschmacklosen Erscheinung sowieso schon länger aufs Gemüt.«

»Soll die lädierte Wand ausgebessert werden, Sir?«

»Tun Sie mir den Gefallen und lassen Sie mich mit derartigen Nichtigkeiten in Ruhe.« Hellstroem pulte aus den aufgeplatzten Kacheln einige Brocken heraus und warf diese auf den Boden. »Mit etwas Kunstgeschmack kann man sich an diesen Löchern auch erfreuen, ich liebe Unregelmäßigkeiten, ich hätte die Stühle schon viel eher an die Wand werfen sollen. Und seien Sie jetzt so gut, mir nicht weiter mit Ihrem Geschwätz zur Last zu fallen.«

Hellstroem verließ den Raum, wütend schritt er zum Pool, schwamm eine Runde und legte sich nach dem Abtrocknen auf seinen Lieblingsliegestuhl.

Zum ersten Mal in seinem Leben plagte ihn etwas, worüber er noch nie hatte nachdenken müssen. Ein Zauberwort, das die Welt regiert, das Tod und Verderben auslöst, Macht verleiht, aber auch Hunger stillen kann. Nämlich Geld.

Seit heute Morgen hatte er schlechte Laune, schrie seine Bediensteten an, rannte herum wie eine hungrige Raubkatze in einem zu engen Käfig.

Dabei hatte der Morgen wie jeder andere begonnen. Morgens ging der Butler immer zu dem völlig überdimensionierten Briefkasten am Rande des riesigen Grundstücks und nahm die Post an sich, sofern welche vorhanden war. Dann brachte er diese auf einem Tablett zu Hellstroem in den Frühstücksraum. Der las sie meistens gleich.

Heute war es ein einziger Brief, der sofort für Aufruhr sorgte. Hellstroem hatte den Inhalt immer wieder gelesen, fluchte jedes Mal laut auf. Da besaß doch eine seiner Banken die Frechheit, seine Kreditlinie von zehn auf neun Millionen Euro zu kürzen, zunächst um fünfhunderttausend mit sofortiger Wirkung, die zweite Hälfte in sechs Monaten. Ein Hinweis auf die allgemeinen Geschäftsbedingungen, auf eine Reihe vertraglicher Sondervereinbarungen, von denen er nichts mehr wusste, eine weitere Bemerkung zu den Zinsaufschlägen bei Überschreitung des Limits. *Wir stehen auch weiter mit Rat und Tat zur Seite, bla, bla, bla, mit freundlichen Grüßen, Ihre Bank.*

Da Ignatz die Kreditlinie fast vollständig in Anspruch genommen hatte, drohten ihm jetzt recht hohe Zinskosten, wenn er die fünfhunderttausend nicht ausglich. Aber seine Linien bei anderen Banken waren auch ausgeschöpft. Hatte er sich mit dem Vermeer übernommen? In seinem Tresor lagerten vor dem Erwerb des Gemäldes über vierzig Millionen Euro, die er dann beim Notar in bar hinterlegt hatte, den Rest hatte er durch letzte frei verfügbare Mittel und durch ein paar Verkäufe von Gemälden aufgebracht.

Jetzt hielt ihn nichts mehr in seinem Lieblingsliegestuhl. Er zog sich wieder an und eilte zu seinem Tresorraum. Niemand außer ihm selbst hatte hier Zutritt. Es roch etwas muffig, da er keine Lüftungsanlage hatte einbauen lassen. Irgendwer hatte ihm mal den Rat gegeben, darauf zu verzichten, weil es den Kunstgemälden schaden würde.

Er schaute sich kurz einige seiner Schätze an. Was hatte er da bloß für einen Mist zusammengekauft, nichts gefiel ihm mehr. Die ersten zehn dieser Dinger sollte sein Butler für den Transport vorbereiten, die Dokumente heraussuchen, er würde nach einem passenden Auktionstermin suchen und dort seine Bilder zum Verkauf anbieten. Wahrscheinlich würde er Verluste machen, aber das war ihm egal; bei den meisten Bildern wusste er ohnehin nicht mehr, was er dafür aufgebracht hatte.

In der anderen Ecke stand der Vermeer auf einer Staffelei. Er schritt darauf zu und streichelte den Rahmen. Um jeden Preis hatte er dieses Bild haben müssen, er konnte es niemand anderem überlassen, speziell diesem Peter Dorn nicht, auch wenn ihn dieser Kauf an seine finanziellen Grenzen getrieben hatte. Der Banker, dieser Doktor Sonnfeld, hatte den Fehler gemacht, die Bieterliste auf dem Besprechungstisch liegen zu lassen, als er für einige Minuten den Raum verlassen musste. Natürlich hatte er, Ignatz von Hellstroem, schnell reagiert und das Dokument gelesen. Wie pfiffig von ihm! Außer diesem widerlichen Dorn kannte er niemanden. Wenn er aber nicht mitgeboten hätte, dann wäre dieses Prunkstück aus dem Goldenen Zeitalter des siebzehnten Jahrhunderts ausgerechnet an diesen Dorn gegangen.

Er rechnete sich aus, was an Verdienstspanne drin war, wenn er dieses Gemälde im Rahmen einer öffentlichen Auktion einliefern würde. Einhundert Millionen Euro könnte er als Startpreis vorgeben, man würde sich um dieses Objekt geradezu reißen. Wenn er noch ein zweites, unabhängiges Gutachten in Auftrag geben würde, ließen sich bestimmt auch einhundertfünfzig bis zweihundert Millionen herausholen. Der Markt für Gemälde von Vermeer war praktisch nicht vorhanden, da dessen Gesamtwerk sehr klein war und die bekannten Exemplare längst weltweit in den großen Museen verteilt waren; ein neu entdeckter Vermeer würde einschlagen wie eine Bombe.

Schnell verschloss er den feuerfesten Tresorraum und eilte in sein Büro. Es gab genau zwei Gutachter in Europa, die sein vollstes Vertrauen hatten. Das war einmal Professor Lehmdörfel aus Düsseldorf, dessen Originalgutachten er bereits besaß, zum anderen Ronald de Vries, der in der Nähe von Rotterdam lebte. Einen Augenblick zögerte Hellstroem angesichts der Kosten, die auf ihn zukamen. Dann suchte er die Telefonnummer, erreichte de Vries und bekam umgehend einen Termin für den nächsten Tag gegen 16 Uhr.

Es gab einiges für die Reise vorzubereiten. Als er sich anschickte, sein Büro zu verlassen, stand plötzlich sein Butler vor ihm.

»Nehmen Sie zur Kenntnis, dass ich für Sie jetzt keinerlei Zeit erübrigen kann«, sagte Hellstroem.

Der Butler gab ihm ein Schreiben in die Hand. »Nehmen Sie zur Kenntnis, dass ich für Sie überhaupt keine Zeit mehr erübrigen kann, verehrter Herr von Hellstroem«, erwiderte er bissig.

»Was soll das, treiben Sie mit mir Spielchen?«

»Nein, ich kündige. Alles Weitere erfahren Sie von meinem Anwalt. Habe die Ehre, Sir.« Er deutete eine Verbeugung an, schnappte sich seine zwei Koffer und ging. Kein Händedruck, keine Erklärung, nichts.

Kapitel 19

Donnerstag, 18. Mai 2017
Zentraler Kriminaldienst

Tobias Heuward öffnete die Tür zu Leitners Büro bewusst leise, um sich nicht wieder einen bösen Blick oder Ähnliches einzufangen.

»Was ist?« Leitner schaute von seinen Unterlagen auf.

»Ich wollte dich nur erinnern, dass wir heute einen Termin haben.«

»Mensch, gut, dass du das sagst. Wann?«

»Gegen 11 Uhr. Wir treffen uns mit einem Herrn Goldherz im Schloss Hagenburg. Ich glaube, wir sollten so langsam los, Max.«

Der Hauptkommissar schaute auf seine Uhr. »Du hast recht, hast du die Unterlagen und deinen Dienstausweis?«

»Na klar.«

»Dann warte kurz, bin gleich wieder da.« Leitner verließ sein Büro und kam nach wenigen Minuten zurück.

Auf dem Weg zu den Dienstfahrzeugen fragte er: »Wie war es gestern mit Werner?«

Tobias berichtete. Gestern hatten sie tatsächlich etwas Glück gehabt, weil sich ihre Gesprächspartnerin an einen großen, älteren Herrn erinnern konnte, der vor wenigen Tagen ein Landschaftsbild erworben hatte, das in der vorangegangenen Auktion nicht versteigert worden war, weil niemand das Mindestgebot hatte bieten wollen. Schnell hatte sie Name und Anschrift herausgefunden, Zandermann hatte kurz mit diesem Herrn telefoniert. Leider stellte sich heraus, dass sich der Mann am neunzehnten März mit seiner Frau in einem Kurzurlaub befunden hatte. Beweise waren die Flugtickets, Fahrscheine mit öffentlichen Verkehrsmitteln und eine Reihe von Fotos. »Auf einem der Fotos war zufällig ein Datum mitfotografiert worden, es stammte aus einem Lokal, in dem die beiden gegessen hatten. Also hatten wir wieder Pech, scheiße, der Mann war größer als ich und hatte echte Quadratlatschen, aber er kommt als der große unbekannte Ben nicht infrage.«

»Das ist doch weder Pech noch Scheiße, Tobias. Es zeigt, dass dieses Vorgehen zieldienlich ist. Und jemanden auszuschließen, ist auch kein Pech, sondern gehört zu unserer Arbeit, Stichwort Ausschlussverfahren.«

»Ja, du hast recht, ich bin eben manchmal etwas ungeduldig.«

»Manchmal?«, grinste Leitner.

Tobias winkte lächelnd ab, öffnete das Fahrzeug, und die beiden fuhren los. Unterwegs erzählte der junge Mann eine zweite Begebenheit, die Zandermann und er erlebt hatten. Ein vollständig in Rot gekleideter junger

Mann hatte sie in einem anderen Auktionshaus empfangen und sofort zu zittern begonnen, als sie sich als Kriminalpolizisten auswiesen.

»Ich glaube, dass der was zu verbergen hatte, Max. Selbst nachdem er wusste, was wir eigentlich von ihm wollten, zitterte der rote Kerl weiter. Ging, unter dem Hinweis auf akute Blasenschwäche, dreimal aufs Klo, entschuldigte sich jedes Mal umständlich.«

»Und weiter?«

Mit schwer lesbarer Schrift hatte der Rote zwei Namen notiert. Einer der Adressaten war wohl etwa zwei Meter groß, lag aber in der fraglichen Zeit im Krankenhaus. Wieder nichts.

»Und der zweite?«

»Das war der Hammer. Den musste ich allein besuchen, weil Herr Zandermann eine längere Besprechung hatte. Als ich dort klingelte, stand plötzlich ein Mann vor mir, etwa so klein wie du.«

»Vorsichtig«, zischte Leitner, musste dann aber lachen, als er Tobias' Grimasse sah.

Ohne auf den Kommentar einzugehen, berichtete der weiter. Er hatte zwar den richtigen Mann vor sich gehabt, der sich auch sofort ausweisen konnte, aber nur etwa ein Meter sechzig groß war. Und dann hatte Tobias einfach nicht weitergewusst, hatte sich irgendwelche wilden Geschichten zusammengestottert, sich Hals über Kopf verabschiedet und einen vollkommen verdutzten Mann hinterlassen, der wohl bis dahin noch nie einem Kriminalbeamten begegnet war.

Eine ganze Weile schwiegen sie, dann fragte Tobias plötzlich: »Darf ich mal was Privates fragen?«

»Ich muss ja nicht antworten.«

Tobias schaute kurz zu Leitner, dann konzentrierte er sich wieder auf den Verkehr. »Was ist eigentlich mit deiner Liebschaft aus Göttingen? Seid ihr noch zusammen?«

»Liebschaft? Du hast Humor! Wir sind nie zusammen gewesen, wie du das wohl meinst.«

»Und warum nicht?«

Leitner zögerte. »Eigentlich geht dich das ja nichts an, du neugieriger Vogel.«

»Hallo! *Vogel* geht in Richtung Beamtenbeleidigung.«

»So, meinst du das?«

»Nun lass es schon raus, Max.«

»Nur so weit: Ich komme über den Tod meiner Frau immer noch nicht weg. Sie war, wie soll ich sagen, mein Paradies auf Erden. Ich bin einfach nicht bereit für eine neue Partnerschaft.«

»So etwas Berührendes habe ich von dir noch nie gehört. Wie war deine Frau denn? Willst du mal darüber sprechen?«

»Nein. Da vorn musst du links fahren.«

»Ja, ist ja schon gut.« Tobias wirkte irgendwie beleidigt.

Ihr Gesprächspartner erwartete sie schon am Eingang. »Willkommen im Kunst- und Auktionshaus Schloss Hagenburg, ich begrüße Sie ganz herzlich. Mein Name ist Fidel Goldherz, ich leite hier die großartigen Auktionen, die viermal im Jahr stattfinden.« Goldherz drehte kurz an seiner weinroten Fliege herum, nachdem er auf die Ausweise geschaut hatte. »Der junge Mann ist der Herr Heuward, wir hatten telefoniert. Und Ihr Kollege ist Herr Leitner.« Er nickte und forderte seine Gäste auf, ihm zu folgen.

»Sie haben ja einen tollen Vornamen. Ich kenne nur einen, der so hieß«, sagte Tobias, der sich bemühte, mit dem Mann Schritt zu halten.

»Fidel ist interessanterweise ein spanisch-deutscher Name, in Deutschland allerdings selten anzutreffen«, antwortete der Fliegenmann und entledigte sich, im Büro angekommen, seines Jacketts und warf es auf einen der freien Stühle. »Bitte nehmen Sie Platz, meine Herren, und fühlen Sie sich einfach wohl bei uns.« Er verwies auf die beiden Stühle vor seinem edlen Schreibtisch. »Mineralwasser aus der Extaler Quelle in Rinteln oder Kaffee aus den kolumbianischen Hochlagen, dazu ein herrliches Stück Kuchen aus einer Hofbäckerei?«

Tobias hob seinen Mittelfinger. »Ich hätte gern …«

»Wir möchten nichts trinken und nichts essen, danke!«, ging Leitner dazwischen, womit sich Tobias dann maulend abfand.

»Lassen Sie mich ein paar Worte über diese wundervolle Örtlichkeit sagen. Schloss Hagenburg ist eine kleine Schlossanlage, die lange Zeit vom Hause Schaumburg-Lippe als Sommersitz genutzt wurde. Das wird Sie interessieren, die Anlage ist mit dem Steinhuder Meer durch den eintausendzweihundert Meter langen Hagenburger Kanal am Rande …«

Leitner hob die Hände. »Stopp.«

»Was … was haben Sie denn?«, fragte Fidel verunsichert.

»Herr Goldherz, wir sind keine Touristen, und wir wollen Sie nicht lange aufhalten. Wir haben nur ein paar Fragen, dann sind wir wieder weg.«

»Ja dann … dann fragen Sie mal.« Offensichtlich verständnislos über das unsanfte Abwürgen seines Vortrags zuckte er mit den Schultern.

»Wir ermitteln in einem möglichen Mordfall«, begann Leitner.

»Oh Gott, aber doch wohl nicht hier in Hagenburg?«

»Wir suchen nach einem Mann, der sehr groß sein muss, so etwa zwei Meter. Unseren Ermittlungen nach muss dieser Unbekannte mit Kunst – mit Gemälden – zu tun haben.«

»Im An- oder Verkauf?«

Da Leitner schwieg, übernahm Tobias: »Das wissen wir nicht, noch nicht.«

»Und was hat das mit unserem Haus zu tun?«

»Wir haben Informationen, dass dieser Mann sich ein Gemälde anfertigen ließ, das ihm einhunderttausend Euro wert war.«

»Das ist doch Unsinn, wer gibt denn so viel Geld für ein Wunschbild aus? Ich kenne einen Künstler, der bei uns öfter Gemälde zur Auktion einliefert, der erzielt vielleicht zwischen eintausend und dreitausend Euro pro Werk. Der bietet nebenbei auch Porträtmalerei an, die Preise sind natürlich Verhandlungssache, aber sehr viel mehr als zweitausend Euro kann der auch nicht fordern. Die Preise hierfür sprechen sich herum, und es gibt genügend Konkurrenz zwischen diesen Porträtmalerinnen und -malern.«

»Wir haben den Verdacht, dass es sich hier um Betrug handelt. Also, jemand lässt sich ein verschollenes Werk nachmalen und bringt es für viel Geld an den Markt, zum Beispiel über eine Auktion. Haben Sie in der jüngeren Vergangenheit von so etwas gehört?«

»Nein, nichts bekannt. Das dürfte über ein Haus wie unseres auch richtig schwer werden, alle Kunstauktionshäuser haben im Übrigen sehr hohe Prüfstandards. Im Zweifel müssen die Einlieferer, also diejenigen, die verkaufen wollen, Dokumente oder Untersuchungen nachreichen, bevor ein Objekt als Los in einem Katalog aufgenommen wird und versteigert werden kann. Nein, das ist nicht so einfach, wie es nachher bei der eigentlichen Veranstaltung aussehen mag.«

»Auf jeden Fall sollte unser Unbekannter mit Kunst zu tun haben. Haben Sie denn in Ihrer Kundschaft einen auffällig großen Mann?«

»Ja, aber ich werde Ihnen den Herrn doch nicht ans Messer liefern! Wir fühlen uns zur Diskretion verpflichtet, unsere Kunden müssen sich auf uns verlassen können.«

»Wer ist es?«, hakte Leitner nach; sein Tonfall war plötzlich scharf geworden.

»Das werde ich Ihnen nicht sagen.«

»Dann laden wir Sie staatsanwaltlich nach Hannover vor; sollten Sie nicht erscheinen, werden Sie von unseren Kollegen von der Schutzpolizei mit Blaulicht abgeholt. Eine richterliche Anordnung verpflichtet Sie ferner zur Herausgabe der gewünschten Unterlagen. Wir bekommen diese Information also in jedem Fall. Herr Goldherz, es geht hier möglicherweise um Mord, jetzt geben Sie schon Namen und Adresse raus.«

»Aber der Herr darf nicht erfahren, dass Sie die Information von mir haben, kann ich mich darauf verlassen?«

»Ja, können Sie.«

»Ich habe den Namen natürlich nicht im Kopf. Sekunde.« Fidel Goldherz sprang auf, riss die Tür einer hinter ihm stehenden Schrankwand auf und zerrte einen prall gefüllten Ordner hervor. »Wissen Sie, vor einer Auktion müssen sich alle Teilnehmer ausweisen, wir tragen sie ein. Dann erhalten sie nach der Unterschrift eine Bieternummer zugewiesen, die wir natürlich ebenfalls notieren. Wir müssen ja schließlich wissen, wohin wir ein Kunstobjekt liefern müssen, falls der Kunde die Anlieferung wünscht.« Er blätterte einige Seiten durch. Blätterte und blätterte, murmelte Namen vor sich hin, dann plötzlich hielt er inne und nickte. »Das ist er. Ein Mann, der mir schon öfter wegen seiner alles überragenden Größe aufgefallen ist. Hat der etwa was verbrochen?«

Leitner entgegnete gereizt: »Das wissen wir nicht, Herr Goldherz. Wir wollen ihn einfach nur befragen, so wie Sie.«

»Na, dann ist es ja gut.«

»Den Namen.«

»Ja … mmh … es handelt sich um einen Herrn Peter Dorn.«

»Die Anschrift.«

Der verunsicherte Fliegenmann schrieb alles, was er fand, auf einen Zettel. »Hier, bitte.«

»Danke.« Tobias griff sich die Notiz und steckte sie ein.

Leitner zeigte mit dem Finger auf Goldherz. »Sie werden ebenfalls Stillschweigen bewahren, dass wir hier waren. Kein Sterbenswörtchen zu niemandem, auch nicht zu Ihren Mitarbeitern und erst recht nicht zu diesem Peter Dorn, haben Sie mich verstanden?«

»Ja. Ich werde nichts sagen. Eine Mitarbeiterin wird vielleicht fragen, dann sage ich einfach, dass Sie allgemeine Auskünfte zum Auktionsgeschäft haben wollten.«

»Das ist erlaubt, nichts anderes«, erwiderte Leitner und wollte schon aufstehen.

Fidel Goldherz bat die beiden jedoch, noch kurz sitzen zu bleiben. »Mir fällt gerade ein, dass Sie an einer Sonderauktion in unserem Haus teilnehmen könnten. Jetzt am Montag. Ich gehe davon aus, dass Sie Herrn Dorn antreffen werden, da diesmal nur Kunstmalerei und Porzellan zur Versteigerung vorgesehen sind. Wenn ich mich richtig erinnere, hat Herr Dorn hauptsächlich Interesse an der Bildkunst.«

»Eigentlich wollte ich Montag einen Tag Urlaub …« Tobias unterbrach sich und schaute vorsichtig zu Leitner.

»Wir kommen. Wann sollen wir da sein?«

»Um 11 Uhr wäre ausreichend.«

»Das ist doch mal interessant, Tobias. Wir haben beide noch keine Auktion erlebt, oder du etwa?«

Tobias schüttelte den Kopf. Seine Enttäuschung über einen vermasselten Urlaubstag war ihm deutlich anzusehen.

»Haben Sie hier eine Kleiderordnung?«, fragte der Hauptkommissar weiter.

»Nein. Sie können kommen, wie Sie möchten. Vereinzelt haben wir Kundschaft, die sich an solchen Events besonders fein kleidet. Die meisten erscheinen aber in Alltagskleidung. Sie als Kriminalkommissare müssen ja nicht gerade in Uniform dabei sein, wenn Sie nicht auffallen wollen.«

»Es gibt für uns überhaupt keine Uniformen.«

»Das wusste ich nicht, Herr Leitner.«

»So, dann wollen wir mal wieder, bis Montag dann.« Leitner erhob sich, und Tobias folgte ihm zur Bürotür, blieb dann aber abrupt stehen. Neben der Tür hingen ein paar eingerahmte Fotos, die einen Ballon beim Aufrichten, beim Start und in der Luft zeigten. Tobias bestaunte die Aufnahmen. »Sind Sie Ballonflieger, Herr Goldherz?«

»Früher mal, das sind Aufnahmen im Raum Hamburg, dort habe ich etwa zehn Jahre gelebt. Aber: Gestatten Sie mir, dass ich Sie korrigiere. Einen Heißluftballon fliegt man nicht, man fährt ihn. Ein Ballon hat ja keinen Antrieb, also spricht man laut Bundesluftfahrtbehörde von Ballonfahrten.«

Tobias konnte sich kaum lösen. »Das ist ja interessant. Kann ich bei Ihnen nicht mal mitfliegen, sorry, mitfahren?«

»Leider nicht, Herr Heuward. Ich habe keinen eigenen Ballon und auch keine Lizenz mehr, zu wenig Zeit, verstehen Sie?«

»Na ja, haben wir auch nicht, müssen ja auf Auktionen rumturnen.« Tobias gab Fidel Goldherz die Hand, dann verließen die beiden Ermittler das Schloss und gingen zu ihrem Dienstwagen.

Auf der Rückfahrt sprachen sie zunächst nicht, bis Tobias sich zu Wort meldete. »Warum fahren wir eigentlich nicht gleich zu diesem Dorn?«

»Weil ich ihn am Montag zuerst ein wenig studieren möchte, Auftritt, Typ, wie verhält er sich anderen gegenüber und so weiter. Wird sich ganz normal bewegen, er weiß schließlich nicht, dass wir ihn im Visier haben. Wenn er nicht da ist, werden wir ihm einen Besuch abstatten, so oder so.«

»Das nächste Problem ist, dass er Peter mit Vornamen heißt und nicht Ben.«

»Ganz einfach: kann sein zweiter Vorname sein oder ist frei erfunden.«

»Noch was, Max, das war vorhin aber eine harte Dosis, die du dem Fidel verpasst hast.«

»Was meinst du denn?«

»Na ja, ich meine die staatsanwaltliche Vorladung zu uns, das Abholen unter Blaulicht, die richterliche Anordnung und deinen Tonfall, wie du das rübergebracht hast.«

Leitner lächelte. »So was ist doch völlig normal, die Rechtsmittel haben wir. Ich war sicher, dass er dann einbricht und mit den Daten rausrückt. Merk dir das – kleine Übertreibungen wirken oft Wunder.«

Kapitel 20

Freitag, 19. Mai 2017
Hannover-Nordstadt

Sie war wieder mit ihrem weiß-rosa lackierten Fahrrad unterwegs und fuhr auf dem Engelbosteler Damm einkaufen. Auf der gegenüberliegenden Seite gab es einen Discounter, den sie ansteuerte, das Rad an einer Halterung anschloss und mit ihrem Korb den Laden betrat. Sie schaute auf den Einkaufszettel, ihre Mitbewohner in der WG wollten heute Nudeln essen. Also wieder Spaghetti, wie so oft, diesmal aber mit Ei und frischem Knoblauch, ein bisschen Obst als Nachtisch. Sie selbst wollte das Mittagessen ausfallen lassen, hatte das Gefühl, etwas abnehmen zu müssen. Das funktionierte bei ihr gut, wenn sie die warme Mahlzeit ein paarmal wegließ. Trotzdem musste sie heute den Einkauf übernehmen, das war eine Absprache zwischen den dreien. Schließlich war sie nicht krank.

Gerade als sie zu den Obstauslagen gehen wollte, begegnete ihr die nach vorn gebeugte alte Dame, die wie letztes Mal tief über ihrem Rollator hing und sich nur langsam vorwärts bewegte.

»Hallo«, sprach Viktoria die Dame an, »erkennen Sie mich noch?«

Die alte Frau schaute langsam an ihr hoch. Als sie ihr Gesicht sah, strahlte sie. »Sind Sie nicht das Fräulein Viktoria?«

»Genau. Die bin ich.«

»Das ist ja schön, dass ich Sie mal wiedersehen darf.«

Die Frau tat ihr leid, sie wirkte noch hilfloser als beim letzten Treffen. »Soll ich Ihnen beim Einkaufen helfen?«

»Das würden Sie tun für mich, Fräulein?«

»Klar. Kommen Sie, was brauchen Sie denn?«

»Einen Kohlrabi brauche ich und ein paar Kartoffeln, mehr kann ich mir heute mit meiner Rente nicht leisten. Aber sagen Sie, was haben Sie heute wieder für schöne Sachen an! Wieder eine feine Strumpfhose und einen so wundervollen grünen Rock.«

Viktoria schaute an sich herab. Sie hatte heute Lust auf Rot, von den Pumps bis zu den Haaren, nur der grüne Rock bildete einen Kontrast. »Vielen Dank für Ihr Kompliment.«

»Gern, Fräulein Viktoria. Ist da vorn nicht der Kohlrabi?«

»Genau. Ich hol Ihnen einen und die Kartoffeln. Warten Sie hier kurz.« Schnell war sie wieder da und packte das Gemüse in den Korb, der am Rollator hing.

»Ich muss jetzt.«

»Danke, Fräulein Viktoria. Danke, dass wir uns wieder mal so schön unterhalten konnten. Möge Gott Sie segnen und beschützen.«

Viktoria Schall musste ganz schnell weitergehen, sonst hätte sie gleich losgeheult. Was für eine Frau, wie stark sie war in ihrer Schwäche! Obst und Knoblauch hatte das Fräulein Schall nebenbei eingesammelt, die Packung Eier und die Spaghetti waren schnell gefunden und im Korb.

Nachdem sie bezahlt hatte, verließ sie hastig das Geschäft und flüchtete geradezu in ihr Café, in dem sie sich ihren geliebten Cappuccino bestellte. Während sie an ihrem Getränk schlürfte, kreisten ihre Gedanken immer wieder um diese alte, gebückte und arme Frau. Was für eine eigenartige Kraft von ihr ausging! Den Gedanken, dass auch sie selbst einmal alt würde, verdrängte Viktoria schnell.

Plötzlich stand ein großer, ungepflegter Kerl vor ihr, der sie finster anblickte. Seine langen, schwarz-grauen Haare waren fettig, überall am Kopf und auf den Schultern hatte er Schuppen. Als er kurz grinste, entblößte er einige Zahnlücken, den Rest der Zähne konnte man kaum als solche bezeichnen, sie waren allesamt schwarz. So schwarz wie diese ganze abstoßende Gestalt.

»Kennste mich noch, war'n ma' kurz zusammen, weißtes noch?«

Viktoria lief es eiskalt den Rücken herunter, der Kellner schaute auch schon zu den beiden hinüber. »Nein.«

»Lang her. Bin nich' deswegen hier.«

»Was willst du von mir? Wer bist du überhaupt?«

»Ey, Name is nich', alles Rauch. Wollt' kurz labern, haste 'nen Scheißbock gemacht.«

»Wie bitte? Was?«

»Mädel, hast Scheiße gebaut, ich und 'n paar andere sind stinksauer.«

»Weswegen denn, ich schnall gar nichts.« Viktoria winkte den Kellner herbei. »Zahlen, bitte.«

»Bist einfach ego, hätt'st bei Malte alles wegholen müssen.«

Sie zahlte. Langsam dämmerte es ihr. Sie war Anfang März in Maltes Wohnung gewesen, hatte, anders als sie der Kripo erzählt hatte, doch noch diesen großen Schlüssel und für ein paar Freunde deren Stoff abgeholt, der bei Malte gelagert war. Malte lag zu diesem Zeitpunkt im Krankenhaus, aus dem er dann nach drei Tagen abgehauen war. Die anderen Sachen, die ihr nicht gehörten, ließ sie liegen, die Menge an harten Sachen war ihr einfach zu heiß. »Was kann ich dafür, dass Malte stirbt und die Bullen die Sachen finden? Ich hab sie nicht geklaut, falls du das meinst, die Bullen haben alles eingesackt.«

»Du bist 'n Kackmädel, gibste Schlüssel?«

»Hey, Kerl, lass mich in Ruhe, verstanden! Ich habe den Schlüssel von Malte nicht mehr, der ist verschwunden. Außerdem ist da nichts mehr, geht das in deinen vollgedröhnten Schädel? Hau jetzt ab oder ich ruf die Bullen!«

»Ich brauch mein Hero, du Schlampe.«

Sie schrie: »Hau endlich ab, ich hab es nicht, ich kann dir nicht helfen! Sprich mich nie wieder an! Nie wieder!« Sie stand auf, stieß den hageren großen Mann mit aller Kraft zu Boden, schnappte ihren Einkaufskorb, rannte aus dem Lokal und fuhr mit ihrem Fahrrad so schnell sie konnte nach Hause.

Kapitel 21

Montag, 22. Mai 2017
Gehrden

Peter Dorn hatte sich zum Frühstück zwei Brötchen aufgebacken, die vier Hälften mit Salami und Käse belegt und in allerbester Laune verspeist. Eine grüne und eine gelbe Kiwi folgten zum Abschluss. Dann trank er seinen Kaffee aus, zog einen Blazer über und bestieg wieder seinen Porsche 911. Sein Ziel war das Kunst- und Auktionshaus Schloss Hagenburg.

Um 10.50 Uhr erreichte er das Schloss. Schon von Weitem sah er den dicken Mann im dunklen Nadelstreifen. Beim Näherkommen bemerkte Dorn, dass der wieder eine Zigarre anzündet hatte, die er genüsslich qualmen ließ.

»Hallo, wie geht's? Wie ich sehe, sind Sie ja schon wieder eingenebelt«, grüßte Dorn den Mann.

Der lachte. »Meine Ärztin hat mir diese Ofenrohre zwar verboten, aber es geht noch nicht ohne. Ich habe diese kleinen Fummel, diese Zigarillos, probiert. Ist kein Vergleich, zwei, drei Züge, und das Ding brennt einem die Finger weg.« Der Dicke hustete.

Dorn lächelte und verschränkte die Arme. »Vielleicht sollten Sie doch auf Ihre Ärztin hören.«

Der Nadelstreifen legte die Zigarre auf einem Stein ab und schnäuzte sich die Nase. »Geht wieder. Ach übrigens, wollen Sie Ihren Porsche tatsächlich verkaufen? Ich liebe diesen röhrenden Klang, Ihr Wagen ist einfach unübertroffen.«

Dorn schüttelte den Kopf. »Nein. Ist unverkäuflich. Ich habe letztes Mal mit Ihnen herumgescherzt, ich hoffe, Sie nehmen mir das nicht übel.«

»Dachte ich mir, schade. Bis gleich.« Der Dicke ließ die Zigarre liegen, lächelte und ging hinein.

Dorn schaute sich um. Es waren keine weiteren Bekannten auf dem Parkplatz zu sehen. Plötzlich durchzuckte ihn ein Gedanke. Hellstroem war nicht gekommen! Sollte sein Plan schon Wirkung zeigen? War der Kerl krank oder hatte ihn der Millionendeal doch an seine Grenzen geführt?

Leitner und Heuward waren bereits um 10.30 Uhr am Schloss. Tobias war hineingeeilt und hatte Fidel Goldherz gefragt, wo die Teilnehmer parken würden.

»Wo Sie sich hingestellt haben, ist das schon ganz richtig, Herr Heuward.«

Tobias lief wieder zum Wagen zurück, stieg ein und schloss die Tür hinter sich. »Ich bin richtig ein bisschen aufgeregt, Max.«

»Warum?«

»Weil wir nicht wissen, ob dieser Dorn kommt und wie der so aussieht.«

»Abwarten.«

10.40 Uhr. Die ersten Fahrzeuge trafen ein. Alles Wagen der Oberklasse, die Insassen waren lässig oder sportlich gekleidet, so wie es Goldherz beim ersten Treffen gesagt hatte.

10.43 Uhr. Ein korpulenter Herr im dunkelblauen Nadelstreifenanzug quälte sich aus seinem SUV und klopfte sich Asche vom Jackett. Weitere, etwas kleinere Wagen folgten, der Parkplatz füllte sich allmählich. Die meisten Besucher gingen gleich ins Schloss, nur wenige Personen blieben noch draußen und unterhielten sich.

10.50 Uhr. Ein Porsche donnerte heran, ein einzelner Mann sprang heraus. Der Nadelstreifen hatte sich eine Zigarre angezündet, der Porschefahrer ging auf ihn zu. Die beiden redeten kurz miteinander, der Dicke hustete, legte seine Zigarre ab und schnäuzte sich die Nase, dann verschwand er im Schloss. Kurz darauf folgte auch der Porschefahrer.

»Ist er das? Das ist er, oder? Der Mann im dunklen Anzug ist ja nicht gerade klein, aber der Kerl mit dem Porsche …«

»Mann, Tobias. Bleib locker.«

»Ich bin doch vollkommen entspannt«, grinste der junge Lockenkopf.

»Wenn wir gleich reingehen, schau den Mann nicht ständig an, verfolg nicht jede seiner Bewegungen. Die Leute merken irgendwann, dass sie beobachtet werden. Mach einfach ein ganz neutrales Gesicht, klar?«

»Äh, wie jetzt? Wie soll das denn gehen, ich bin nun mal bei der Kripo und verfolge Gangster und Mörder.«

»Das ist ja schon der Fehler. Du musst denken, dass du ein Auktionsteilnehmer bist, vor allem sehr an Kunst interessiert.«

»Aber das bin ich nicht, null Interesse an Kunst und Krempel.«

»Du sollst dir das ja auch nur einreden, das ist reine Selbstbeherrschung und Übungssache. Jetzt komm.«

»Ja, Sir.«

Ein böser Blick, und die beiden verließen den Pkw; wenige Augenblicke später waren sie in dem Raum, wo die Registrierungen vorgenommen und die Bieternummern ausgegeben wurden.

»Sieh dich hier ein bisschen um. Ich gehe mal zum Porschefahrer«, sagte Leitner.

»Verpasse ich was? Willst du ihn ansprechen?«

»Nein. Ich schaue nur, mit welchem Namen er sich einträgt. Muss mich beeilen, er ist gleich dran.« Leitner verschwand.

Tobias ging ein Stück, starrte in eine Vitrine, in der eine große Vase stand, übte den neutralen Blick und versuchte sich für dieses Ding zu interessieren, schaute von links, von rechts, ging ein Stück weg, dann das Gleiche noch ein zweites Mal.

Es dauerte nicht lange und Leitner kam zurück. Tobias ließ die Vase Vase sein und eilte auf ihn zu. »Und?«

»Es ist Peter Dorn. Fidel Goldherz hat mir zwei Bieternummern zugesteckt, hier nimm«, flüsterte Leitner.

»Was soll ich damit?«

»Alle haben diese Bieternummern, willst du etwa auffallen?«

»Ach so, nee, ist schon klar.«

»Wir setzen uns im Auktionssaal ganz nach hinten, und zwar so, dass ich den Dorn beobachten kann. Und während der Veranstaltung möglichst nicht reden.«

Tobias nickte, und die beiden gingen zum Saal. Leitner wartete, bis sich Peter Dorn setzte, dann suchte er sich einen guten Platz aus, Tobias folgte ihm.

Fidel Goldherz hatte wieder diese weinrote Fliege umgebunden und war ganz in seinem Element. Ein Objekt nach dem anderen fand neue Besitzer, es ging Schlag auf Schlag, in blitzartiger Geschwindigkeit wurden die Kunstwerke präsentiert und ersteigert, mit der Bieternummer des Höchstgebots markiert und wieder weggebracht. Zwei Mitarbeiter mit schneeweißen Handschuhen unterstützten Goldherz, der sich ganz auf den Saal und die Gebote konzentrierte. Mit flotten Sprüchen war er dabei, brachte es fertig, für manchen Ladenhüter doch noch Interesse zu wecken, nur wenige Gemälde fanden keinen Abnehmer.

Nachdem die letzte Losnummer ihren neuen Besitzer gefunden hatte, bedankte sich der Fliegenmann beim Publikum und wünschte allen eine gute Heimfahrt und einen schönen Restmontag. Beifall ertönte, viele Leute sprangen von ihren Sitzen und eilten nach draußen, andere ließen sich mehr Zeit.

Leitner sah, dass die Fahrzeuge, die links und rechts neben dem Porsche geparkt hatten, bereits unterwegs waren. »Komm, wir gehen da rüber; wenn ich ihn anspreche, sagst du bitte nichts.«

»Ich wüsste nicht, was«, grinste Tobias.

Peter Dorn ging auf seinen Porsche zu. Als er nur noch wenige Schritte von seinem Wagen entfernt war, sprach ihn Leitner an. »Herr Dorn?«

»Ja?«

Der Kommissar hielt ihm seinen Dienstausweis so hin, dass es niemand anders mitbekommen konnte. »Kripo Hannover. Ich bin Kriminalhauptkommissar Leitner, das ist Herr Heuward.«

Dorns Miene verfinsterte sich augenblicklich. »Was wollen Sie?«

»Wir haben ein paar Fragen an Sie. Ihren Namen haben wir aus Ihrer Nachbarschaft.«

»Ja, fragen Sie doch! Ich habe nichts zu verbergen.« Der kräftige Mann schloss seinen Porsche auf und öffnete die Fahrertür, blieb aber davor stehen und schaute auf den Kommissar hinunter.

»Wir ermitteln in einer möglichen Mordsache in der Nähe von Barsinghausen.«

»Das ist ja ganz in meiner Nähe. Aber damit habe ich wirklich nichts zu tun«, sagte der Mann, nun sichtlich freundlicher.

»Wo wohnen Sie, Herr Dorn?«

Dorn nannte seine Adresse in Gehrden.

Leitner schaute zu Tobias. »Hol mal den Wagen, wir fahren jetzt hinter Herrn Dorn her, zu Ihnen nach Hause.«

»Nein, warum denn das? Haben Sie dafür eine Befugnis?«

»Dann begleiten Sie uns eben ins Präsidium, und *Sie* fahren hinter uns her.«

Der Mann zögerte. »Na denn, fahren wir halt zu mir.«

»Gut. Denken Sie daran, dass wir etwas weniger PS unter der Haube haben.«

Dorn lachte und stieg ein, Tobias holte den Wagen, dann fuhren sie hinter dem Mann her.

Während der Fahrt fragte Tobias: »Warum hast du von einem Mord in Barsinghausen gesprochen, da ist doch gar nichts passiert?«

»Mögliche Mordsache in der Nähe«, korrigierte Leitner. »Warum wohl? Denk nach, Tobias.«

Mit der linken Hand steuerte Tobias, mit der rechten fuhr er sich durch seine Locken. »Ich glaube, ich weiß, was du meinst. Du wolltest ihn ablenken, irgendwie in Sicherheit wiegen.«

»Richtig.«

»Und warum hast du ihn nach seiner Anschrift gefragt, die hat uns doch der Fidel gegeben. Hast du das vergessen?«

»Nein. Mit dieser Frage und der Nachbarschaftserfindung wollte ich Herrn Goldherz aus dem Ring nehmen. Dorn soll ihn nicht verdächtigen, dass wir seinen Namen von ihm haben.«

»Verstehe. Aber was machen wir jetzt mit Dorn? Vorläufig festnehmen?«

»Kein Wort davon, ich will einfach sein Haus begutachten, mal sehen, was noch so geht.«

Bei Dorn zu Hause angekommen, führte dieser die Ermittler herum; stolz erläuterte der große Mann Hintergründe und Geschichte einiger Gemälde, bis es Leitner zu viel wurde und er die kleine Führung beendete.

Der Hauptkommissar kämmte sich sein schütteres Haar nach hinten, stellte einige belanglose Fragen, wiegte Dorn weiterhin in Sicherheit. Nach einigem Hin und Her ließ Dorn sich sogar überreden, sich seine Fingerabdrücke abnehmen zu lassen.

»Wir nehmen Sie kurz mit und fahren Sie danach selbstverständlich wieder nach Haus.« Alles diente nur dazu, ihn in der Sache in Barsinghausen als möglichen Täter auszuschließen, erläuterte ihm Leitner.

Dann fuhren die drei zur Kriminaltechnik, wo es einen Fingerabdruckscanner gab.

Wie versprochen, brachten sie Dorn anschließend wieder nach Hause. Vor dessen Haustür stiegen alle aus, und die beiden Ermittler schickten sich an, sich zu verabschieden. »Eine Frage noch, Herr Dorn.«

»Ja?«

»Sie kennen sich als Kunstexperte sicherlich in der Szene aus, oder?«

»Ich denke schon.«

»Kennen Sie eigentlich einen gewissen Malte Decker, er soll ein talentierter Kunstmaler sein?«

»Nein, der ist mir nicht bekannt.«

Auf der Rückfahrt fragte Leitner: »Kannst du dich morgen mal um was kümmern?«

»Na klar, worum geht's?«

»Die Kriminaltechnik muss den Abgleich von Dorns Fingerabdrücken mit denen auf dem Laptop von Decker vornehmen.«

»Da kümmere ich mich gleich morgen früh drum, Max.«

»Leider wird es ein paar Tage dauern, bis das Ergebnis da ist.«

»Wieso?«

»Weil die Kollegen hoffnungslos überlastet sind durch eine Reihe Krankheitsausfälle.«

»Dann müssen wir halt mal etwas Geduld haben.«

»Fällt mir schwer, wie du weißt«, lächelte Leitner.

Kapitel 22

Montag, 29. Mai 2017
Mardorf

Gegen 8 Uhr hatte Ronald de Vries aus Rotterdam Ignatz von Hellstroem angerufen, der sofort nach den Ergebnissen der Untersuchungen fragte. De Vries hielt sich etwas bedeckt in seinen Antworten. »Wollen Sie heute noch kommen und Ihren Vermeer abholen?«

»Es wäre mir eine Ehre, Sie heute noch aufsuchen zu können und dieses Prunkstück wieder nach Deutschland zurückzuführen, Herr Vries.«

»De Vries, bitte. Oder sagen Sie einfach Ronald zu mir.«

»Ich sehe keinerlei Veranlassung und ebensolche Notwendigkeit, Sie mit Ihrem geschätzten Vornamen anzusprechen, und wünsche dies auch umgekehrt in keinster Weise.«

Der Holländer überhörte die letzte Bemerkung von Hellstroem. »Wie wollen Sie denn kommen, mit dem

Flugzeug über Amsterdam, mit der Bahn oder dem Auto?«

»Ich werde mit dem Auto vorliebnehmen.«

»Fünf, sechs Stunden müssen Sie rechnen. Das letzte Mal hatten Sie sich etwas verfahren. Wissen Sie denn jetzt, wie Sie ohne Umwege zu mir finden?«

Hellstroem bestätigte dies auf seine umständliche Art, schließlich war er schon mehrfach bei de Vries gewesen. Beim letzten Mal hatte er nur die richtige Autobahnabfahrt verpasst. Er packte noch schnell ein paar Sachen zusammen, falls er doch zu müde für die Rückfahrt wäre und eine Übernachtung erforderlich sein würde. Um 9 Uhr fuhr er los, gegen 15.30 Uhr erreichte er auf einer recht schmalen Straße eine der malerischen Windmühlen bei Ridderkerk, südöstlich von Rotterdam. Hier lebte und arbeitete der Kunstexperte, der schon an der Tür stand und seinen Gast empfing. Ronald de Vries hatte sich neben seiner Windmühle einen unscheinbaren, innen aber hochmodernen Anbau errichten lassen, mit dreifach verglasten Fenstern, großem Tresor und Alarmanlage. In einem lichtdurchfluteten Raum stand Hellstroems *Schlafender Soldat mit Weinkrug* und leuchtete den beiden entgegen.

»Was für ein furioses Gemälde, man erzittert geradezu vor Ehrfurcht vor dieser ausdrucksstarken Pracht«, schwärmte Hellstroem.

»Es ist schön«, wich de Vries aus. »Ich möchte Ihnen jetzt die Analyseschritte im Einzelnen erläutern. Sie erinnern sich, dass ich in Rotterdam ein Labor mit vier Fachkräften betreibe, das mit den modernsten Methoden und entsprechendem Equipment arbeitet.«

Hellstroem bedeutete de Vries, zum Wesentlichen zu kommen.

»Beginnen wir mit der reinen Farbanalyse. Um Ihnen Kosten zu sparen, haben wir uns auf die Blautöne konzentriert. Es ist bekannt, dass Jan Vermeers Maltechnik auf einer intensiven Nutzung unter anderem des sehr teuren Ultramarins beruhte, eines in der Natur vorkommenden, seltenen Stoffes. Im vorliegenden Objekt finden wir allerdings nur das wesentlich billigere Pigment Azurit vor, das Vermeer allerdings auch verwendete, etwa bei Hintergründen. Das fehlende Ultramarin muss einem noch keine Sorgen machen, es kann viele Gründe geben, warum der Künstler hier auf die teure Farbe verzichtet hat, zum Beispiel kurzfristiger Geldmangel. Eine Neuheit in der Malerei zu Vermeers Zeiten war die Darstellung von Schatten ohne Grautöne, was nicht unbedingt seine Erfindung sein muss, aber von ihm und einigen holländischen Mitstreitern konsequent praktiziert wurde. Das ist im vorliegenden Werk der Fall, somit korrekt. Wie Sie wissen, war Vermeer ein Meister des Lichtes, aber auch der Perspektive. Er realisierte zum Beispiel in seinen Alltagsszenen Figuren, Handlungen und Gegenstände so, als ob der Bildbetrachter dabei ist, quasi im Raum steht und zuschaut. Dies ist den Sichtachsen geschuldet. In dreizehn seiner Gemälde gibt es ein kleines Loch, mit dem Vermeer die Perspektive markiert hat. Ein solches Loch ist auch hier vorhanden. So weit alles gut. Haben Sie dazu Fragen?«

Ignatz von Hellstroem hatte gebannt zugehört und verneinte.

»Also weiter. Um festzustellen, ob das Gemälde überhaupt in der Zeit Vermeers gemalt wurde und nicht etwa eine Anfertigung aus der Neuzeit ist, haben wir mithilfe der sogenannten Blei-210-Methode das Bleiweiß analysiert. Ich will Sie nicht mit Einzelheiten langweilen, aber es gibt Isotope, die mit einer Halbwertzeit von zweiundzwanzig Jahren weiter zerfallen. Das Ergebnis ist, dass das hier verwendete Bleiweiß nicht aus Vermeers Zeit stammen kann. Ferner verwendeten die niederländischen Maler zu Vermeers Zeiten Blei aus den europäischen Mittelgebirgen mit einem beispielsweise hohen Silberanteil. Seit dem neunzehnten Jahrhundert stammen Bleierze aber aus den USA und Australien und haben eine völlig andere Zusammensetzung. Im vorliegenden Werk konnten wir nur die neuartigen Bleianteile nachweisen.

Das Drama zuletzt – die Röntgenmethode. Sie zeigt, dass hier ein anderes Bild vollständig übermalt wurde. Dies ist an sich auch noch kein Problem, viele Maler haben ihre eigenen Entwürfe übermalt, selbst Jan Vermeer hat stellenweise seine eigenen Darstellungen verworfen und durch andere Motive, Hintergründe und Farben ersetzt. Die Röntgenaufnahmen zeigen im Hintergrund aber moderne Formen der Malerei, hier hat sich ein Künstler wohl in der Nachahmung eines expressionistischen Werkes versucht. Weitere Details beweisen, dass die Übermalung erst im einundzwanzigsten Jahrhundert erfolgt ist, wahrscheinlich erst in jüngster Zeit!«

Während de Vries' Rede war Hellstroem immer blasser geworden; hatte er zunächst noch freundlich und verständig genickt, war sein Gesichtsausdruck im Verlauf der Ausführungen immer finsterer geworden. »Was … was heißt das jetzt?«

Ronald de Vries schaute ihn betreten an. »Gern hätte ich Ihnen etwas Schöneres berichtet. Aber dieses Bild ist nicht von Jan Vermeer, es ist nichts weiter als eine wirklich meisterliche Stilkopie mit der Maltechnik dieses großartigen Künstlers des Barock. Aber einen *Schlafenden Soldaten mit Weinkrug* hat Vermeer nicht gemalt. Sollte in Zukunft ein solcher Titel doch noch auftauchen und echt sein, behaupte ich dies natürlich nicht mehr.«

Ignatz von Hellstroem sackte in sich zusammen und ließ sich auf einen Stuhl fallen. »Was wäre dieses Ding noch wert?«

»Vielleicht können Sie dieses Gemälde noch an einen Vermeer-Liebhaber als nachgeahmte Kunst eines unbekannten Malers verkaufen, ein- bis dreitausend Euro könnten Sie dafür sicherlich noch bekommen.«

Hellstroem fluchte und wollte wissen, warum Professor Lehmdörfel sich in seinem Gutachten derart geirrt haben konnte.

»Das erschließt sich mir auch nicht. Seit Tagen versuche ich den Kollegen zu erreichen, wir kennen uns schon Jahre, haben auch viel zusammengearbeitet. In der Szene munkelt man, dass Lehmdörfel in Ruhestand gegangen ist, mehr weiß ich auch nicht.«

»Scheiße, riesengroße Sauerei«, schimpfte Hellstroem los. »Zum Glück verfüge ich über exzellente Anwälte, die werden mein schwer verdientes Geld schon wieder zurückholen. Scheißkram!« Über die Anwaltskosten bei einem Streitwert von knapp siebzig Millionen Euro wollte er jetzt nicht nachdenken.

Kleinlaut packte er seine Sachen zusammen. Bevor er losfuhr, übergab ihm de Vries das Gutachten und die Rechnung, die er gleich im Wagen kontrollierte. Fünfzehntausend Euro sollte ihn diese Analyse kosten! Das war sie sicherlich wert, aber er hatte jetzt nie gekannte Geldsorgen.

Kapitel 23

Dienstag, 30. Mai 2017
Burgdorf

Doktor Karl Sonnfeld wurde wach und beschloss, seiner Frau Maria und sich ein richtig feines Frühstück vorzubereiten. Dazu schlich er aus seinem Schlafzimmer an ihrem vorbei, ging hinunter, schloss die Küchentür und suchte so leise wie möglich alles Notwendige zusammen. Zuerst wählte er ihr Lieblingsgeschirr mit dazugehörendem Eierbecher inklusive dem besseren Besteck, das eigentlich nur auf den Tisch kam, wenn sie Gäste hatten.

Natürlich kannte er ihre Vorlieben, was die Speisen anging, ein wenig Obst gehörte immer dazu. Dann aß sie gern Haferflocken mit wenig Milch, aber ohne Zucker, ein gekochtes Ei, einen Biojoghurt und, wenn sie gut drauf war, zwei bis drei Scheiben Vollkornbrot. Dazu gehörte irische Butter, die er in kleine Flocken aufteilte, ein Stück vom Käselaib und etwas fettarme Wurst. Alles dekorierte er liebevoll, den Apfel schnitt er fein auf und legte die entkernten Spalten auf einem Teller in Herzform aus. Zum Schluss folgte noch der Kaffee, die Maschine machte auch beim Mahlen der frischen Bohnen kein allzu großes Getöse, man konnte sie also oben nicht hören. Er griff nach einem kleinen Becher, befüllte ihn zur Hälfte, gab einen Schuss Milch dazu und ging langsam nach oben und öffnete ihre Zimmertür. Als er neben ihrem Bett stand, sagte er so leise wie möglich: »Maria? … Maria, das Frühstück ist fertig.«

Sie wachte schon allein vom Duft des frischen Kaffees auf und drehte sich verschlafen zu ihm.

»Hier ist ein erster Schluck für dich.«

Sie setzte sich auf, nahm den Becher und nippte an dem Kaffee. »Oh Karl, das ist ja eine liebevolle Begrüßung, danke schön.«

Am Frühstückstisch war sie dann vollends begeistert. »Karl, so lieb von dir! Das hast du ja schon Jahre nicht mehr gemacht, die Überraschung ist dir wirklich gelungen!« Bevor sie sich setzte, gab sie ihm einen Kuss.

Karl hatte sich vor Pfingsten eine Woche Urlaub genommen. Er wollte erst Dienstag nach Pfingsten wieder zur Arbeit gehen, hatte seine Assistentin gebeten, nur anzurufen, wenn es an allen Ecken und Kanten brennen sollte, also möglichst überhaupt nicht. Gestern hatten sie einen Ausflug mit dem Rad unternommen, ließen sich viel Zeit beim Mittagessen. Auf dem Rückweg kehrten sie in einem gemütlichen Landgasthof ein, in dem sie ein paar Stunden verbrachten. Fröhlich waren sie zurückgeradelt.

Beim Frühstück schmiedeten sie Pläne für den heutigen Tag. Maria ließ die Gedanken schweifen. Was war nur mit Karl los? In den vergangenen gemeinsamen Urlaubszeiten hatte es reichlich Tage gegeben, an denen sie sich selbst beschäftigen musste. Das war ihr einige Jahre gar nicht so bewusst gewesen, ständig riefen Leute aus der Bank an, oft fuhr er irgendwo hin. Diesen Urlaub jetzt schien er anders angehen zu wollen. Sie beschloss, nicht weiter darüber nachzudenken, wollte es einfach genießen, so wie dieses tolle Frühstück.

Gemeinsam räumten sie den Tisch ab. Nachdem dies erledigt war, wollte Maria duschen gehen. Genau in diesem Augenblick klingelte nebenan in Karls Büro das Telefon. »Ich hoffe nicht, dass dies meine Assistentin ist, ich fahre auf keinen Fall nach Hannover rein, ist versprochen, Maria«, sagte er zu seiner Frau.

»Das wäre schön, Karl.«

Er verschwand in seinem Büro. Maria hörte durch die angelehnte Tür, dass ein gewisser Peter am Telefon war. Es musste sich um Karls langjährigen Freund Peter Dorn handeln. Sie kannte diesen Mann nur flüchtig, mochte ihn nicht, weil er ein flippiger und reicher Junggeselle war und sich ihr gegenüber so gegeben hatte, als ob er jede Frau der Welt haben konnte – ein Auftreten, das sie abstieß.

Im ersten Moment war sie froh, dass niemand aus der Bank anrief. Sie wollte gerade nach oben gehen, da hörte sie plötzlich, dass sich die beiden über Ignatz von

Hellstroem unterhielten. Obwohl sie nicht eine von den Frauen war, die ihren Ehemännern nachspionierten, blieb sie in diesem Fall wie angewurzelt stehen. Karl hatte auf *Laut hören* umgestellt, sodass sie auch Dorns Stimme hören konnte. Woher kannte ihr Mann denn Ignatz? Was hatten ihr Mann, der Dorn und Ignatz miteinander zu tun?

Dann ging es um irgendwelche eingefrorenen Kreditlinien bei einigen Banken, was Maria aber nicht einordnen konnte. Schließlich wandte sich das Gespräch persönlichen Themen zu. Dorn lud ihren Mann zu einer Ballonfahrt am Pfingstmontag ein, das kannte sie schon aus früheren Jahren. Dorn würde Karl gegen 16 Uhr abholen, der Start war für 19.30 Uhr auf der sogenannten Bauernwiese geplant. Karl wusste sofort Bescheid, die beiden Freunde waren schon öfter mit Peter Dorns Ballon unterwegs gewesen, die letzte Fahrt lag allerdings ein Jahr zurück. Maria selbst konnte sich, trotz wiederholter Einladung, nicht für das Ballonfahren erwärmen, weigerte sich standhaft mitzufahren, was ihr Mann akzeptiert hatte. Sie hörte noch, dass Karl sich riesig darauf freute, dann schlich sie nach oben und duschte.

Als sie fertig angezogen war, ging sie wieder hinunter und betrat das Büro ihres Mannes. Dieser erzählte ihr, dass sein Freund Peter ihn für Pfingstmontag zu einer Ballonfahrt eingeladen habe.

»Ist gut, du brauchst auch deine Freiräume. Außerdem hat das mit euch schon ein wenig Tradition.«

»Das ist lieb von dir, Maria, dass du das so siehst.«

»Karl, ich habe eine Bitte an dich.«

»Ich hör dir zu.«

»Ich würde gern heute mal einen Tag mit dir zu Hause verbringen. Das Wetter ist ganz schön, wir könnten für heute Abend einige unserer Freunde zum Grillen einladen.«

»Großartige Idee.«

»Könntest du eventuell Steaks und ein paar andere Sachen von unserem Schlachter besorgen? Alles andere haben wir im Haus.«

»Das mach ich gern, Maria.« Karl Sonnfeld zog sich an und fuhr kurze Zeit später los, um die Grillutensilien zu holen.

Nachdem er fort war, überlegte Maria, ob sie Ignatz anrufen sollte. Eigentlich hatte sie beschlossen, diesen Mann künftig zu meiden, nach seinem selbstgefälligen Getue beim letzten Treffen. Und bei dieser Meinung würde sie auch bleiben.

Sie ließ das Smartphone wählen. Hellstroem meldete sich.

»Hallo, Ignatz, hier ist Maria Sonnfeld.«

Wieder antwortete er wie üblich gekünstelt und vollkommen überzogen, wie sehr er sich über ihren Anruf freute, und fügte ein *teuerste Lady* hinzu. Es klang abwertend und ironisch, keineswegs freundlich, es bestärkte sie in ihrem Entschluss, diesen Mann nicht mehr sehen zu wollen.

Gerade als sie ihm von dem Telefonat zwischen Dorn und ihrem Mann berichten wollte, in dem er, Hellstroem, Thema gewesen war, sprach Ignatz bereits weiter. »Teuerste, hätten Sie wohl die Großzügigkeit, mir eine kleine Frage beantworten zu wollen?«

»Warum nicht? Frag einfach.«

»Das liegt mir schon eine Weile auf der Seele: Ist Madame eigentlich mit einem Mann namens Karl Sonnfeld verheiratet und übt dieser Herr das Gewerbe eines Geldverleihers aus?«

Sie stutzte, was für ein grauenhaftes Geschwafel! »Äh, ja. Warum?«

»Ich hätte schon den innigen Wunsch, mit ihm einen Augenblick privat und geschäftlich sprechen zu können. Ist er denn anwesend?«

Das konnte sie auf keinen Fall durchgehen lassen. Privat und geschäftlich, was sollte denn dieser Unsinn? Karl hatte Urlaub, brauchte Ruhe, und sie wollte mit ihm ungestört ein paar Tage genießen. »Nein, mein Mann ist nicht da, er hat Urlaub, den er auch dringend nötig hat.«

»Nun denn, das sei ihm gegönnt. Aber könnte er in den nächsten Tagen mal ein winziges bisschen seiner kostbaren Zeit für mich erübrigen? Schließlich stehen ja die Pfingstfeiertage an, da dürfte doch ein bisschen Zeit und Muße bleiben.«

»Nein, leider nicht. Das Wochenende haben wir beide schon verplant, und Pfingstmontag geht er mit einem Freund Ballonfahren. Nach Pfingsten kannst du ihn dann bestimmt in der Bank erreichen.«

Umständlich bedankte er sich bei Maria für die Auskunft. Dann zögerte er einen Moment … und lud Maria für Pfingstmontag zu einer Party ein, die auf seinem Grundstück stattfinden sollte. Einlass ab 18 Uhr. Ob sie nicht auch kommen wollte?

»Ganz herzlichen Dank, Ignatz. Aber selbst wenn ich könnte, würde ich nicht kommen. Ich habe lange über dich nachgedacht und bin zu der Überzeugung gekommen, dass ich dich künftig nicht mehr sehen möchte. Und wenn wir uns mal zufällig begegneten, würde ich dich bitten, von mir Abstand zu halten.«

Auf seine umständliche Fragerei nach dem Grund antwortete sie: »Weil ich zu der Auffassung gelangt bin, dass du wohl niemanden mögen kannst, geschweige denn jemanden lieben. Du scheinst mir ein selbstverliebter Egoist zu sein. Leb wohl.« Sie beendete das Gespräch, ohne auf eine Antwort zu warten.

Das saß. Ignatz starrte auf den Hörer und warf ihn dann geräuschvoll auf die Gabel seines antiken Telefons. Was bildete sich die alte Ziege eigentlich ein? Bitte sehr, wenn sie seine Gesellschaft nicht mehr genießen wollte, dann sollte sie ihm gestohlen bleiben.

Aber die Idee mit der Party gefiel ihm immer besser, je mehr er darüber nachdachte. Endlich mal wieder viele Leute um sich haben! Schnell informierte er seine beiden übrig gebliebenen Köche über seine Absichten und erklärte ihnen, dass sie nicht nur die ausgefallensten Gerichte vorbereiten sollten, sondern an diesem Abend auch den Service für seine Gäste übernehmen mussten.

Er hatte noch eine eiserne Reserve von fünftausend Euro im Safe. Er musste wirklich dringend mehrere Bilder verkaufen, zumal es einige gab, die er mittlerweile hässlich, ja sogar abstoßend fand. Für einige der Bilder brauchte er die Verkaufsgenehmigung der Banken, denn seine Kredite waren bei allen Banken reduziert und eingefroren worden. Schweinebande!

Seine Köche und die Haushaltshilfe mussten auch noch bezahlt werden. Und auf der Party musste Luxus herrschen, nicht einfach nur Sekt, sondern feinster Champagner musste her, nicht Grillwürstchen, sondern russischer Kaviar, Entenbrust in Aspik und so weiter und so fort. Die Leute sollten schlemmen ohne Ende.

Kapitel 24

Donnerstag, 1. Juni 2017
Zentraler Kriminaldienst

Max Leitner hatte es irgendwie geschafft, sich für sein Büro zwei Besucherstühle zu organisieren. Jetzt musste er für kurze Besprechungen mit den Kollegen nicht immer in den Raum nebenan ausweichen.

Sein Telefon klingelte. »Leitner.«

Eine Kollegin aus der Kriminaltechnik meldete sich. »In der Sache Malte Decker gibt es Neuigkeiten, Herr Leitner.«

»Was haben Sie für uns?«

»Ich habe den neulich gemachten Fingerabdruckscan mit den nicht zugeordneten Fingerspuren auf dem Laptop verglichen. Bin leider nicht früher dazu gekommen.«

»Sie meinen die Fingerabdrücke von diesem Peter Dorn?«

»Ja, die meine ich.«

»Und?«

»Das Ergebnis ist positiv.«

»Kein Zweifel?«

»Nein, ich habe die Sachen noch mal einem Kollegen gezeigt. Es gibt keine Zweifel, hundert Prozent Übereinstimmung.«

Leitner strahlte. »Liebe Kollegin, danke. Sie haben was gut bei mir.« Sofort rief er Tobias Heuward und Werner Zandermann an und bat sie, kurz zu ihm zu kommen.

Tobias kam zuerst hereingestürmt und staunte. »Wow, der Herr Hauptkommissar hat jetzt Sitzgelegenheit für seine Untertanen.«

»Lass den Quatsch und setz dich.«

Diesmal wählte Tobias sofort die hintere der beiden Sitzgelegenheiten. »Hier habe ich den Überblick über alles, klasse Platz, schön bequem.«

Dann öffnete Zandermann die Tür und schaute zunächst vorsichtig um die Ecke. »Guten Morgen, liebe Kollegen. Oh, Max, toll, endlich kann man bei dir mal sitzen.« Er kam herein und nahm ebenfalls Platz. »Was gibt es denn?«

»Gleich zur Sache. Endlich kommen wir in Sachen Malte Decker weiter. Der Abgleich der Fingerabdrücke mit diesem Dorn ist positiv.«

Tobias meldete sich. »Moment mal. Heißt das, dass Dorns Fingerabdrücke auf Maltes Laptop sind?«

»Genau das heißt es.«

»Dann haben wir ihn im Sack. Die Fußspuren, die Fingerabdrücke sind die Beweise. Jetzt können wir ihn uns doch krallen, oder?«

Zandermann grinste Tobias an, der schon fast aufspringen wollte. »Ruhig Blut, junger Mann. So einfach geht das nicht. Genau genommen beweisen die Fingerabdrücke nur, dass Peter Dorn bei Malte Decker war – beziehungsweise sogar nur, dass er Deckers Laptop in den Fingern hatte. Mehr nicht.«

Tobias strich sich ernüchtert durch die Locken. »Ich muss Ihnen da wohl leider recht geben. Und was machen wir jetzt?«

Leitner schaltete sich ein. »Wir müssen Dorn mit dieser neuen Tatsache konfrontieren. Könnt ihr beide das mal übernehmen? Am besten gleich. Ich habe in zwanzig Minuten eine Besprechung in anderer Sache, das kann dauern.«

»Klar, machen wir«, erwiderte Tobias, und Zandermann nickte.

Sie fuhren also nach Gehrden. Unterwegs wandte sich Zandermann an den jungen Lockenkopf. »Herr Heuward, wenn Sie diesmal zur Toilette gehen, dann lassen Sie aber die Tabletten im Schrank und entwenden nicht einfach welche, wie bei Frau Schall. Sie dürfen auch nicht irgendwo herumschnüffeln und andere Sachen mitnehmen, auch wenn es noch so verlockend sein sollte. Solche Gegenstände würden im Falle eines Prozesses keine Berücksichtigung als Beweismittel finden, das wissen Sie ja.«

»Na klar weiß ich das.«

»Also, diesmal gehen Sie nur zur Toilette, wenn Sie müssen. Gucken ist erlaubt, aber alles stehen und liegen lassen, bitte.«

Tobias verdrehte die Augen. »Ich hab's jetzt, Herr Zandermann.«

Der Hauptkommissar nickte zufrieden. »Noch was anderes würde mich interessieren.«

»Was denn?«

»Sie waren doch noch mal in Maltes Haus gewesen, ich hatte Ihnen Werkzeug vorbeigebracht. Was ist denn daraus geworden?«

Tobias schlug sich vor die Stirn. »Mensch, Herr Zandermann, ich bin ein Depp! Ich habe vergessen, darüber einen Aktenvermerk zu schreiben. Das muss ich schnellstens nachholen.«

»Genau daran wollte ich Sie schon vor zwei Wochen erinnern, bin aber irgendwie darüber weggegangen. Wir haben momentan aber auch so viele Sachen zu bearbeiten, ich mache jeden Tag Überstunden. Aber jetzt erzählen Sie mal.«

Tobias hatte an der hinteren Kante von Maltes Bürotisch eine kleine Unebenheit entdeckt, die er mit Zandermanns Werkzeug herausgesägt hatte. Er hatte gleich den Verdacht gehabt, dass es sich um ein kleines Stück Klebeband handeln könnte. Dieses braune Stückchen war auf der Tischkante nicht zu erkennen, weil diese die gleiche Farbe hatte. Es war Tobias auch nur aufgefallen, weil er mit dem Finger an der Rückseite der Tischplatte entlanggefahren war.

»Die Techniker haben bestätigt, dass es ein Gewebeklebeband ist, und beschlossen, die gesamte Tischplatte nochmals auf kleinste Klebeteilchen zu untersuchen. Aber das Ergebnis kenne ich noch nicht, Frau Brunner hat mich um Geduld gebeten, die Spurensicherung ist momentan hoffnungslos überlastet.«

»Ja, ich weiß, genau wie bei uns. Aber es ist doch gut, dass Sie noch mal in Deckers Haus waren. Vielleicht hilft uns auch dieses kleine Detail irgendwie weiter.

Aber schreiben Sie unbedingt die Aktennotiz, am besten heute noch. Seien Sie froh, dass Max das noch nicht bemerkt hat, der kann über fehlende Unterlagen sehr wütend werden.«

»Ja, ich weiß«, antwortete Tobias kleinlaut.

Sie bogen in die Straße ein, in der Peter Dorn wohnte. Er öffnete die Tür und stand im Morgenmantel vor ihnen. »Mein Name ist Zandermann, Kripo Hannover, meinen Kollegen Heuward kennen …«

»Was wollen Sie denn schon wieder?«, fiel ihm Dorn ärgerlich ins Wort.

»Wir haben noch ein paar Fragen an Sie, Herr Dorn. Können wir das drinnen besprechen?«

»Wenn's denn unbedingt sein muss.« Der große, kräftige Mann machte eine unwirsche Handbewegung und bedeutete ihnen einzutreten. »Nehmen Sie Platz, da hinten am Tisch«, sagte er barsch.

»Tolle Bilder«, staunte Zandermann.

Dorn setzte sich und schien den Kommentar zu ignorieren. »Meine Herren, ich habe nicht viel Zeit, ich muss mich noch fertig machen, da ich im Aufbruch begriffen bin.«

»Darauf nehmen wir natürlich Rücksicht, Herr Dorn. Sie hatten beim letzten Besuch von Herrn Heuward und Herrn Leitner ausgesagt, dass Sie einen gewissen Malte Decker nicht kennen, stimmt das?«

»So ist es.«

»Dann erklären Sie uns bitte, wie Ihre Fingerabdrücke auf den Laptop von Herrn Decker kommen.«

Dorn starrte den Tisch an und schwieg mehrere Sekunden, in denen er offensichtlich angestrengt nachdachte. »Was ist los? Ach … das ist … das ist relativ einfach zu erklären.«

»Und wie, bitte?«

»Ich kenne derart viele Künstler, dass ich im ersten Augenblick mit dem Namen nichts anfangen konnte. Malte Decker, natürlich! Der Malte ist ein recht begabter Kunstmaler, ich hatte Kontakt zu ihm über einen inzwischen verstorbenen älteren Herrn bekommen. Der hatte mal ein Gemälde bei ihm in Auftrag gegeben.«

»Und weiter?« Zandermann fixierte Dorn.

»Ja was, und weiter?«

»Haben Sie auch ein Bild bei ihm bestellt, zum Beispiel?«

»Ach, das meinen Sie. Natürlich, was sollte ich sonst von ihm wollen? Dass der vielleicht meine Steuererklärung machen soll?«

Sein Scherz kam bei keinem der Ermittler an. Stattdessen bohrte Zandermann weiter, sein Gegenüber wirkte zusehends unsicherer. »Wie kommen Ihre Fingerabdrücke auf den Laptop? Wo Sie Malte Decker doch angeblich gar nicht kannten.«

»Moment, lassen Sie mich überlegen … Wir haben mal zusammen am Laptop ein paar Skizzen studiert, und dabei habe ich wohl meine Fingerabdrücke hinterlassen.«

»Wozu?«

»Was, wozu?« Dorns Gegenfragen schienen das Ziel zu haben, sich ein wenig Zeit zu verschaffen, um neue Antworten zu überlegen.

»Wozu haben Sie ein paar Skizzen studiert?«

»Kennen Sie sich mit Kunst aus, Herr Zandermann?«

»Bitte antworten Sie auf meine Fragen nicht ständig mit Gegenfragen. Wozu haben Sie ein paar Skizzen studiert?«

»Es ging um die Vorbereitung eines Gemäldes für mich, dafür schaut man sich gelegentlich auch mal Skizzen an«, antwortete Dorn von oben herab.

Zum Erstaunen von Dorn erhob sich Zandermann plötzlich. »Ganz kleinen Moment, bitte bleiben Sie sitzen.« Er ging etwas abseits auf den Flur, Tobias lauschte angestrengt, konnte aber nur ein paar leise Wortfetzen verstehen: »Staatsanwalt … ja …Handy … nein … ja … genehmigt? Gut.«

Zandermann kam wieder herein und setzte sich. »Herr Dorn, dieser Auftrag an Herrn Decker interessiert mich noch, dann lassen wir Sie wieder in Ruhe. Hatten Sie ihm dafür etwa einhunderttausend Euro geboten?«

Dorn sprang auf und sagte mit erröteten Wangen: »Jetzt ist Schluss, meine Herren, wir sprechen ab jetzt nur noch über meinen Anwalt, haben Sie mich verstanden? Und jetzt raus, aber schnell, denn Sie haben mit Sicherheit keinen richterlichen Durchsuchungsbeschluss, oder?«

Zandermann antwortete nicht, gab Tobias das Zeichen zum Gehen und schlenderte Richtung Tür. Beiläufig zeigte er auf ein Handy, das auf der Kommode lag. »Ihr einziges Handy?«

»Natürlich.«

»Ist hiermit beschlagnahmt.«

»Das dürfen Sie nicht.«

»Selbstverständlich dürfen wir. Wo Sie ja nun offenkundig gelogen haben, was Ihre Bekanntschaft zu Herrn Decker angeht.« Zandermann steckte sich das kleine Teil in die Jackentasche. »Ich habe von der Staatsanwaltschaft eine fernmündliche Genehmigung, dieses Handy einzuziehen, um die Verbindungsdaten überprüfen zu lassen. Die schriftliche Bestätigung wird morgen nachgereicht.«

Dorn stand wie versteinert da.

»Sie bekommen es schnellstmöglich zurück, außerdem haben Sie ja noch einen Festnetzanschluss, wie ich gesehen habe«, sagte er zu dem verdutzten Mann. »Komm, Tobias. Danke, Herr Dorn, wir finden alleine hinaus.«

Die beiden gingen zum Dienstwagen zurück, sie hatten die schwere Tür zu Dorns Haus offen gelassen. Wie nicht anders zu erwarten war, krachte sie hinter ihnen mit einem gewaltigen Stoß ins Schloss.

Kapitel 25

Pfingstmontag, 5. Juni 2017
An einem Waldstück

Franzi hatte den Hof wiedergefunden, in dem er vor Jahren einmal einige Hühnereier entwendet hatte. Seinen grünen Bulli hatte er am Rande eines kleinen Nadelwäldchens stehen gelassen, weil er keinen Zugang entdeckt hatte, um seinen Wagen zu verstecken.

Jetzt war er auf dem Weg zu dem riesigen Hofgelände, ausgerüstet mit Fernglas, einer Dose mit Weizenkörnern und einem scharfen Messer, das er am Gürtel trug. Den Weizen hatte er aus einem Bioladen und aß ihn gelegentlich, in Wasser eingeweicht, als Sättigungsbeilage. Als er von Weitem das Bauernhaus entdeckte, nahm er sein Glas in die Hände und studierte die Umgebung. Wie damals konnte er keinen Hund entdecken, dafür ausgedehnte Grasflächen, auf denen Dutzende Kühe weideten. Den Hühnerstall gab es auch noch. In einer schattigen Ecke, weitab von den Gebäuden, entdeckte er eine große Schar an Gänsen, sie hatten sich seit seinem letzten Besuch prächtig vermehrt. Diese Ecke war vom Bauernhof aus nicht einzusehen.

Franzi hatte es satt. Seit nunmehr drei Tagen aß er morgens eins von den vertrockneten Brötchen, die man ihm in einer Bäckerei geschenkt hatte. In Kaffee eingetaucht, waren sie einigermaßen genießbar. Mittags gab es nur eine dünne Suppe aus Tüten, abends gar nichts mehr. Ab und zu eine selbst gedrehte Zigarette gegen den flauen Magen. Er hatte es bis oben hin satt!

Vorsichtig schlich er zu den Gänsen. Er schaute sich um, ob jemand näher kam. Niemand zu sehen. Er schritt weiter, näherte sich von der windabgewandten Seite, sodass sie ihn noch nicht wittern konnten. Dann kletterte er vorsichtig über den Zaun, der nicht elektrisch gesichert war. Als die Gänse ihn entdeckten, fingen sie wie wild an zu schnattern. Er beruhigte sie, indem er leise mit ihnen sprach und ihnen ein paar Körner zuwarf. Noch mehr Körner, bis kurz vor ihm. Zwei, drei Gänse kamen näher, hörten auf zu schnattern. Immer näher kamen sie, gefolgt von weiteren Gänsen. Eine kam ihm so nah, dass er sie mit einem gezielten Schritt nach vorn am Hals packen konnte. Schnell verschwand er über den Zaun und entfernte sich von dem lauten Geschrei der übrigen Tiere, die sich jedoch schnell wieder beruhigten. Er hatte kaum noch die Kraft, das schwere Tier zu halten, fasste mit dem anderen Arm unter den Körper, die Gans wurde ruhiger. Im kleinen Nadelwaldabschnitt setzte er sich auf einen Baumstumpf, entschuldigte sich bei dem Tier, hielt es mit dem Kopf von sich weg und schnitt mit einem kräftigen Ruck die Kehle durch. Blut spritzte, dann pumpte es Momente lang im Takt der Herzschläge, das Tier zitterte. Dann endlich wurde es ruhiger, und er ließ es ausbluten.

Am Bulli rupfte er dem toten Tier die Federn aus. Das Ausnehmen hatte er vor vielen Jahren bei einem belgischen Geflügelzüchter gelernt, zusammen mit seinem Schätzchen, als sie noch richtig glücklich gewesen waren. Da stand sie wieder vor ihm, mit ihren bezaubernden schwarzen Haaren und ihrem Lächeln im Gesicht. Schnell wischte er sie aus seinem Bewusstsein, er hatte längst aufgegeben, sie zu finden. Stattdessen konzentrierte er sich wieder auf die Gans.

Da er keinen Kühlschrank mehr besaß, vergrub er die Innereien etwas abseits, für eine Person war es zu viel Fleisch, es würde vergammeln. Dann kochte er sich eine Hälfte von Brust und Keule, die andere würde er morgen zubereiten und legte sie in einer Plastiktüte in eins seiner schmalen Regale. Gern hätte er das Fleisch auch gegrillt oder gebraten, offenes Feuer musste er hier aber vermeiden, und seine Pfanne war einfach zu klein für diese Fleischmassen.

Er verschlang das Essen geradezu, lange hatte er nicht mehr so feines und leicht fettiges Fleisch gegessen, gewürzt mit ordentlich Pfeffer und Salz und ein wenig Senf aus der Tube. Einen Teil musste er im Kochtopf lassen, er hatte das Gefühl zu platzen. Den Rest konnte er als Abendbrot zu sich nehmen, was für ein schöner Tag!

Nachdem er sich eine Stunde Verdauungsschlaf genehmigt hatte, musste er nach einer in aller Ruhe gerauchten Zigarette seine Sachen packen und sich einen neuen Platz zum Übernachten suchen. Das Packen fiel ihm schwer, seine Gelenke an Armen und Beinen schmerzten.

Mit langsamen Bewegungen hievte er sich in die Fahrerkabine und startete den Motor. Er wollte einen Platz finden, an dem er seinen Bulli verstecken konnte, um vielleicht mehrere Tage bleiben zu können.

Es war heute einfach sein Glückstag! Nach zwei Versuchen fand er an einer Landstraße einen längeren Feldweg, der ihm bekannt vorkam. Dieser Weg führte ihn direkt zu einem Mischwald. Dahinter lag eine große freie Fläche, die offensichtlich nicht bewirtschaftet wurde. Das war ein idealer Platz, er war sich jetzt sicher, dass er schon einmal hier gewesen war. Mit dem Unterschied, dass er beim letzten Mal von der anderen Seite gekommen war. Sofort erinnerte er sich wieder an den Bauern, der ihn nicht verscheucht hatte, sondern sogar mehrere Tage lang mit Eiern, Wurst, Brot und Butter versorgt hatte. Der Grund war einfach: Der Mann hatte in der Jugendzeit Konzerte von *Rockens* besucht und war hellauf begeistert, nach so vielen Jahren den Gitarristen wiederzutreffen.

Franzi versteckte sein Fahrzeug im Wald und wollte vor dem Essen noch auf die Lichtung, um sich ein wenig die Beine zu vertreten. Zuvor wechselte er seine blutbespritzte Jeanshose, auf dem Weg spürte er wieder seine Gelenke. Als ob die Schmerzen nicht schon genug waren, plagten ihn immer größer werdende Sorgenberge. Für seinen geliebten Bulli war bald eine neue TÜV-Untersuchung fällig, es war nicht sicher, ob er mit den Rostflecken an der Karosserie noch mal eine Fahrgenehmigung erhalten würde. Sein Personalausweis war bereits Anfang des Jahres abgelaufen. Seine eiserne Reserve von fünfhundert Euro für Benzin hatte er vergangene Woche anbrechen müssen, weil er Kaffee, Tabak und Blättchen brauchte und sonst keinen Cent mehr besaß.

Er ging ein Stück auf die Lichtung und schaute sich um. Links und rechts von ihm war außer ein paar Büschen nichts Besonderes zu entdecken. Aber vor ihm, in einiger Entfernung, sah er etwas leuchten. Es sah aus wie ein großer Ballon, der umgestürzt war. Seine Neugierde war geweckt, trotz seiner Schmerzen ging er schneller, direkt auf die Stelle zu.

Von irgendwoher fiel ein Schuss, Franzi wurde schwarz vor Augen. Ein Schuss, der seine Sorgen für immer beendete.

Kapitel 26

Dienstag, 6. Juni 2017
Zentraler Kriminaldienst

Die beiden Hauptkommissare saßen mit Tobias in Leitners Büro. »Werner, was ist mit Dorns Handy? Haben wir schon Ergebnisse?«

»Tobias und ich hatten das Handy direkt zu unseren Technikern gebracht. Ich hab ein bisschen Dampf gemacht. Die Kollegen haben sich trotz Pfingsten echt ins Zeug gelegt. Um 10 Uhr habe ich einen Anruf erhalten.«

»Und?«, wollten Tobias und Leitner gleichzeitig wissen.

»Erst mal haben sie Fotos von immer dem gleichen Motiv gefunden, von einem Gemälde, zu unterschiedlichen Zeiten aufgenommen. Es zeigt einen ständigen Fortschritt in der Fertigstellung, ein anderes wurde dabei übermalt. Dann beweisen die Verbindungsdaten, dass Peter Dorn am neunzehnten März von Gehrden aus in das Wohngebiet von Decker gefahren ist, da staunt ihr, was?«

»Gute Arbeit«, lobte Leitner in seiner trockenen Art.

»Bedank dich bei den Technikern.«

»Darf ich mal?«, fragte Tobias vorsichtig.

»Schießen Sie los, Herr Heuward.«

»Wann war der Dorn bei Decker und wie lange?«

»Auch das haben wir: von etwa 20 Uhr bis circa 21.30 Uhr. Danach wieder Rückfahrt nach Gehrden.«

»Das heißt ja, dass Dorn der Mörder sein muss«, merkte Tobias an.

»Wieso?«

»Weil Decker laut Obduktionsbericht an genau diesem Tag verstorben sein muss.«

Werner Zandermann lächelte Tobias an. »Kleine Korrektur, Herr Heuward. Was wir jetzt mit Bestimmtheit sagen können, sind folgende Punkte: Erstens: Es waren Dorns Fußabdrücke, die Viktoria Schall, aus einem ganz anderen Motiv heraus, fotografisch festgehalten hat. Gegen 21 Uhr, als die beiden Fotos entstanden sind, war Dorn definitiv bei Malte Decker in der Wohnung – oder sollte ich Räuberhöhle sagen? Weiter. Dorn hatte beim Kunstmaler Decker ein Gemälde bestellt, das ihm offensichtlich einhunderttausend Euro wert war, es gibt keine Hinweise auf weitere Bilder. Wieso er so viel Geld bezahlen wollte, erschließt sich mir noch nicht. Auch der Herr Goldherz, den ihr besucht hattet, konnte sich eine solche Summe nicht erklären und hielt sie für absurd. Als ich gegenüber Dorn bei unserem Besuch genau diese Summe erwähnt hatte, hat er sofort dichtgemacht, was schon eigenartig ist, er hätte ja nur widersprechen müssen! Ich habe die Aufnahmen von den verschiedenen Stadien des Gemäldes an die Spezialisten zur Begutachtung weitergeleitet. So, das war es von meiner Seite.«

Sofort meldete sich Tobias. »Haben Sie die Bilder noch auf dem Rechner?«

Zandermann nickte. »Ich schicke euch die Aufnahmen an eure Accounts.«

Tobias war noch nicht fertig. »Ich habe vor einer halben Stunde ebenfalls einen Anruf erhalten, von der Spurensicherung, die den Schreibtisch noch mal unter die Lupe genommen hat. Nun ratet mal, was die noch herausgefunden haben?«

Leitners Gesicht verfinsterte sich. »Nun raus damit, wir sind hier nicht in einer Quizsendung.«

»Äh ja, also … Man hat Spuren von Klebstoff gefunden. Und zwar die gleichen, die unter dem kleinen Rest des Gewebeklebebands waren, das ich gefunden hatte. Jetzt haltet euch fest – diese feinen Spuren von Klebstoff fanden sich noch vereinzelt an der hinteren Tischkante, am Stuhl und überall *unter* dem Tisch, nicht *auf* dem Tisch. Wahnsinn, oder?«

»Was folgerst du daraus?«, wollte sein verdutzter Chef wissen.

»Wie sagst du immer – ganz einfach: Der Decker wurde gefesselt, mit diesem Gewebeklebeband! Quer über dem Tisch, dann untenherum und am Stuhl lang, also alles in einem Rutsch. Meine Hypothese ist jetzt, dass Dorn ihm danach erst den Mund und dann die Nase zugeklebt hat. Dies würde auch endlich diese beschissenen Kratzspuren an Mund, Nase und Händen erklären. Das waren nämlich die einzigen nicht bedeckten Körperteile, die auch noch verklebt werden mussten, sodass der Kerl quasi bewegungsunfähig mit dem Oberkörper auf seinem Schreibtisch eingeschnürt war. Dies gilt auch für den Kopf, da dieser seitlich gelegen haben muss und über die Schultern in seiner Lage fixiert war. Nach Maltes Tod folgt dann der Rest, also das Entfernen des Bandes und dann ab in die Badewanne, hier wird dann mit der Bürste ordentlich geschrubbt.«

Zandermann wiegte den Kopf hin und her. »Um Himmels willen, was für eine gewagte These. Klingt aber logisch, bis auf eine Frage: Warum hat sich Malte Decker denn fesseln lassen? Warum hat er sich das gefallen lassen?«

Tobias war in seinem Element. »Ich habe mit drei Experten gesprochen. Malte Decker war wohl schon in einem Stadium, in dem er mehr oder weniger unkontrolliert alles einnahm, was ihm in die Finger kam. Die Drogensucht kann die Wahrnehmung einer solchen Person immer weiter verzerren. Nicht süchtige Leute denken in klaren Bildern, während Süchtige ihre Umgebung immer unklarer erleben. Ihre Handlungen und Aktionen wirken im späten Stadium auf Außenstehende ziemlich merkwürdig oder auch völlig irrational. Im Extremfall kann auf eigentlich harmlose Situationen mit Gewalt reagiert werden. Es gibt aber kein einheitliches Entwicklungsmuster, es kann plötzlich auch zu naivem Verhalten führen, zu extremer Kindlichkeit. Vielleicht fand der Malte es einfach schön, gefesselt zu werden, wie als Kind zu Cowboy- und Indianerzeiten.«

Einige Sachen hatte Tobias von einem Merkzettel abgelesen. »Na, wie war ich?«

Bevor jemand antworten konnte, stoppte Leitners Telefon die Diskussion.

»Augenblick. Leitner?« Er sagte nichts weiter, hörte zu, machte sich kurze Notizen. Nach dem Telefonat schaute er seine Kollegen an. »Werner und Tobias, wie sieht es heute mit eurer Zeit aus?«

Tobias machte ein neutrales Gesicht, was darauf schließen ließ, dass er Zeit hatte.

»Werner?«

»Die nehm ich mir, Max. Was gibt es denn?«

»Die Zentrale meldet einen Absturz mit einem Heißluftballon, drei Tote. Wir übernehmen.«

»Wo denn?«, fragte der Lockenkopf.

»Unser letztes Dorf vorm Zuständigkeitsende, in der Nähe von Stöckendrebber.«

»Was ist das denn? Stöckendrebber ... nie was von gehört.«

Zandermann antwortete: »Dann wird es Zeit, Ihre geografischen Kenntnisse etwas aufzubessern. Liegt südwestlich von Schwarmstedt.«

Leitner räusperte sich. »Es könnte später noch etwas regnen. Wir haben das Wegerecht, unter Blaulicht zu fahren.«

»Oh geil«, rutschte es dem jungen Mann raus. »Endlich, dann sind wir schneller da.«

Leitner schaute Tobias tief in die Augen. »Wir nehmen aber nicht an einer Rallye teil, also mit Weitblick und Übersicht, versprochen? Sonst fährt Zandermann! Du weißt, dass ich sinnlose Raserei hasse.«

»Nee, ist schon in Ordnung, Chef. Wollen wir?«, drängelte der Junior.

»Wir treffen uns in fünf Minuten unten. Tobias, besorg noch mal ein paar Handschuhe, ich glaube, dass wir keine mehr haben.«

»Mach ich.« Kein Sir, Chef oder Brötchengeber. Es schien, als wollte Tobias den Job als Fahrer nicht gefährden. Zehn Minuten später war er am Wagen, warf die Handschuhe in den Kofferraum.

»Wie war das mit der Pünktlichkeit?«, wollte Leitner wissen.

»Musste ja noch die Handschuhe besorgen«, erwiderte der junge Mann. »Über die A7, Abfahrt Schwarmstedt, wäre es so recht, Herr Zandermann?«, fragte er vorsichtig, bekam ein Grinsen als Antwort, stellte das eingeschaltete Blaulicht auf das Autodach und fuhr los.

In Stöckendrebber durchfuhren sie den kleinen Ort in südlicher Richtung. Nicht lange, dann sahen sie einen Streifenwagen. Einer der Polizisten zeigte auf den schmalen Feldweg, der sie zum Ziel führte. Tobias überholte einige Fahrzeuge, die bereits an der Seite parkten. Vor ihnen lag eine offene Fläche.

Tobias äußerte sich als Erster. »Dahinten liegt der Ballon. Hier weiter vorne kann man ein paar Schleifspuren am Boden sehen. Der Ballon ist wohl noch ein Stück am Boden langgerutscht, dann wieder ein Stück hoch, dann wieder runter. Das sieht man an den Unterbrechungen der Spur. Das dürfte etwa in nördlicher Richtung passiert sein, oder?«

»Zumindest ist es eine nördliche Richtung«, korrigierte Zandermann.

»Dann kommt der Ballon aus Süden hierher.«

Zandermann wedelte mit dem Zeigefinger. »Das ist etwas voreilig, Ihre Aussage stimmt nur für den Rest des Fluges, der kann aufgrund wechselnder Winde in den einzelnen Luftschichten von sonst woher kommen.«

»Das heißt nicht Flug, sondern Fahrt, Herr Zandermann.«

»Ist ja gut, Herr Heuward.«

Die drei gingen vorsichtig weiter in Richtung Unglücksort. Beim Näherkommen trafen sie auf Frau Brunner, die eine Zigarette rauchte und die Asche in einem kleinen Taschenaschenbecher abklopfte. »Oh, meine drei Lieblingsermittler! Wie geht es euch heute? Was sagt ihr dazu?« Mit dem Kopf nickte sie in Richtung Ballon.

»Was sagen *Sie* denn dazu, Frau Brunner?«, wollte Leitner wissen.

»Also, so was habe ich noch nicht erlebt. Ein Ballonabsturz in unseren Breitengraden ist ja völlig ungewöhnlich, oder? ... Hallo? Ihr drei Schätzchen dürft ruhig mit mir reden.«

»Wo sind die Leichen?«, fragte Tobias.

Frau Brunner drückte ihre Zigarette aus und ließ den Aschenbecher in der Hosentasche verschwinden. »Von hier schlecht zu sehen. Liegen verteilt neben dem Ballonkorb. Wir haben die drei so liegen gelassen, wie wir sie vorgefunden haben, damit ihr euch ein genaues Bild machen könnt. Kommt, gehen wir hin.«

Als sie nahe genug waren, stutzte Tobias. »Ach nee, da liegt ja Peter Dorn! Das ist ja blöd, haut einfach ab in die besagten Jagdgründe«, sagte er geradezu beleidigt.

»Es kommt noch besser, Herr Heuward«, entgegnete Frau Brunner. »Genau dieser Mann scheint einen erweiterten Suizid begangen zu haben. Die beiden anderen weisen je einen gezielten Herzschuss auf, dann bringt sich euer Mann durch einen Schuss in die linke Schläfe um. Sicherheitshalber habe ich alle drei Leichen mit Schmauchspurenfett bearbeitet, mit unseren Röhrchen. Ich informiere euch gleich morgen, bei wem und an welchen Händen Schmauchspuren nachweisbar sind. Dann wird die Sachlage hier klar.«

Leitner zog seine Handschuhe über. »Darf ich mal?«, fragte er und zeigte auf einen der beiden anderen Toten.

»Na logisch, bedien dich, Herr Hauptkommissar.«

Vorsichtig ging er auf den zweiten Mann zu und zog diesem die Brieftasche heraus. »Karl Sonnfeld, dreihundert Euro dabei, Führerschein und so weiter, scheint alles da zu sein.« Er packte die Brieftasche in einen Beutel, den ihm Frau Brunner hinhielt.

»Darf ich mal sehen?«, bat Zandermann, der ebenfalls seine Handschuhe übergezogen hatte. Vorsichtig suchte er nach weiteren Dokumenten. »Hier haben wir noch was. Ein Bild von einer Maria, dürfte seine Ehefrau sein, steht jedenfalls auf der Rückseite. Die Adresse brauchen wir, Moment, merke ich mir. Hier haben wir noch mehr. Seines Zeichens Doktor Karl Sonnfeld, hier ist so eine Art Karte zum Türöffnen. Gehobenes Tier, geschäftsführender Gesellschafter vom Bankhaus Sonnfeld & Co. KG.« Dann grinste er. »Ein Bankier ist ein Bursche, der Ihnen seinen Schirm leiht, wenn die Sonne scheint, und ihn in der Minute zurückverlangt, wo es zu regnen beginnt, Mark Twain, um 1900.«

»Haha, sehr witzig«, spottete Frau Brunner.

Weder Leitner noch Heuward reagierten auf Zandermanns Bemerkung. Tobias hockte bei der dritten Leiche. »Ich finde das kurios. Der Typ hier passt überhaupt nicht zu den anderen.«

Zandermann hatte sich dem toten Dorn zugewandt. »Auch hier haben wir eine Brieftasche. Peter Dorn, etwa fünfhundert Euro dabei, Führerschein, der Fahrzeugschein fehlt, sonst alles okay … stopp, hier habe ich noch etwas. Seine Lizenz als Ballonpilot. Ist gültig. Peter Dorn ist also der Pilot des Ballons.«

Tobias meldete sich wieder zu Wort, er wollte unbedingt eine Erkenntnis an den Mann bringen. »Der Typ hier scheint irgendwie in den Siebzigern hängen geblieben zu sein, ich kenne solche Leute nur aus Dokus im Fernsehen. Lange, schmierige Haare, Bartstoppeln wie du, Max, nur ungepflegter und …«

»Jetzt ist aber Schluss«, meckerte Leitner, »ich rasiere mich täglich auf der Ein-Millimeter-Stufe, und zwar gründlich. Zurück zum Thema. Warum habt ihr den Ballon mit Steinen belegt?«

»Als wir ankamen, gab es kleinere Windböen, darum haben die Kollegen ein paar große Steine gesammelt, um dieses Riesending etwas am Boden zu fixieren, gut?«

Leitner reagierte nicht. »Tobias, hast du was gefunden?«

»Nein, Sir, entschuldige … nein, Max! Der Mann ist extrem schlank, ich würde fast sagen, ausgemergelt, wirkt kränklich. Keine Ausweispapiere dabei, keinen Führerschein und so weiter, kein Geld, nicht mal Kleingeld. Moment … hier ist was.« Tobias fummelte an den

Taschen der uralten Jeanshose herum und zog einen Schlüssel heraus. »Das ist eindeutig ein Autoschlüssel von einem älteren VW-Modell. Und hier ist noch ein zusammengefaltetes Papier.«

»Gut. Sonst nichts?«

»Absolut nichts. Vollkommen unscheinbarer Lulatsch, wenn du mich fragst. Mein Problem ist immer noch das Gleiche, die beiden anderen tragen teilweise Designerklamotten von weltbekannten Marken, sehen sportlich und elegant aus. Der dritte Kerl gehört nicht zu den beiden, und der ist auch sicher nicht im Ballon mitgefahren. Sie wollen was dazu sagen, Herr Zandermann?«

»Ja. Eine simple These habe ich. Also, Dorn und der Banker landen. Dorn erschießt den Banker, der schlaksige Mann kommt angerannt. Damit es keine Zeugen gibt, erschießt Dorn auch diesen Unbekannten und anschließend sich selbst. Schließlich hat Dorn den Decker mit größter Sicherheit auf dem Gewissen und weiß, dass wir an ihm dran sind. Damit hätten wir ein Motiv für den Suizid. Unklar ist für mich die Tötung des Bankers. Aber das kriegen wir auch noch raus.«

»Klingt gut, Werner«, mischte sich Leitner ein.

»Stopp, alles zurück auf Anfang! Das ist ja interessant.« Tobias war begeistert.

»Nun red schon weiter, mach's doch nicht immer so dramatisch.«

»Absolut kurios. Ich hab gerade diesen Wisch gelesen. Das ist ein uralter Schuldschein, stammt aus dem Jahr 1986. Dreimal dürft ihr raten, wer hier wem was schuldet?«

Ein böser Blick von Leitner veranlasste Tobias zum sofortigen Weitersprechen. »Der Schuldner ist Peter Dorn, und der Gläubiger hat nur mit Franzi unterschrieben. Es ging um einen zinslosen Betrag in Höhe von dreitausend Mark, also um etwa eintausendfünfhundert Euro. Das Geld wurde zum Erwerb eines Schlagzeugs genutzt. Was sagt ihr jetzt?«

Werner Zandermann meldete sich zu Wort. »Dieser einfach gekleidete Mann heißt also Franzi, das wird ein Spitzname sein. Dorn und Franzi kennen sich also mindestens einunddreißig Jahre, damals war Dorn also, Moment … war Dorn vierundzwanzig Jahre jung, geboren wurde er nämlich laut Personalausweis 1962. Wahrscheinlich haben die beiden zusammen Musik gemacht. Da sie sich kannten, ist es möglich, dass dieser Franzi sehr wohl mit den beiden reicheren Männern mitgeflogen ist.«

»Mitgefahren, Herr Zandermann«, nörgelte Tobias. »Was ich nicht verstehen will – der Dorn erschießt den Franzi doch nicht wegen dieser lausigen tausendfünfhundert, oder?«

Wieder machte sich Zandermann bemerkbar. »Es wurden Leute schon wegen fünfzig Euro hingerichtet, Herr Heuward. Also, ich bleibe bei meiner These, leicht modifiziert. Nach oder bei der Landung der drei eskaliert ein Streit zwischen Dorn und Sonnfeld, Dorn erschießt ihn. Auch diesen Franzi muss er sofort umlegen, um keinen Zeugen zu hinterlassen. Rest wie gehabt.«

»Klingt einleuchtend«, meinte Tobias.

»Frau Brunner, ist hier im Umkreis ein Fahrzeug gefunden worden?«, wollte Leitner wissen.

»Nein, keins. Die Umgebung ist vorhin abgesucht worden, mein lieber Herr Hauptkommissar.«

»Dann ist der dritte Mann mit an Bord gewesen. In diese verlassene Gegend kommt doch niemand zu Fuß.«

»Frau Brunner, noch eine Frage: Haben Sie die Pistole sichergestellt?«

»Logisch.« Sie griff in eine Kiste und holte eine Pistole heraus.

»Darf ich die mal haben?«, fragte Zandermann. Schnell zog er die Waffe aus der Kunststofftüte. »Eine Ceska82, Kaliber neun Millimeter, Magazin mit zwölf Schuss«, kommentierte er. »Augenblick … Das ist ja eigenartig.«

»Was denn?«, hakte Tobias sofort nach.

»Wenn ich das richtig sehe, sind die zwei Herren jeweils mit einem einzigen Schuss getötet worden. Der Suizidant logischerweise auch. Das Magazin hat zwölf Schuss, acht Patronen sind noch drin. Komisch, nicht?«

Tobias fuhr sich aufgeregt durch die Locken. »Hier liegen nur drei Patronenhülsen, der Dorn muss aber vier Schüsse abgegeben haben. Leute, ich such nach der Hülse, die kann ja nicht weit weg liegen.« Glücklich, sich selbst einen sinnvollen Auftrag gegeben zu haben, zog er davon.

»Reine Psychologie. Wenn ich die Absicht habe, jemanden zu töten und anschließend mich selbst, dann würde ich das Magazin vorher trotzdem komplett füllen, oder nicht, Max?«

»Wäre eigentlich logisch. Lass uns abwarten, Tobias geht mit Akribie vor.«

»Das stimmt, warten wir ab.«

Frau Brunner machte sich bemerkbar. »Jungs, könntet ihr jetzt die Leichenschau beenden?«

»Warum so hektisch?«

»Weil da vorn gerade der Bestatter mit dem Leichenwagen kommt, der will ganz schnell zur Medizinischen Hochschule fahren, weil er noch einen anderen Termin hat. Und wir müssen die Leichen in die Transportkisten kriegen, bevor es anfängt zu regnen.« Frau Brunner winkte den Leichenwagen und zwei ihrer Mitarbeiter heran.

Leitner nickte ihr zu. »Machen Sie Ihre Arbeit, Frau Brunner. Eine letzte Frage noch: Haben Sie bei den dreien Handys gefunden?«

»Nur bei dem einen, eurem Peter Dorn.«

»Werner, dann hat euch der Dorn doch belogen! Als du sein Handy beschlagnahmt hast, hat er da nicht behauptet, nur das eine zu besitzen?«

»Das ist richtig, der Lump lügt, ohne rot zu werden. Es ist aber möglich, dass er sich dieses geliehen oder einfach ein zweites zugelegt hat.«

Leitner reichte Christa Brunner das Handy. »Geben Sie das zum Auslesen an die Spezialisten.«

»Mach ich. Ballon und Korb nehmen wir auch mit, habe vorhin ein Abschleppunternehmen angefordert, die bringen die Sachen zum LKA, wenigstens der Korb muss noch gründlich untersucht werden.«

Zandermann und Leitner gingen langsam zum Dienstfahrzeug zurück, sie wollten Tobias noch Zeit geben, die vierte Patronenhülse zu finden.

Nach einer halben Stunde kam auch Tobias zum Auto. »Nichts gefunden«, sagte er enttäuscht.

»Was sagen Sie dazu, Herr Heuward? Ich will mal Ihre Meinung hören, Sie haben sich so viel Mühe gemacht«, lobte Zandermann, um ihn etwas aufzubauen.

»Was soll ich sagen? Ich glaube, nichts übersehen zu haben. Was ich davon halte? Vielleicht hatte Dorn beim Auffüllen des Magazins nur noch elf Patronen zu Hause. Oder er hat einen Tag vorher einen Schuss abgegeben, um zu sehen, ob er es noch kann, was meint ihr?«

Leitner äußerte sich. »Wir sollten das nicht überbewerten. Wir haben jetzt ganz andere Sachen zu erledigen. Als Erstes fahren wir zu der Frau des Toten, wie hieß sie noch?«

»Maria Sonnfeld, wohnhaft in Burgdorf«, antwortete Zandermann. »Muss das heute noch sein?«

»Ja. Die Frau wird sich schon große Sorgen machen.«

Kapitel 27

Mittwoch, 7. Juni 2017
Zentraler Kriminaldienst

Werner Zandermann hatte sich einen Tag Urlaub genommen, also trafen sich nur Leitner und Tobias zur Frühbesprechung. Es gab einiges an schriftlichen Dingen zu regeln, dann kamen sie auf den Besuch bei Maria Sonnfeld zu sprechen.

»Was ich nicht verstehe: Warum haben wir Frau Sonnfeld nicht gleich ausgefragt?«

»Tobias, du hast die Frau doch erlebt. Die war am Boden zerstört. In solchen Momenten muss die Gier nach Informationen einfach mal hintenanstehen.«

»Ja, aber …«

»Nichts aber«, ging Leitner dazwischen. »Wenn man verheiratet ist, gibt es etwas, was du als kleiner Frauenheld und Junggeselle noch nicht verstehen kannst. Eine Ehe verläuft, wenn sie gut ist, in gewissen Wellen.

Mal versteht man sich nicht so gut, dann wieder besser. Ich hatte gestern das Gefühl, dass die beiden momentan eine glückliche Zeit erlebten, umso schrecklicher war die gestrige Nachricht für die Frau. Wir werden sie in Kürze noch mal besuchen, dann brauchen wir natürlich mehr Hintergrund.«

»Na gut, ich geb auf.« Tobias wühlte kurz in seiner Haarpracht. »Da wir gerade bei der Tagesplanung sind – ich finde, wir wissen beide viel zu wenig über das Ballonfahren.«

»Das ist richtig.«

»Wäre es nicht wichtig, genauere Informationen zu haben, um ein besseres Bild vom gestrigen Geschehen zu erhalten?«

»Selbstverständlich. Willst du eine Rundmail an unser Kollegium schreiben, wer sich damit auskennt?«

»Ich würde lieber den Fidel Goldherz besuchen, ein Ex-Profi, da bin ich sicher an der richtigen Adresse.«

»Du willst also eine kleine Dienstfahrt nach Hagenburg machen, so einen halben Tag Urlaub ohne Schein?«, fragte der Hauptkommissar mit einem Augenzwinkern.

»Ach, Quatsch.«

»Ist gut, Tobias. Falls was ist, können wir ja telefonieren. Aber jetzt noch die nächsten Aufgaben, die wir uns unbedingt mit Zandermann aufteilen müssen.«

»Schieß los, der Knecht hört.«

»Lass es! Also, das Wichtigste ist jetzt der Kontakt zur Staatsanwaltschaft. Für die drei Leichen brauchen wir die Anordnung zur Leichenöffnung. Ferner brauchen wir einen Durchsuchungsbeschluss für Dorns Haus. Was suchen wir?«

»Ist doch klar. Das Bild, das Malte Decker ihm gemalt hat, ferner Hinweise auf den Mord, dann Hinweise auf Dorns Suizid, sein Leben und so weiter und so fort. Wenn ich Staatsanwalt wäre, würdest du die Genehmigung sofort erhalten.«

»Ist ja großzügig von dir«, lachte Leitner. »Darum kümmere ich mich selbst. Weiter – wir brauchen Informationen über diesen unbekannten Franzi; wie wir hier weiterkommen, weiß ich noch nicht. Zu klären wäre ferner, ob Dorn eine Waffenbesitzkarte hat. Kannst du mit der zuständigen Waffenbehörde Kontakt aufnehmen?«

»Klar, mach ich.«

»Dann müssen wir den Platz finden, von wo aus der Ballon gestartet ist, und dann …«

Das Telefon unterbrach seine Rede. »Leitner. Morgen, Frau Brunner.« Er stellte auf *Laut hören*, damit Tobias das Gespräch mitverfolgen konnte.

Christa Brunner berichtete von der Analyse der Schmauchspuren an den Händen. Das Ergebnis war, dass sie nur an Peter Dorns linker Hand diese Spuren nachweisen konnten. Es blieb also bei Frau Brunners ersten Annahmen: Sonnfeld und Franzi wurden mit einem gezielten Herzschuss getötet, dann hatte sich Dorn mit einem Schuss in die linke Schläfe hingerichtet.

»Danke für den Anruf. Was ist mit dem Ballon beziehungsweise mit dem Korb? Was ist mit der Pistole? Dorns zweitem Handy?« Leitner grinste, da er genau wusste, dass sich Frau Brunner nicht schon zu allen Themen äußern konnte.

»Na, jetzt aber mal halblang, lieber Kriminalhauptkommissar, wie biste denn heute drauf? Wir gehören zu der schnellsten Truppe überhaupt; während ihr noch lustlos an euren Frühstücksbrötchen herumkaut, haben wir schon das gesamte Ballonszenario unter Dach und Fach.«

Leitner lachte. »Wie ich Sie einschätze, haben Sie doch noch was für uns, und wenn es eine Kleinigkeit ist, die uns neue Ermittlungsansätze liefern könnte. Ist es nicht so?«

»Zum Verdauen der Frühstücksbrötchen«, gab Tobias zum Besten, was die Kollegin aber nicht hören konnte.

»Natürlich habe ich noch eine kleine Nachspeise. Herr Leitner, was sagst du dazu? Sämtliche brauchbaren Fingerabdrücke im Korb stammen von den drei Toten. Das war zu erwarten, oder? … Rede mit mir.«

»War zu erwarten«, sprach er ihr nach.

»Was sagste dazu? Auf der Pistole sind nur Fingerspuren von diesem Dorn.«

»War auch zu erwarten. Sonst noch was?«

»Und was sagste jetzt? Die Gasflaschen waren quasi leer. Die konnten keine drei Minuten mehr weiterfliegen. Das war's.«

»Schon interessanter.« Leitner beendete das Gespräch, und Tobias zuckte mehrfach hilflos mit den Schultern. »Ich versuche jetzt unseren Freund Fidel Goldherz zu erreichen.«

»Ja, mach das. Nimm dein Handy mit und deinen Ausweis.«

Tobias rollte beim Wort *Ausweis* mit den Augen und verließ das Büro.

Gegen 9.30 Uhr erreichte Tobias Goldherz auf dem Handy.

»Ja, Herr Heuward, natürlich erinnere ich mich.« Goldherz erklärte ihm, dass er gerade auf der Autobahn war und nach Berlin wollte.

»Ich müsste Sie dringend sprechen«, drängte Tobias, »heute noch. Dauert auch nicht lange.«

»Um was geht es denn?«

»Ich brauche ein paar Informationen zum Thema Ballonfahren. Bei uns hat leider niemand richtig Ahnung.«

»Dann ist es gut, ich dachte schon, Sie wollten noch mehr Information über unsere Kunden«, sagte Fidel erlöst. »Ich bin gerade an der Abfahrt Garbsen. Vorschlag: Ich fahre die nächste Autobahnabfahrt, also Hannover-Herrenhausen, herunter, dann ein kleines Stück auf der B6 Richtung Innenstadt. Nach vielleicht zweihundert, dreihundert Metern kommt auf der linken Seite eine große Shell-Tankstelle. Da könnte ich auf Sie warten, ginge das?«

»Ja, großartig. Komme da gleich hin, die Tankstelle kenne ich. Bin in circa zwanzig Minuten bei Ihnen.«

»Ist gut, Herr Heuward. Ich warte dort auf Sie.«

Als Tobias an der Tankstelle auftauchte, schaute er sich nach einem Mann mit Fliege um, sah aber keinen. Doch dann hatte er Goldherz schnell entdeckt, statt Anzug und Fliege trug er heute ein weißes Hemd mit einer blauen Jeanshose und hatte in der hintersten Ecke des an die Tankstelle angeschlossenen Cafés Platz genommen.

»Guten Tag, Herr Goldherz. Heute so leger unterwegs?«

»Tag, Herr Heuward. Gott sei Dank muss ich nur im Büro und bei meinen Auftritten edel aussehen, das verlangt unser nicht immer einfaches Publikum«, lächelte Fidel.

Fidel trank eine Limonade, und Tobias bestellte sich zwei belegte Brötchenhälften und einen Kaffee. »Hab noch nicht gefrühstückt.« Dann legte er sein Notizheft neben sich.

»Wie kann ich Ihnen helfen?«, fragte Fidel höflich.

»Infos über das Ballonfahren.«

»Dann fang ich einfach mal an. Wenn Sie etwas nicht interessiert, sagen Sie Bescheid. Also, bevor Sie Ballonpilot werden, müssen Sie eine längere Ausbildung …«

»Sorry, Herr Goldherz. Dass man eine Pilotenlizenz braucht und diese immer wieder durch entsprechende Fahrten erneuern muss, ist mir bekannt. Sagen Sie was zur Ballonfahrt selbst.«

»Okay. Was für eine Ballonfahrt nicht ungefährlich ist, wären Regen, Gewitter oder auch Schneefall. Sie müssen also eine Ballonfahrt wetterseitig planen und brauchen eine ruhige Atmosphäre bei entsprechend flauem Wind ohne Windböen. Gestartet wird meistens abends, etwa zwei Stunden vor Sonnenuntergang. Morgens kann man etwa zwei bis drei Stunden nach Aufgang der Sonne fahren.«

»Und am Tag?«

»Zu gefährlich, wegen der Thermik. Die Luft erwärmt sich und hat die Tendenz aufzusteigen, was zu Turbulenzen im Ballon führt mit dem Risiko abzustürzen.«

»Deswegen sieht man tagsüber nie einen Heißluftballon in der Luft.«

»Ganz genau.«

»Wie funktioniert der Start?«

»Wir nennen das Aufrüsten. Die Ballonhülle wird in Windrichtung ausgelegt. Dann wird mithilfe eines Gebläses der Ballon quasi aufgepustet, bis er etwa halb voll mit Luft ist. Danach wird der Brenner gezündet, damit sich die Luft erwärmt und ausdehnt, bis sich der Ballon langsam aufrichtet. Sobald der Korb am Boden steht und alle an Bord sind, wird die Luft im Ballon weiter erhitzt, und das Ding hebt ab. Durch intervallmäßiges Heizen kann ich den Ballon in der Höhe halten oder höher fliegen lassen, zum Beispiel, um in andere Luftströmungen zu kommen. Damit kann ich marginal die Fahrtrichtung und Geschwindigkeit beeinflussen. Die Technik an Bord, die mir Aufschluss über Windrichtungen und Stärke des Windes gibt, macht das möglich.«

»Ist es da oben nicht schweinekalt?«

»Nein. Sie treiben ja im Wind, in gleicher Geschwindigkeit, man könnte auch sagen, dass Sie Teil der Luft sind. Sie haben da oben etwa die gleiche Temperatur wie am Boden.«

»Was muss ich noch beachten? Wo kann ich starten und landen, und wie komme ich überhaupt wieder nach Hause? Sicherlich nicht mit Bus und Bahn, oder?«

Fidel lachte. Er bestellte sich an der Theke noch schnell einen Kaffee und kam dann zum Tisch zurück. »Starten können Sie quasi überall, wenn Sie dafür eine Lizenz besitzen und sofern Ihnen ein Bauer seine Weideflächen oder Ähnliches zur Verfügung stellt. Also, hier brauchen Sie vorher die Genehmigung des Grundstückseigentümers. Landen können Sie theoretisch überall, aber wirklich nur theoretisch. Angestrebt wird immer eine Geländefläche, auf der Sie genügend Platz haben, möglichst ohne Strommasten in der Nähe. Sollten Sie mal einen kleinen Schaden verursachen, haben Sie eine nicht ganz billige Versicherung in der Hinterhand.«

Jetzt lachte auch Tobias zum ersten Mal. »Behindern Sie denn nicht den Luftverkehr mit diesen unsteuerbaren Vehikeln?«

»Eigentlich nicht, Sie fahren in niedrigen Höhen. Und Sie müssen die Ballonfahrt bei der Flugsicherung anmelden, von dieser erhalten Sie auch die Startgenehmigung. Diese Genehmigung brauchen Sie übrigens für alles, was in die Luft soll, also Fallschirmspringer, Feuerwerk und mit Helium gefüllte Kinderluftballons. Für Heißluftballons sind erforderlich: Beschreibung Ihres Startplatzes, Ihr Kennzeichen, Ihre geplante Flugrichtung. Das Kennzeichen ist mit einem Autokennzeichen zu vergleichen, es ist gut sichtbar am Ballon zu führen und wird vom Luftfahrtbundesamt in Braunschweig vergeben. Das erste Zeichen ist das *D*, das steht für Deutschland.«

»Das ist ja interessant. Dann kennt die Flugsicherung also den Startplatz?«

»Ja.«

»Wo finde ich die Flugsicherung?«

»In Langenhagen, am Flughafen Hannover, etwa zehn Kilometer nördlich von Hannover, falls Sie sich nicht auskennen. Sie fragten eben, wie man zurückkommt. Dafür engagieren Sie einen sogenannten Verfolger. Dieser fährt quasi hinter Ihnen her, mit dem Geländewagen und dem leeren Hänger, und versucht, so nah wie möglich an Ihre Landestelle zu kommen. Sie stehen über Funkkontakt in Verbindung … Darf ich Sie jetzt auch noch etwas fragen?«

»Klar.«

»Was ist denn jetzt mit dem Herrn Peter Dorn?«

Tobias zögerte, trank den Rest seines Kaffees aus. Zu gern hätte er berichtet, dass Peter Dorn vermutlich einen Kunstmaler namens Malte Decker ermordet hatte, dann eine Heißluftballonfahrt organisiert, zwei weitere Menschen getötet und dann sich selbst hingerichtet hatte. Fidel hätte wohl Augen gemacht. »Hierzu darf ich Ihnen aus ermittlungstaktischen Gründen keine Auskunft geben, tut mir leid, Herr Goldherz.«

Fidel nickte und machte sich bereit zum Aufbruch. Die beiden verabschiedeten sich voneinander.

Tobias blieb noch, holte sich einen weiteren Kaffee und rief Frau Brunner an.

»Hallo, Herr Heuward, was kann ich denn für dich tun, mein Engel?«

»Äh, ja. Sie haben doch bestimmt ein paar Bilder vom Unglücksort?«

»Meinste den bei Stöckendrebber?«

»Genau den.«

»Wir haben eine ganze Reihe Bilder gemacht, was suchst du denn, Herr Heuward?«

»Kann ich mal kurz vorbeikommen und mir die Dinger angucken?«

»Natürlich, gern.«

»Ich bin dann so …«, er schaute auf die Uhr, »… ich bin dann so in circa dreißig Minuten bei Ihnen, ist das okay für Sie?«

»Ist okay für mich.«

Tobias trank seinen Kaffee in Ruhe aus, zahlte und ging zum Auto. Da noch kein Berufsverkehr eingesetzt hatte, kam er schnell durch und war nach zwanzig Minuten wieder auf dem Parkplatz.

Christa Brunner erwartete ihn mit einem vielsagenden Lächeln, was er aber nicht erwiderte. Sie blies sich eine ihrer Locken aus dem Gesicht. »Setz dich hierhin.« Sie zeigte auf einen leeren Schreibtisch, auf dem ein Computer stand, auf dessen Bildschirm bereits ein erstes Foto zu sehen war.

»Danke.« Tobias brauchte nur wenige Minuten, dann hatte er gefunden, was er suchte. Auf einem der Fotos konnte er das Kennzeichen des Ballons gut erkennen. Es begann mit einem *D*, was zeigte, dass der Ballon in Deutschland zugelassen worden war. Schnell schrieb er das ganze Kennzeichen in sein Notizheft, schloss den Ordner und verabschiedete sich.

»Oh, das ging aber schnell, Herr Heuward. Was haste denn da Aufregendes gesucht?«

Es war nicht zu fassen, wie neugierig die Brunner heute war. »Ich hab alles, was ich brauche«, war seine ausweichende Antwort. »Danke.« Mit einem Grinsen verabschiedete er sich, sie rief ihm noch etwas hinterher, was er aber nicht mehr verstand, da er schon auf dem Gang war.

Sein nächster Weg führte ihn zu Leitners Büro. Vorsichtig öffnete er die Tür, um Max' Laune nicht zu strapazieren. »Wollte mich nur zurückmelden.«

»Komm kurz rein, setz dich.«

»Was hast du auf dem Herzen?«

»Ich hatte gerade ein Telefonat mit deiner Freundin.«

»Mit welcher?«, hakte er nach.

»Mit Viktoria Schall, sie kommt um 14 Uhr vorbei.«

»Und was will sie?«

»Hat sie nicht gesagt, nur dass es wichtig wäre. Ich möchte, dass du dabei bist.«

»Geht klar, Chef.«

»Wie war's in Hagenburg, bist schon so schnell zurück? Wieder gerast wie ein Irrer?«

»Das käme mir niemals in den Sinn. Nein, es ist ganz anders gewesen. Ich war gar nicht in Hagenburg.« Dann erzählte Tobias, dass er sich mit Fidel an einer Tankstelle verabredet hatte.

»Ergebnisse?«

»Erzähl ich dir später. Wo treffen wir uns?

»Im Besprechungsraum nebenan. Wisch mal bitte die Tafel, ich will nicht, dass Frau Schall irgendetwas lesen kann. Da stehen noch die Punkte, die du mal aufgelistet hast.«

»Ich weiß schon. Also, bis nachher.« Tobias ging in den Nebenraum und befreite das Whiteboard von seinen Notizen. Anschließend telefonierte er mit der Waffenbehörde und berichtete Leitner vom Ergebnis. »Peter Dorn hat keine Waffenbesitzkarte, Max.«

»Interessant. Dann muss er die Ceska82 illegal besorgt haben.«

»Was schließt du daraus?«

»Zunächst mal nur, dass mir dieser Dorn immer unsympathischer wird.«

Um 14 Uhr meldete sich der Pförtner. Tobias holte Frau Schall ab, die zu seiner Freude wieder in bunten Sachen auftrat. Rote Haare, giftgrüne Bluse mit gelben Knöpfen, violetter Strickrock, rosa Strumpfhose und weiße Turnschuhe, die zum Rest der Kleidung nicht so recht passen wollten.

»Sind Sie wieder mit Ihrem Fahrrad unterwegs?«, fragte er die junge Dame gleich nach der Begrüßung. »Heute ist ja ganz schönes Wetter zum Radeln.«

»Genau.« Sie wirkte bedrückt. Oder hatte sie keine Lust, mit ihm zu reden? Er beschloss, Viktoria nicht ständig auf die Beine zu starren oder ihr hübsches, sonnenbankgebräuntes Gesicht zu mustern. Denn er hatte eigentlich genug Probleme mit seiner Freundin, weil die mitbekommen hatte, dass er sich heimlich mit einer anderen verabredet hatte. Viktoria hätte er ja auch gern mal … Genau damit musste jetzt Schluss sein! Eine dritte Dame im Bunde war für ihn nicht mehr zu managen. Er musste sich zwischen den beiden anderen entscheiden und die Frau, mit der er jetzt Seite an Seite ging, ignorieren. Alles ganz einfach und doch so komplex. Tobias bat Viktoria Schall in den Besprechungsraum und klopfte bei Leitner an die Tür. »Frau Schall ist da, Max!«

Augenblicke später saßen die drei zusammen, Leitner wieder auf seinem Stammplatz. Tobias hatte sich so hingesetzt, dass er Viktorias wunderschöne Beine mit den unpassenden Turnschuhen nicht sehen konnte. Sie legte ihre kleine Umhängetasche auf den Tisch und sagte kein Wort.

»So, Frau Schall, ich möchte gleich zur Sache kommen. Sie sagten mir am Telefon, dass dieses Gespräch dringend sei, also?«

»Genau. Ich weiß nur nicht, wie ich das …« Sie stockte.

»Frau Schall, das muss jetzt aber gehen. Wir sind doch keine Ungeheuer.«

»Nein, ich will Sie ja auch nicht so lange nerven.« Wieder schwieg sie.

Leitner schwieg ebenfalls, die Stille war fast unerträglich.

»Ich habe Malte getötet.«

»Hä, wie jetzt?«, rutschte es Tobias raus.

»Wie bitte?«

»Genau. Ich habe Malte Decker getötet.«

»Stopp. Frau Viktoria Schall, ich muss Sie jetzt sofort über Ihr Aussageverweigerungsrecht belehren. Sie müssen sich auf keinen Fall selbst belasten, und Sie haben das Recht, sich sofort mit einem Anwalt zu beraten.«

»Ich will aber keinen Anwalt. Ich bin freiwillig hier und möchte jetzt meine Aussage machen.«

»Moment mal.« Leitner verließ den Raum und kam mit Laptop und Drucker zurück. »Sie gestatten, dass ich Ihr Geständnis sofort protokolliere. Sie müssen auch unterschreiben, dass ich Sie über Ihre Rechte aufgeklärt habe.«

»Machen Sie ruhig, was bei Ihnen normal ist. Genau.« Viktoria wirkte stark, keine Träne war zu sehen, sie schien sich alles genau überlegt zu haben.

Leitner tippte eine Weile. Dann sagte er: »Ich darf Sie nun bitten, Ihre Aussagen zu machen.«

»Also, was ich Ihnen über den neunzehnten März erzählt habe, ist nur ein Teil der Wahrheit. Es ist richtig, dass ich an diesem Abend gegen 21 Uhr bei Malte war und über die großen Fußspuren staunte, die ich auch gleich fotografiert habe. Dann bin ich zur Tür und habe mehrfach geklopft. Im Haus konnte ich keinerlei Bewegungen ausmachen, bin dann davon ausgegangen, dass Malte unser Treffen vergessen hatte oder wieder zugedröhnt war. Fluchend bin ich von der Haustür weggegangen. Als ich auf mein Fahrrad stieg, schaute ich noch mal zurück. Erst da wurde mir bewusst, dass die Fußspuren am Haus endeten und keine zurückführten, also war der großfüßige Kerl noch im Haus und ich möglicherweise in Gefahr, ich habe jedenfalls Angst bekommen. Bin dann so schnell wie möglich nach Hause gefahren, aber die Situation ließ mir keine Ruhe.«

»Moment bitte, Frau Schall.« Leitner tippte, nach einer Weile fragte er: »Kannten Sie denn den Mann?«

»Nein, Herr Leitner. Auf der Rückfahrt habe ich über alle Bekannten nachgedacht, aber keiner davon hat derart große Füße. Ich bin dann davon ausgegangen, dass es einer von seinen neuen Freunden war, diese Typen, die ihn zu härterem Zeugs verführt haben. Mit diesen Leuten wollte ich aber nichts zu tun haben, und das ist und bleibt auch in Zukunft so. Genau.«

Sie machte eine Pause, und Leitner tippte weiter auf seinem Laptop. »Kann weitergehen.«

Nachdem sie sich in ihrer Wohnung beruhigt hatte, rief sie zwei Freunde an, die mit ihr nochmals dort hinfahren wollten, zwei kräftige Männer, die vor nichts Angst hatten. Einer der beiden besaß einen kleinen Pkw, mit dem sie schneller dort sein würden. Nein, die genaue Uhrzeit wusste sie nicht mehr, sie waren wohl zwischen 23 Uhr und 24 Uhr vor Maltes Haus. An den vom Haus wegführenden Fußspuren erkannte sie sofort, dass dieser großfüßige Unbekannte das Haus verlassen hatte. Voller Sorge ging sie zur Tür. Ja, genau, diese war verschlossen, ein Schlüssel steckte nicht im Schloss.

»Und wie sind Sie dann hereingekommen?«, wollte Tobias wissen, »Sie hatten zu Protokoll gegeben, dass Sie keinen Zweitschlüssel mehr besaßen.«

Viktoria Schall zögerte. »Ja ... ähm ... da habe ich Ihnen nicht die Wahrheit gesagt. Erst habe ich geklopft, dann bin ich reingegangen.«

»Dann haben Sie den Schlüssel also doch noch!«, rief Tobias fassungslos.

»Genau, ich hoffe, dass Sie mir das jetzt nicht zu übel nehmen.« Sie wühlte in ihrer Tasche und legte den großen Bartschlüssel auf den Tisch. »Da.«

»Sie haben uns nun schon mehrfach an der Nase herumgeführt. Erzählen Sie uns denn jetzt endlich die Wahrheit?«, fragte Leitner nach, der sich über ihre wiederholten Falschaussagen ärgerte und keine Lust mehr auf Protokolle hatte, die vor Unwahrheiten nur so strotzten.

»Ich schwöre es. Ich habe lange über alles nachgedacht und will nur noch die Wahrheit sagen.«

Leitner schüttelte ungläubig den Kopf. »Und wieso sollen wir Ihnen diesmal Glauben schenken?«

»Weil ich mit dieser Art Lügerei nicht leben kann.«

»Dann weiter, Frau Schall.«

»Von dem, was ich Ihnen jetzt berichte, bekomme ich Albträume, manchmal wache ich schweißgebadet auf«, flüsterte sie und zog schnell ein Taschentuch aus ihrer Umhängetasche, weil jetzt doch die ersten Tränen kamen.

Sie hatte Malte gefunden, elendig stöhnend und festgeschnürt auf seinem Schreibtisch. Dieser Unbekannte hatte Malte mit Textilband auf der Tischplatte und am Stuhl so fixiert, dass er vollkommen bewegungsunfähig war, nur seinen Kopf konnte er ein klein wenig drehen.

»Malte wollte aus seiner misslichen Lage nicht befreit werden, schien sich total zu quälen, starrte mich hilflos an. Es war zu spüren …« Sie schlug die Hände vors Gesicht und weinte jetzt bitterlich. Nach einer Weile beruhigte sie sich wieder, schnäuzte in das Taschentuch und setzte sich aufrecht hin. »Es war zu spüren, dass er sich aufgegeben hatte. Den Tod herbeisehnte. Er wusste, die Drogen und das Saufen haben ihn kaputt gemacht.«

Der Unbekannte hatte bereits zwei Streifen vom Klebeband abgerissen und an die Tischkante gehängt. Die nahm Viktoria vorsichtig ab und klebte Malte erst den Mund zu, dann die beiden Nasenöffnungen. Den Todeskampf konnte sie nicht ertragen und ging auf den Flur und schloss die Stahltür. Dann wartete sie vielleicht fünf, sechs Minuten, öffnete die Stahltür wieder. Malte war tot, starrte sie nun aber mit knallroten, blutunterlaufenen Augen an. »Dies war der schrecklichste Moment in meinem Leben. Ich habe ihm dann ganz vorsichtig die Augenlider verschlossen. Dann bin ich aus dem Haus gelaufen und musste mich erbrechen.«

»Scheußliche Geschichte. Wo waren Ihre beiden Bekannten?«, hakte Leitner nach, bevor die junge Frau wieder ein neues Taschentuch herauszog.

Nach einer kleinen Pause sprach sie weiter. »Die beiden waren die ganze Zeit vor dem Haus, wir hatten vereinbart, dass ich sie hereinhole. Ich habe ihnen gesagt, dass Malte tot war, als ich ihn fand.«

Als die beiden den verschnürten Toten sahen, befreiten sie ihn zunächst vom Klebeband, kamen zu dritt auf die Idee, das Ganze wie einen Suizid aussehen zu lassen. Die beiden Männer hatten ihn dann in die Badewanne verfrachtet, wobei sie ihn versehentlich auf die Kante fallen gelassen hatten. Als der Tote in der Wanne lag, hatten sie ihm die Schuhe ausgezogen und Wasser eingelassen. Um mögliche Klebstoffreste an Händen, Mund und Nase zu entfernen, nahm einer der beiden eine harte Bürste und entfernte diese Reste.

»Das alles muss doch jede Menge Fingerabdrücke von Ihren Bekannten hinterlassen haben, Frau Schall.«

»Nein, Herr Leitner. Nachdem die beiden die Leiche gesehen hatten, holte der eine Typ so undurchsichtige Latexhandschuhe aus dem Kofferraum, die er bei Reparaturen am Auto oder beim Ölwechsel benutzt. Wir drei haben also keine Fingerabdrücke hinterlassen, den Türgriff am Eingang habe ich von innen und außen abgeputzt, als wir wieder fahren wollten.«

»Was ist mit den aufgeschnittenen Pulsadern?«

»Das müssen Sie bitte meine Bekannten fragen, sie haben mich vor die Tür geschickt, als sie das gemacht haben.«

Leitner tippte zu Ende und las ihr alles nochmals vor, dann druckte er das Dokument aus, und Viktoria unterschrieb es.

»Jetzt geht es mir besser, Herr Leitner.«

»Kann ich mir vorstellen. Bitte schreiben Sie mir noch Name und Adresse von Ihren beiden Bekannten auf.«

Sie schrieb und reichte ihm sein Notizheft zurück. »Was passiert jetzt mit mir?«

»Wir nehmen Sie für heute in Polizeigewahrsam, dann erfolgt noch die erkennungsdienstliche Behandlung. Klingt schlimmer als es ist, Fingerabdrücke, Fotos von Ihnen, Größe und so weiter. Dann beantragen wir U-Haft beim Staatsanwalt.«

»Muss ich denn sehr lange in den Knast?«

»Das entscheidet der Richter später. Ich kann Sie aber beruhigen, zu lange wird es nicht werden. Immerhin haben Sie wohl keinen Mord zu verantworten, es ist vielleicht Tötung auf Verlangen oder Totschlag. Was Ihnen zugutekommt, ist, dass Sie sich freiwillig gestellt haben. Aber das alles muss der Richter entscheiden. Alles Gute für Sie, bleiben Sie noch einen Moment sitzen.«

Leitner nahm Tobias mit vor die Tür. »Tobias, bring Frau Schall rüber, nimm aber unbedingt einen Kollegen mit, ich sage dort Bescheid.«

Tobias wühlte aufgeregt in den Haaren und flüsterte: »Mach ich. Aber, Max, ich krieg bald 'nen Knall, ich steig nicht mehr durch. Jetzt ist der Dorn ja doch nicht der Mörder von Decker!«

Auch Leitner dämpfte seine Stimme. »Wenn Frau Schalls Aussage stimmt, dann hatte er das aber in Erwägung gezogen. Denk an die zwei Klebestreifen, die von Dorn schon vorbereitet waren. Er scheute wohl den letzten Schritt, wollte nicht zum Mörder werden.«

»Was passiert eigentlich mit den Gorillas von Viktoria Schall?«

»Du meinst ihre beiden Helfer?«

»Ja.«

»Darum kümmere ich mich gleich, wenn du weg bist.«

Tobias schien immer nervöser zu werden. »Es geht mir nicht aus dem Kopf – wieso hat Dorn ihn denn nicht von diesem Scheißklebeband befreit?«

»Vielleicht hatte er Angst vor plötzlicher Aggression, vielleicht wollte er mit dem Gemälde einfach nur schnell weg. Das können wir jetzt nicht mehr klären.«

»Aber wenn er nicht der Mörder ist, warum bringt er sich dann um?«

»Ich weiß es doch auch nicht.« Leitner ging in sein Büro und nahm gleich zwei Tabletten gegen sein Magendrücken, das ihn plagte, seit Frau Schall geständig war, Malte Decker getötet zu haben. Oder hatte sie ihn erlöst?

Kapitel 28

Donnerstag, 8. Juni 2017
Hannover

Sie fuhren durch Hannover. »Ist das heute wieder ein Scheißverkehr, diese Baustellen, das kann einen verrückt machen«, nörgelte Tobias.

»Soll ich fahren?«, fragte Leitner, der genau wusste, was jetzt kommen würde.

»Auf keinen Fall. Oh Mann, Mistkerl.« Tobias musste scharf bremsen, weil ein Fahrer vor ihm nicht richtig anfuhr, obwohl die Baustellenampel noch grün war.

»Fahr doch nicht immer so dicht auf, Tobias.«

»Scheißverkehr und beste Unterhaltung im Auto. Haben wir denn keine sinnvollen Themen?«

»Doch. Ich wollte nur warten, bis du etwas freiere Strecke hast.«

»Ich bin multitaskingfähig, auch wenn Frauen immer behaupten, wir Männer können nur eine Sache auf einmal. Nun erzähl schon.«

»Also gut. Zandermann ist zu Frau Engelberg in die Medizinische Hochschule gefahren, heute werden die Ballonleichen obduziert, wird wohl fünf bis sechs Stunden dauern. Ich habe ihn gebeten, die Projektile anschließend zu unseren Waffenleuten zu bringen. Nur zur Kenntnisnahme.«

»Wie heißen die eigentlich offiziell?«

»Schusswaffensachverständige, glaube ich.«

»Das ist ja noch länger als Kriminalhauptkommissar, meinem Gefühl nach zwar sehr exakt, aber alles zu lange Titel. Na ja, auch egal … Erzähl weiter, Max.«

»Anderes Thema: Heute Morgen bekam ich einen Anruf wegen des zweiten Handys von Peter Dorn. Gespeichert ist nur eine Telefonnummer, die er, ebenfalls einmal, nämlich am Pfingstsonntag, kontaktiert hatte. Ich habe dort gleich angerufen.«

»Und? Mach's nicht so spannend!«

»Guck auf die Straße und nicht mich an!«

Wieder musste Tobias scharf bremsen. »Sorry, Max.«

»Mann, pass doch auf! Ich bin froh, wenn wir aus diesem nervtötenden Verkehr raus sind.«

»Ich schau jetzt nur noch geradeaus, versprochen. Also, was ist jetzt mit dieser einsamen Nummer?«

»Es meldete sich eine Frau, eine Bekannte von Dorn. Sie bestätigte, dass ihr Peter am Pfingstmontag gegen 19.30 Uhr eine Ballonfahrt plante. Er wollte ihr dann noch mitteilen, wo der Geländewagen mit Hänger steht, damit sie diesen abholen und zum Landeplatz fahren konnte, um dann …«

»Das nennt man im Ballonsport Verfolger«, fiel ihm Tobias ins Wort, die Augen jetzt immer auf den Verkehr gerichtet. »Eigentlich habe ich unseren Fidel Goldherz so verstanden, dass der Verfolger gleich beim Ballonstart dabei ist und dann losfährt. Da es ein Schönwettersport ist, kann man den Ballon ja ohnehin fast immer sehen.«

»Da fällt mir gerade ein, dass du noch nicht über dein Gespräch mit dem Goldherz berichtet hast.«

»Wann denn, vor lauter Stress?«

»Hast ja recht. Zurück zu dieser Bekannten. Sie berichtete etwas anderes als dein Fidel.«

»Und was?«

»Dorn hatte ihr am Pfingstsonntag einen Zweitschlüssel und den Fahrzeugschein von seinem Geländewagen vorbeigebracht, deshalb haben wir das Dokument auch nicht in seiner Brieftasche gefunden. Er hat oft erst nach der Landung per Handy angerufen und den Weg zum Start- und Landeplatz beschrieben oder hat sich sogar erst am nächsten Tag gemeldet, wenn er in der Nähe einer Gastwirtschaft landen konnte. Er hat sich dann einen schönen Abend gemacht, ein Zimmer genommen und den Ballon erst mit Eintreffen seiner Verfolger geborgen. Aus diesem Grund war die Frau auch nicht beunruhigt, dass sich Peter Dorn nicht gleich gemeldet hat. Erst am Mittwoch machte sie sich ernsthafte Gedanken, hatte aber noch nichts unternommen. Den Tod von Dorn habe ich ihr noch verschwiegen, muss das aber bei nächster Gelegenheit nachholen.«

»Hatte Dorn denn keinen Sprechfunk?«

»Die Frau berichtete, dass Sprechfunk im Ballon und im Fahrzeug vorhanden sein sollte. Dieser konnte natürlich erst genutzt werden, wenn sie am Geländewagen war, aber sie wusste nicht, wo sie diesen finden sollte, das wollte ihr Dorn ja später mitteilen.«

»Sie hätte ihn doch auf dem Handy erreichen können, oder?«

»Hatte sie wohl einmal versucht, es war aber ausgeschaltet, keine Mailbox aktiviert. Dorns Bekannte konnte also nur abwarten.« Leitner strich sich langsam durch den Dreitagebart. »Wo wir gerade bei Fidel Goldherz waren – was hast du noch erfahren, was uns weiterhilft?«

»Na ja, beeindruckt haben mich eigentlich zwei Sachen. Weil ich mir darüber nie Gedanken gemacht habe. Als Erstes die Sache mit dem Verfolger, die aber vollkommen logisch ist, wie sollte man sonst diesen riesigen Ballon wieder nach Hause kriegen? Das Zweite war die Geschichte mit der Flugsicherung. Die wissen also, wo ein Ballon startet, weil die Leute den Start genehmigen lassen müssen.«

»Hast du was unternommen?«

»Na klar, Chef. Ich habe bei der Flugsicherung angerufen. Aus personellen Gründen baten sie mich, nicht vorbeizukommen, sondern einen Brief an die Leitung zu schreiben. Jetzt warte ich auf Antwort. Sobald ich die habe, informiere ich Herrn Zandermann und dich, ist klar, bin ja teamfähig.«

Sie fuhren auf der A37 Richtung Celle, der Verkehr hatte sich längst beruhigt, dann ging es bei Beinhorn, einem kleinen Stadtteil von Burgdorf, rechts weiter Richtung Innenstadt. Das Haus der Sonnfelds lag abseits in einer waldreichen Gegend.

Eine Frau, vollständig in Schwarz gekleidet, öffnete ihnen die Tür. »Guten Tag, meine Herren, ich danke Ihnen zunächst, dass Sie sich vorher angemeldet haben. Kommen Sie herein und nehmen Sie bitte da drüben Platz.«

»Herzlichen Dank, Frau Sonnfeld, dass Sie Zeit für uns haben.« Leitner und Tobias gingen zur Sitzecke und setzten sich.

»Darf ich Ihnen etwas anbieten? Wasser, Kaffee, Tee?«

»Wenn es keine Umstände macht, würde ich gern Wasser nehmen«, sagte Leitner leise.

»Wasser ist eine gute Idee«, lächelte Tobias die traurige Frau an.

»Bin gleich für Sie da, meine Herren.« Langsam ging Maria Sonnfeld in die Küche und kam mit einem Tablett zurück, sie stellte den Ermittlern und sich je ein Mineralwasser und ein Glas bereit.

»Frau Sonnfeld, wie geht es Ihnen heute?«, fragte Leitner.

»Wissen Sie, die Frage ist eigentlich überflüssig, Herr Leitner.«

»Sind Sie denn in der Lage, ein paar Fragen zu beantworten?«

»Es ist jetzt ohnehin nichts mehr wichtig. Ich habe, seitdem ich Ihre Nachricht erhalten habe, eigentlich nur noch geweint. Ich kann jetzt nicht mehr weinen, können Sie das verstehen?«

»Ja, sogar sehr gut.«

»Haben Sie auch jemanden verloren?«

»Ja. Meine Frau.«

»Haben Sie Ihre Frau geliebt und sind nicht nur einfach so bei Ihr gewesen?«

»Ja.«

»Dann können Sie mich wohl wirklich verstehen. Bitte stellen Sie Ihre Fragen.«

»Also gut. Ist Ihr Mann bedroht worden? Immerhin war er Chef einer Bank.«

Maria Sonnfeld rieb sich die Stirn. »Soweit ich das beurteilen kann, nein. Wir haben hier niemals Gespräche erhalten, die in diese Richtung deuten könnten. Nein, ich bin sicher.«

»Hat es in jüngerer Vergangenheit irgendwelche Ereignisse gegeben, die Sie als ungewöhnlich empfunden haben?«

»Eigentlich nicht. Mein Mann hatte eine Weile kaum Zeit für mich, war immer unterwegs. Vor Pfingsten hatte er sich dann extra Urlaub genommen, und wir kamen uns wieder näher, er war wirklich rührend um mich bemüht, das muss ich … Augenblick, da fällt mir etwas ein, ich weiß allerdings nicht, ob es für Sie wichtig ist.«

»Alles kann wichtig sein.«

»Sie haben recht, Herr Leitner. Ich erinnere mich an ein Telefonat, das Karl, also mein Mann, geführt hat. Mit einem seiner besten Freunde.«

»Dürfen wir den Namen erfahren?«

»Ein gewisser Peter Dorn.«

»Hä, wie jetzt? Das war der beste Freund Ihres Mannes?«, rutschte es Tobias raus,-und er fing sich sofort einen bitterbösen Blick von seinem Gegenüber ein.

»Wieso fragen Sie, Herr …« Sie stockte.

»Heuward ist mein Name. Stellen Sie sich einen Tankwart vor, der Heu …«

Leitner ging sofort dazwischen. »Peter Dorn, so ein ziemlich großer und kräftiger Mann, war also mit Ihrem Mann befreundet?«

»Ja, gewiss«, antwortete sie erstaunt, »die beiden kannten sich schon sehr lange. Aber ich sage Ihnen Folgendes: Ich mochte diesen Kerl nicht, mir war er unangenehm.«

»Warum?«

»Weil er der Typ Mann ist, der glaubt, jede Frau um den Finger wickeln zu können, nur weil er groß, stark und wohl auch vermögend ist. Letzteres kann ich nur vermuten. Ich weiß nur, dass er Kunde meines Mannes war und dass mein Mann ihn selbst betreut hat. Natürlich war mein Mann ein echter Banker, er hielt das Bankgeheimnis in Ehren und hat infolgedessen nie mit mir über das Geld anderer Leute gesprochen. Dass Dorn Geld haben muss, hatte er mir irgendwann selbst erzählt. Und dass er drei verschiedene Autos der Upperclass fährt.«

»Haben Sie nie versucht, einen Keil zwischen Dorn und Ihren Mann zu treiben, weil Sie Dorn doch nicht ausstehen konnten?«

»Nein, Herr Leitner, das ist nicht meine Art, mit Menschen umzugehen. Mein Mann mochte Peter Dorn, also ließ ich ihn gewähren, wenn sie sich zum Beispiel treffen wollten. Andererseits hatte mein Mann akzeptiert, dass ich seinen Freund nicht leiden konnte, und lud ihn deshalb auch nicht zu uns nach Hause ein.«

»Auch nicht zum Geburtstag?«, drängte Tobias.

»Seinen Geburtstag, junger Mann, hat mein Karl nie gefeiert, wenn, dann nur mit mir. Das mussten alle unsere Freunde so hinnehmen.«

Leitner räusperte sich, um Tobias zuvorzukommen. »Sie erwähnten gerade ein Telefonat zwischen Ihrem Mann und Dorn. Können Sie uns sagen, worum es dabei ging?«

»Lassen Sie mich einen Augenblick nachdenken.« Sie trank einen Schluck Wasser und stellte das Glas ganz langsam wieder ab, so als ob sie in dieser Bewegung ihre Gedanken ordnen wollte. »Das Gespräch war Ende Mai, Dorn hatte meinen Mann zu einer Ballonfahrt eingeladen.« Sie zögerte weiterzusprechen.

»Dass sich zwei Freunde verabreden, ist ja noch nichts Ungewöhnliches, Frau Sonnfeld.«

»Vorher sprachen die beiden über so etwas wie eingefrorene Kreditlinien. Ich muss vorwegschicken, dass ich normalerweise keine Telefonate meines Mannes mithöre, ähm … in der Vergangenheit mitgehört habe.« Sie schluckte, nippte wieder an ihrem Wasserglas, es war deutlich zu spüren, dass sie gegen die Tränen ankämpfte, aber stark bleiben wollte.

»Sollen wir später noch mal wiederkommen?«

»Nein, Herr Leitner. Es geht wieder.«

»Was war denn das Besondere an diesem Telefonat?«

»Dass ich den Mann kenne, über den die beiden sprachen.«

»Wie heißt der Mann?«

»Hellstroem. Ignatz von Hellstroem, wohl ein vermögender Mann, er lebt in einer Villa am Steinhuder Meer, in Mardorf. Hellstroem schreibt sich wie der Strom mit e.« Sie nahm sich aus einem Zettelkasten Stift und Papier und schrieb die Daten auf. »Hier, bitte.«

Tobias steckte die Notizen in sein Notizheft und bedankte sich artig.

»Als der Name Hellstroem am Telefon fiel, war ich erstaunt, woher mein Mann diesen kannte. Es klingt etwas verrückt, aber Karl wusste nicht, dass ich Ignatz kenne, und ich wusste nicht, dass er ihm bekannt war. Deshalb habe ich das Gespräch aufmerksam verfolgt.«

»Woher kannten Sie diesen Herrn Hellstroem?«

»Es war eine Zufallsbekanntschaft vom Golfplatz. Er war sehr aufmerksam mir gegenüber.«

»Hatten Sie eine Beziehung mit ihm?«

»Ich wusste, dass Sie mich das fragen. Ich hatte keine sexuelle Beziehung zu Ignatz, wenn Sie das meinen. Ich glaubte, dass wir Freunde waren, er war immer äußerst charmant. Ich habe dies eine Weile sehr genossen, bis ich merkte, dass er wohl doch nur ein einsamer Egozentriker war und mich möglicherweise ständig verulkte. Vor Kurzem habe ich den Kontakt abgebrochen.«

»Gut, Frau Sonnfeld. Wissen Sie denn, welche Beziehung Peter Dorn und Hellstroem zueinander hatten?«

»Das entzieht sich meiner Kenntnis, ich weiß ja von Dorn selbst kaum etwas.«

»Letzte Frage. Wissen Sie zufällig, ob der Hellstroem irgendwas mit Kunst zu tun hat?«

»Darüber haben wir nie gesprochen, ich weiß es nicht. Nicht einmal, wovon der Mann eigentlich lebte.«

»Sie haben uns sehr geholfen.« Leitner bedankte sich und trank sein Glas leer.

»Können Sie mir denn mehr zum Tod meines Mannes sagen?«, fragte Maria Sonnfeld.

»Wir sind noch mitten in den Ermittlungen. Sobald diese abgeschlossen sind, informiere ich Sie. Auch darüber, wann Ihr Mann beerdigt werden kann. Nun wünsche ich Ihnen viel Kraft in der nächsten Zeit.«

Die beiden verabschiedeten sich von der Frau, die jetzt noch blasser als zu Beginn des Gesprächs wirkte.

Auf der Rückfahrt fragte Tobias: »Was machen wir jetzt?

»Ganz einfach – zurück ins Büro. Den Ignatz krallen wir uns später.«

Als sie den Stadtrand von Hannover erreichten, stellte Tobias das Grübeln ein. »Max, kann es sein, dass der Dorn bei Sonnfeld Kredite am Laufen hatte, diese Linien, die eventuell eingefroren wurden, was nichts Gutes bedeuten kann?«

»Möglich. Um die Bank muss ich mich ohnehin noch kümmern.«

Sie fuhren wieder eine Zeit lang, ohne zu sprechen, jeder hing seinen Gedanken nach. Leitners Magen meldete sich wieder, irgendetwas war noch wichtig! Was wollte er noch veranlassen? Er ärgerte sich, hatte direkt vor der Fahrt zu Frau Sonnfeld eine kleine Notiz gemacht, die er jedoch im Büro vergessen hatte. Als Tobias wieder an einer Baustelle stand, fiel es ihm wieder ein. »Sag mal, Tobias, ich bin beim Thema Ballonfahrt.«

»Ich hör dir zu, Max.«

»Die Frau Brunner hatte doch am Telefon erwähnt, dass der Ballon kaum noch Treibstoff hatte, also bei der Landung in der Nähe von Stöckendrebber.«

»Das waren ihre Worte, na ja, so ungefähr.«

»Ich weiß nicht, was du mit Fidel Goldherz im Einzelnen besprochen hast. Ist es denn normal, dass ein Ballonpilot seinen Treibstoff bis zum Ende ausnutzt?«

»Darüber haben wir nicht geredet. Ich habe nach dem Gespräch ein bisschen im Netz recherchiert. Bei all den strengen Prüfungen, den vielen Fahrten, die du als Pilot absolvieren musst, den vielen Auflagen und Sonderprüfungen – ich kann mir das nicht vorstellen, denn das oberste Gebot für einen Ballonpiloten ist, dass er alle Personen unbeschadet wieder auf die Erde zurückbringt. Mensch, Max, dies bedeutet auch, dass man ausreichend Treibstoffreserven vor der Ballonfahrt einplanen muss. Wenn du auf einer zu kurzen Wiese nicht landen kannst, dir die Bäume näherkommen, dann nimmst du halt die nächste, so stelle ich mir diesen Sport vor. Alles läuft dabei in vollkommener Ruhe ab.«

»Könnte da kurz vor der Landung noch was passiert sein?«

»Hä, was meinst du?«

»War Dorn ein Anfänger?«

»Äh, kaum möglich. Ich hatte mit Fidel Goldherz noch mal ein kurzes Telefonat. Normalerweise starten Heißluftballons auf kleinen Sportflughäfen. Der Dorn hatte aber eine Sonderlizenz, überall starten zu dürfen. Ich glaube, das hieß Außenstarterlaubnis. Der Mann war nicht nur sportlich, sondern bestens ausgebildet.«

»Dorn war der Pilot, das wissen wir. Kann der vielleicht kurz vor der Landung eine Herzattacke oder Ähnliches gehabt haben? Vielleicht doch eine kleine Bruchlandung verursacht haben?«

»Und wie soll er Doktor Sonnfeld und den Unbekannten erschossen haben, um sich dann abschließend noch selbst in den Kopf zu schießen? Das glaube ich nicht. Ich glaube eher, dass der Ballon von seiner geplanten Route abgedriftet ist, Dorn verzweifelt einen Landeplatz gesucht hat, vielleicht auch mehrmals über große Strommasten wegfahren musste. Das kostet im Zweifel richtig viel Energie. So entstehen übrigens weltweit die meisten Unfälle, durch Berührungen mit Strommasten.«

Leitner grübelte noch, dann fummelte er eilig sein Handy aus der Jackentasche. »Wir müssen sichergehen. Ich ruf Werner an. Was denkst du, was ich von ihm will, nur eine kleine Denkübung für dich?«

Tobias fuhr sich kurz durch die Locken, ließ dabei den Verkehr keine Sekunde aus den Augen. »Ich liebe Rätselaufgaben. Äh, warte mal, was willst du von Herrn Zandermann? Der ist noch bei Frau Engelberg, die Obduktion ist im vollen Gange. Kombiniere, der Gedanke eines Absturzes kurz vor der Landung lässt dir keine Ruhe. Ist doch glasklar, du willst ihm mitteilen, dass die Leichen auf Knochenbrüche und Schädelverletzungen untersucht werden sollen. Wie war ich?«

»Du hast was vergessen.«

»Und was?«

»Die Herzgeschichte.«

»Nee, die hatten wir eben schon.«

Leitner wählte. »Werner, hier ist Max. Wie weit seid ihr mit der Obduktion? … Ja, okay … verstehe. Die Frau Engelberg soll die drei Leichen auf Herzinfarkt untersuchen … Ja, auf Infarkte … und auf Knochenbrüche.« Es dauerte eine Weile, Zandermann wollte zurückrufen. Als sie auf den Parkplatz fuhren, meldete er sich. Dann war klar, dass keine der Leichen einen Herzinfarkt oder Knochenbrüche hatte, außer jene Brüche, welche durch die Kugeln verursacht worden waren. So weit war die Obduktion vorangegangen, mehr Informationen hatte Zandermann aber noch nicht.

Kapitel 29

Freitag, 9. Juni 2017
Gehrden

Sie parkten gegenüber von Dorns Haus. Zandermann hatte auf der Fahrt nach Gehrden von Frau Engelberg berichtet, die bei der unbekannten Leiche, diesem Franzi, eine fortgeschrittene Arthrose festgestellt hatte. »Der muss starke Schmerzen in den Gelenken gehabt haben, mehr war sonst nicht. Die Projektile habe ich noch bei den Waffenleuten abgeliefert«, hatte er angefügt.

Zum Öffnen von Dorns Haustür brauchten sie keinen Schlüsseldienst, denn am Landeplatz des Ballons hatten sie Dorns Haustürschlüssel sicherstellen können. Damit sie von der Nachbarschaft nicht als Einbrecher angesehen wurden, hatten sie einen Streifenwagen von der Schutzpolizei angefordert, der direkt vor Dorns Haus hielt. Einige neugierige Passanten aus der Nachbarschaft schien aber genau das zu reizen, sie platzten geradezu vor Neugierde. »Ist bei Herrn Dorn eingebrochen worden? Dürfen wir mal reinschauen? Wir haben Herrn Dorn jetzt eine Woche nicht gesehen. Ist er im Krankenhaus?« Die beiden freundlichen Polizistinnen hatten alle Hände voll zu tun, um diese neugierige Meute vom Grundstück fernzuhalten.

Zandermann blieb an der Tür stehen. »Ich schau mich mal draußen um, lasst die Haustür angelehnt, ich komme gleich wieder rein.«

»Okay, Werner. Bevor du gehst, ich hab auch noch was für euch. Heute Morgen erhielt ich einen Anruf von den Spezialisten, die die Fotos von Malte Deckers Bild begutachtet haben.«

Tobias zappelte herum. »Und?«

»Es ist eine Stilkopie von einem gewissen Jan Vermeer, der im siebzehnten Jahrhundert gelebt hat und heute zu den bedeutendsten niederländischen Kunstmalern aus dieser Epoche gezählt wird. Dies nur zur Kenntnisnahme. Tobias, wir suchen als Erstes dieses verdammte Gemälde. Dann brauchen wir die Waffenbesitzkarte und alles, was dir sonst noch wichtig erscheint. Auf die Schuhe sollten wir auch noch einen Blick werfen.«

»Edel, edel«, murmelte Tobias beim Betrachten der zahlreichen Bilder in den Nebenräumen, die er und Zandermann beim ersten Besuch nicht hatten sehen können, weil die Türen verschlossen gewesen waren. »Ach nee, schau mal, Max, hier ist eine kleine Bildersammlung von Wilhelm Busch. Und Zeichnungen, das alles wird auch einiges gekostet haben. Mann, wenn ich diese vielen Bilder sehe, ich werde blass vor Neid, der muss Kohle ohne Ende gehabt haben. Und wohl auch Frauen.«

»Das war ja klar, dass du nur wieder Frauen im Kopp hast. Schau mal unten nach, ob du da etwas findest, Priorität hat das Gemälde.«

»Bin schon unterwegs«, erwiderte Tobias und lief die kleine Treppe hinunter, die in den Keller führte.

Sosehr sich Leitner auch bemühte, er konnte das von Decker gefertigte Gemälde nicht entdecken, obwohl er auch unter die Sitzgarnituren, auf den Schränken und an den unmöglichsten Stellen nachschaute. Einen Dachboden hatte Dorns Haus nicht, vielleicht wurde Tobias im Keller fündig.

Zandermann tauchte wieder auf. »Das ist die reinste Festung, Max. Überall dreifach verglaste Fenster, vermutlich mit schusssicherer Folie, überall Scheibenkontakte mit Computeranschluss, also hier kommt nicht mal eine Ameise rein, ohne einen Alarm auszulösen. Möchte nicht wissen, was beim kleinsten Scheibenbruch alles aktiviert würde, vermutlich gehen alle Lichter im Haus an, die Jalousien spielen verrückt und so weiter und so fort«, grinste er, »eine perfekte Abschreckung für Einbrecher. Ich nehme mal an, dass dies versicherungstechnische Anforderungen sind, also dürften auch die Gemälde einiges an Wert haben.«

»Konntet ihr bei eurem ersten Besuch einen Blick in die Nebenräume werfen?«

»Nein.«

»Da ist noch mehr.«

»Hast du unser Kunstgemälde vom Decker gefunden, Max?«

»Negativ. Werner, hilf mir mal beim Sichten von Dorns Dokumenten, Priorität haben Kontoauszüge und alles, was dir altem Hasen noch so auffällt. Wenn hier nichts weiter ist, müssen wir sein Büro auf den Kopf stellen.«

»Klar, machen wir. Vielleicht sollten wir beide auf Sachen achten, die den erweiterten Suizid von Dorn begründen könnten.«

»Ja, gute Idee.«

»Wo soll ich anfangen?«

»Da rechts«, antwortete Leitner und zeigte auf eine moderne Kommode mit zwölf großen Schubladen, »ich fange links an.«

»Wo ist denn unser Sportsfreund?«

»Im Keller.«

Sie kamen schnell voran, weil viele Schubladen fast leer waren oder eben Dinge enthielten, mit denen sie nichts anfangen konnten. Mützen, Schals, Krawatten, Fliegen. Ein Kochlöffelset, ein Rasierapparat, noch originalverpackt, Eintrittskarten für Konzerte und Broschüren von Kunstausstellungen. Enttäuscht schoben beide die letzten Schubladen zu und schauten sich an.

»Dann ins Büro«, meinte Zandermann achselzuckend.

In diesem Moment kam Tobias aus dem Keller hochgeschossen. Aufgeregt sagte er nur: »Guck mal, Max«, und drehte das Paar Schuhe in seiner Hand auf die Rückseite.

»Interessant. Könnte dies ein Stück von dem Klebeband sein, das du an Malte Deckers Schreibtisch entdeckt hattest?«

»Farbe und Gewebekonsistenz würden passen. Das ist doch geil, Max! Es beweist jetzt endgültig, dass der

Dorn den Decker eingewickelt hat und nicht etwa die Viktoria oder ihre beiden Gorillas.«

»Das Paar nehmen wir mit, zur Überprüfung. Hast du sonst noch was Interessantes?«

»Also, einen Tresor hat er nicht. Bilder gibt's da unten auch nicht, nur ein großes Schuhregal und riesige Mengen an edlem Wein, am liebsten würde ich mir ein, zwei Flaschen mitnehmen, der kann sie doch ohnehin nicht mehr austrinken.«

»Das werden wir schön bleiben lassen«, reagierte Leitner erbost.

Die drei gingen in das geräumige Büro.

»Äh, kann ich mich über den Rechner hermachen?«, fragte Tobias in die Runde, als er den Computer auf dem Schreibtisch entdeckte.

»Ich hab nichts dagegen … du, Max?«

»Nein. Dann müssen wir beide uns jetzt um die Ordner kümmern«, sagte Leitner in Richtung Werner. »Es muss doch mal was zu finden sein, das uns weiterhilft. Dorn schien ein recht ordentlicher Junggeselle gewesen zu sein, die Küche war aufgeräumt, die Betten gemacht, sogar mit einem Überzug abgedeckt. Dann sollten auch die Papiere nicht vollkommen chaotisch sein.«

»Leute, ich wühle erst mal seine vier Schreibtischschubladen durch.«

Zandermann grinste Tobias an. »Das ist wohl das Mindeste, was wir erwarten können, wenn Sie schon im Sitzen arbeiten dürfen.«

Tobias reagierte nicht darauf und setzte sich auf den Bürostuhl. In der letzten Schublade fand er Jahreskalender, von 2006 an aufsteigend sortiert. »Hier sind Kalender mit recht vielen Eintragungen. Darf ich die Dinger analysieren?«

Leitner schaute ihm über die Schulter. »Lass mal sehen.«

»Darf ich nun oder nicht?«

»Die nehmen wir mit, auch den Kalender aus 2017. Das dürfte aber eine Sisyphusarbeit werden. Wenn du das übernehmen möchtest, gern.«

»Aber nicht nur nach Frauen suchen, Herr Heuward.«

»Sehr witzig.« Tobias schaltete den Computer ein. Beim Hochfahren des BIOS piepte es einmal. Danach tippte Tobias ein Kennwort, nicht richtig, wieder Tippgeräusche, leises Fluchen, und wieder klapperten die Tasten. »Bin drin«, murmelte der junge Mann.

»Klasse, Herr Heuward. Wie haben Sie das denn hinbekommen?«

»Die meisten Kennwörter, die Deutsche verwenden, lauten *Kennwort*. Dann habe ich *Dorn* versucht, dann *Ballon*. Treffer und versenkt.«

Zandermann grinste. »Ist ja nicht sonderlich kreativ vom Herrn Dorn.«

»Der Dorn kann aber nicht allzu viel mit diesem Gerät angestellt haben. Es gibt hier nur einen einzigen Ordner mit Bildern, den er genutzt hat. Na, Bilder guck ich ja gern an.«

»Vor allem von fremden Leuten«, feixte Zandermann, und alle drei mussten lachen. Dann kehrte wieder Ruhe ein, die beiden Hauptkommissare blätterten sich durch einen Dschungel von Papieren, Tobias klickte sich durch die Unterordner, ob sie Bildmaterial beinhalteten oder leer waren.

Leitner stoppte. »Hier wird's interessant, Aufschrift *KA1* bis *KA5*, richtig – hier haben wir Kontoauszüge.« Leitner nahm sich einen Stuhl und setzte sich an einen kleinen Tisch, Werner Zandermann gesellte sich zu ihm, schaute über seine Schulter und nahm sich dann einen anderen Ordner vor.

Tobias unterbrach seine Bilderschau und griff sich den Ordner *KA5*. »Ich glaub, mich laust der Affe!«, gab er zum Besten. »Der schwimmt ja in Kohle, da ist noch mehr! Und auch noch Aktien, nicht zu fassen.«

»Der Reichtum gleicht dem Seewasser: Je mehr man davon trinkt, desto durstiger wird man, Arthur Schopenhauer, um 1820.«

»Faszinierend, Herr Zandermann.« Tobias schlenderte wieder zum Rechner.

»Ich geb mir größte Mühe, Sie zufriedenzustellen, Herr Heuward.« Schmunzelnd wandte sich Zandermann an Leitner. »Die meisten Gelder scheint er beim Bankhaus Sonnfeld zu haben. Hier ist noch ein Konto bei einer schwedischen Bank.«

»Gibt es bei den Bildern irgendetwas?«, drängelte Leitner.

»Moment, ich habe ja gerade angefangen! Aber eins ist jetzt schon sicher: Der hatte Frauen, Frauen, Frauen, eine schöner als die andere, ich werd irre.«

»Jetzt lass doch mal Dorns Frauen in Ruhe«, reagierte Leitner gereizt, weil er schon wieder Magendrücken bekam.

»Jetzt habe ich hier jede Menge Fotos von seinen Hobbys. Mensch, der ist ja sogar ein Kollege von mir gewesen.«

»Wieso Kollege?«, staunte Zandermann.

»Der spielt Tennis wie ich, ist ja toll.«

»Spielte«, korrigierte Zandermann. »Das letzte Hemd hat keine Taschen, nicht einmal für einen Tennisball.«

»Hier sind jede Menge Bilder von seinen Ballonfahrten. Jetzt kommen Aufnahmen vom Golfen, von Turnieren. Moment mal, hier habe ich was für euch.«

»Mach's nicht so spannend«, mahnte Leitner wieder einmal.

»Hier ist eine Aufnahme, die müsst ihr euch ansehen.«

Während Leitner weiter in den Ordnern blätterte, kam Zandermann zu Tobias herüber. »Was haben Sie denn da?«

»Schauen Sie mal.« Das Bild zeigte Dorn, wie er sich bei einem Golfturnier einschrieb.

»Lassen Sie mich da mal hin«, sagte Zandermann und setzte sich vor den Bildschirm, nachdem Tobias ihm Platz gemacht hatte. »Klare Sache, es ist unzweifelhaft Dorn, vielleicht zwei, drei Jahre jünger.«

»Und was sehen Sie noch?«, fragte Tobias leise.

»Der trägt sich in einer Turnierliste ein.«

»Und?«, hakte Tobias nochmals nach.

»Max! Komm her, sieh dir das an!«

Leitner legte den letzten Ordner zur Seite. »Nicht weiter wichtig, was gibt es denn, Werner?«

»Schau dir das Bild an!«

Leitner starrte das Bild lange an. Schaute weg, schüttelte den Kopf, schaute wieder hin. »Das kann nicht wahr sein.«

Zandermann wurde ganz ruhig. »Der Dorn unterschreibt mit rechts.«

Jetzt war Tobias an der Reihe. »Leute, ich flipp gleich aus! Der Dorn unterschreibt mit rechts, seine Führhand beim Tennis ist rechts, der macht alles mit rechts, er ist ein Rechtshänder! Schaut euch die anderen Bilder an, hier … und hier … und dies noch.«

Zandermann fuhr fort. »Ein Rechtshänder würde sich niemals in die linke Schläfe schießen. Das ist zu umständlich. Ein Suizidant, also jemand, der wirklich sterben will, würde in die rechte Schläfe zielen, um sicherzugehen, dass er nicht danebenschießt. Die Hand, mit der ich schreibe, ist halt die sichere.«

Leitner nickte. »Das heißt im Klartext – wir suchen einen Täter, der Peter Dorn, Karl Sonnfeld und diesen Franzi erschossen hat. Unsere Annahme eines erweiterten Suizids durch Dorn ist vom Tisch. Los, wir müssen zurück nach Hannover, gute Arbeit, Tobias. Nimm die Schuhe und die Kalender mit.«

Zandermann hob die Hand. »Nicht so hektisch. Wir müssen noch das Siegel an der Tür anbringen, ich mach das, geht ihr schon zum Wagen.«

Kapitel 30

Donnerstag, 15. Juni 2017
Zentraler Kriminaldienst

Leitner hatte seine beiden Kollegen ganz überraschend zu einem gemeinsamen Frühstück eingeladen. Früh morgens hatte er die belegten Brötchen bei seinem Bäcker abgeholt, auf einen großen Teller gelegt und das Geschirr hingestellt. Tobias hatte dann den Kaffee gekocht. Jetzt saßen sie im Besprechungsraum zusammen.

»Das war eine harte Woche. Für eure Mühen wollte ich mich mal revanchieren, also guten Appetit, haut rein.«

Tobias war der Erste, der eins der Brötchen ergatterte. Weil er ein ganz bestimmtes haben wollte, das unten lag, fielen drei Brötchenhälften auf den Tisch, wobei der Belag herunterrutschte. Entschuldigend legte er alles wieder zusammen und zurück auf den Teller. »Sorry, Leute, ist alles noch genießbar.«

Tatsächlich hatten sich die Ereignisse in dieser Woche überschlagen.

Alles begann am Montag mit einem Anruf von Frau Sonnfeld. Ihr war noch etwas zu dem Gespräch zwischen Dorn und ihrem Mann eingefallen. Sie selbst hatte nach diesem Telefonat Ignatz von Hellstroem angerufen, um ihm von dem Gespräch zu berichten. Dazu war sie aber nicht gekommen, weil Hellstroem ihren Mann hatte sprechen wollen. Privat und geschäftlich, was immer damit gemeint war.

»Karl hatte sich eine Woche Urlaub genommen, er wollte die Zeit mit mir verbringen und Pfingstmontag mit Dorn eine Ballontour machen. Das habe ich Hellstroem gesagt und dass er nach Pfingsten meinen Mann in der Bank besuchen solle. Dann hat er mich auf eine Party bei sich eingeladen für Pfingstmontag um 18 Uhr, was ich aber abgelehnt habe.«

»Pfingstmontag?«

»Ja, Pfingstmontag.«

Dann hatten sich die Schusswaffensachverständigen gemeldet. Die Laufmuster der drei Projektile, mit denen die drei Männer getötet worden waren, waren gleich, sie stammten alle aus der Ceska82, die beim Ballon sichergestellt worden war.

Am Dienstag waren Tobias und Leitner mit der vollkommen erschütterten Assistentin von Karl Sonnfeld verabredet. Diese berichtete unter Tränen von einer Privatauktion über ein Gemälde, die im Bankhaus stattgefunden hatte. Ignatz von Hellstroem war zu einem Besichtigungstermin bei ihrem Chef gekommen, wie alle anderen gab er innerhalb der Bieterfrist ein geheimes, einmaliges Angebot ab und erhielt dann den Zuschlag, weil er das höchste Gebot von knapp siebzig Millionen Euro abgegeben hatte. Nein, wie das Gemälde hieß und von wem es stammte, wusste sie nicht, das hatte alles ihr Chef persönlich geleitet. Nein, der Herr Hellstroem war kein Kunde der Bank, wohl aber Peter Dorn.

Dienstagnachmittag waren Leitner und Zandermann zu Hellstroem gefahren, Tobias hatte sich wegen eines Tennisturniers freigenommen. Die beiden Hauptkommissare hatten sich eine genaue Strategie zurechtgelegt. Sie wollten von Hellstroem, der über ihren Besuch vollkommen überrascht war, zunächst nur wissen, ob er Dorn und Sonnfeld kannte und wo er am Pfingstmontagabend gewesen war. Auf seine umständlich hochtrabende Art hatte er ihnen mitgeteilt, dass er beide nur flüchtig kannte und am Pfingstmontag eine Party mit etwa dreißig Leuten veranstaltet hatte. Zum Beweis hatte er den beiden eine Einladungsliste mit Namen, Adressen und Telefonnummern überreicht. Er hatte noch erklärt, dass er mal zwischendurch etwa eine Stunde nicht anwesend gewesen war, um etwas frische Luft zu schnappen. Ja, die Gäste waren alle erschienen, es seien alles seine Freunde, die er öfter mal einlud. Warum sie das alles wissen wollten? Sie ermittelten bei allen Teilnehmern, die an der Privatauktion im Bankhaus Sonnfeld beteiligt waren, wegen einer Einbruchssache, hatten sie daraufhin behauptet, was Hellstroem zum einen zufriedenstellte, vor allem aber im Unklaren ließ.

Am Mittwochmorgen lag der Untersuchungsbericht über Dorns Schuhe vor. Diese deckten sich zu hundert Prozent mit den von Frau Schall fotografierten Fußabdrücken, und der Klebestreifen an der Schuhsohle entsprach dem kleinen Stück, das Tobias an Malte Deckers Schreibtisch entdeckt hatte.

Dann kamen sie auf Hellstroems Gästeliste zu sprechen. Nach kurzer Diskussion über das weitere Vorgehen teilten sich die drei Ermittler auf. Jeder übernahm jeweils zehn Adressen von der Liste. Das wurde für die drei ein langer Tag, nur wenige der Personen waren zu Hause erreichbar, erst am späten Nachmittag und Abend hatten sie die Mehrheit der Partybesucher sprechen können, fünf Personen hatten sie nicht erreicht. Von den restlichen Besuchern bestätigten zwanzig Leute, dass Hellstroem sich etwa eine knappe Stunde nicht auf der Party befunden hatte, er hatte ein bisschen rausgewollt, frische Luft schnappen, es ginge ihm gerade nicht so gut. Fast alle bestätigten seine Abwesenheit ab etwa 19 Uhr, da er seinen Spaziergang wohl entsprechend deutlich verkündet hatte. Keiner der Gäste war mit Hellstroem enger befreundet, sie kannten ihn aus verschiedenen Vereinen. Fast alle hielten Hellstroem für einen einsamen und schrulligen Kerl, dessen Partys wegen der reichhaltigen Bewirtung beliebt waren. Alte Bekannte wiederzutreffen, war ein zweites Motiv, Hellstroem spielte dabei eher keine Rolle.

»Die gestrigen Überstunden kann ich aber abbummeln?«, fragte Tobias und griff sich seine fünfte Brötchenhälfte, die letzte auf dem Teller.

»Reden wir noch drüber. Du hattest vorhin erwähnt, dass du Antwort von der Flugsicherung erhalten hast.«

»Ach ja, das könnt ihr mal selbst lesen, dann kann ich in Ruhe weiteressen.« Aus seiner Jacke zog er einen Brief, den er Leitner herüberreichte.

Die Flugsicherung teilte mit, dass Peter Dorn Pfingstmontag gegen 15 Uhr angerufen und eine Ballonfahrt für 19.30 Uhr beantragt hatte. Startpunkt lag an einem Waldstück zwischen Rehburg und dem Rehburger Moor, links abgehend in nördlicher Richtung von der L370, Nienburger Straße. Wind aus Südwest, Regenwahrscheinlichkeit null Prozent, ruhiges Wetter wurde erwartet. Sonnenuntergang um 21.23 Uhr. Startgenehmigung erteilt um 15.30 Uhr.

»Alle satt geworden?«, fragte Leitner.

Zandermann und Tobias nickten.

»Ich habe mir Folgendes überlegt. Werner, du suchst diesen Startplatz. Und das Fahrzeug von Dorn, das müsste dort noch stehen. Vielleicht findet du etwas, was uns weiterhelfen kann. Kennst du dich in der Ecke aus?«

»Ich denke schon, Max.«

»Vorschlag – nimm dir ein oder zwei Kollegen mit, fahrt mit zwei Wagen, dann geht die Suche schneller. Die werden ja nicht direkt an der Straße gestartet sein, ihr müsst also die Feldwege durchsuchen und die kleinen Waldflächen, die dort südlich der Moore überall vorhanden sind.«

»Lass gut sein, Max. Ich kriege das schon geregelt.«

»Tobias und ich fahren zu Hellstroem, wir müssen ihm jetzt die Pistole auf die Brust setzen.«

»Was meinst du damit?«

»Wir konfrontieren ihn mit der Wahrheit, also mit den drei Toten. Mal sehen, wie er darauf reagiert.«

Tobias meldete sich. »Herr Zandermann, rufen Sie bitte *mich* an, wenn Sie vor Ort sind und irgendetwas finden.«

»Warum soll ich Sie anrufen und nicht Max?«

»Weil Max das Gespräch mit Hellstroem führen wird und dabei nicht gestört werden sollte. Dann kann ich ein bisschen von den beiden weggehen, kann mich vielleicht etwas umschauen.«

»Ja, das ist okay und ganz logisch, Herr Heuward. Das machen wir so. Also dann, viel Erfolg, ich geh jetzt ein paar Eier suchen.« Grinsend erhob Zandermann sich. »Danke für das Frühstück.«

»Tobias, pack deinen Ausweis ein und alles, was du sonst noch brauchst. In einer halben Stunde ist Abflug.«

»Natürlich, mein Chef. Danke ebenfalls.« Tobias zeigte kurz auf den leeren Teller und verschwand ganz schnell, bevor Leitner reagieren konnte.

Sie erreichten Ignatz von Hellstroem, der sie nach genauer Kontrolle von Tobias' Ausweis murrend hereinließ. »Meine Herren, ich muss mir zunächst etwas Luft verschaffen, indem ich meinem Missfallen Ausdruck verleihe, dass Sie mich erneut belästigen. Es ist eine Schande, was man sich heute von der Polizei alles gefallen lassen muss. Bevor Sie Ihr Anliegen vortragen, darf ich Sie bitten, mir zu folgen, damit Sie zunächst einmal zur Kenntnis nehmen können, mit wem Sie es eigentlich zu tun haben.« Hellstroem schritt unverzüglich los und zeigte ihnen den riesigen Garten und sein Prunkstück, die Indoor-Schwimmhalle. Die beiden Ermittler hatten sich per Handzeichen verständigt, dass sie seine Führung durch seinen Luxus akzeptierten.

»Also, dies ist zunächst ein kleiner Einblick in meinen bescheidenen Grundbesitz, der geschätzte Wert liegt bei zehn Millionen Euro. Mein silbergrauer Rolls Royce ist dagegen vergleichsweise ohne Belang. Meine Herren, folgen Sie mir nun zu meiner reich gefüllten Schatzkammer.«

Hellstroem legte Tempo vor, wenige Augenblicke später standen sie in einem Tresorraum. »Wertvoller Stahl umhüllt diesen Raum, auch von oben und unten, bombensicher. Und nun dürfen Sie sich an der Pracht des Inhaltes ergötzen, ich darf vermuten, dass Sie sich mit Ihren mageren Gehältern nicht einen dieser Kunstschätze leisten können.«

Tobias wollte gerade den Mund öffnen, doch Leitner hielt ihn mit einer energischen Handbewegung davon ab.

Sie standen vor einer speziell angefertigten Wand, in der mehrere Gemälde senkrecht in engen Schächten nebeneinander standen. Hellstroem zog vorsichtig das ein oder andere Bild heraus, nannte den Kaufpreis. Zehntausend. Einhunderttausend. Zwanzigtausend. So ging es Minuten weiter. Was wollte Hellstroem damit erreichen? Sollten sie ihm ehrfurchtsvoll die Füße küssen oder wollte er sich in Selbstdarstellung ergehen?

»Und hier, meine Herren, kommt ein Kunstwerk, das nicht nur an Schönheit und malerischer Qualität alles andere in den Schatten stellt, sondern auch an Wert.

Dies Objekt ist um einiges wertvoller als alle anderen zusammen. Ich habe es für fast siebzig Millionen Euro auf einer nicht öffentlichen Auktion erworben, nicht gerade das Niveau einer Portokasse, aber bezahlt. Es soll bei den internationalen Auktionshäusern zum Verkauf kommen, hier lassen sich einhundert oder auch zweihundert Millionen erzielen. Das ist, meine Herren, ein bescheidener Gewinn in einer bescheidenen Hütte. Und hier ist es – es heißt *Schlafender Soldat mit Weinkrug*, eine einzigartige Schöpfung von einem der bedeutendsten Künstler der Barockzeit. Es ist ein Jan Vermeer.«

Die beiden Ermittler staunten nicht schlecht, als Hellstroem das Bild herauszog, das Malte Decker im Auftrag von Peter Dorn gemalt hatte und das sie bisher nur von der Bildfolge auf Dorns erstem Handy kannten. Hellstroem hatte fast siebzig Millionen Euro für ein Bild ausgegeben, das nicht mehr als die verwendete Farbe wert war! Und das hieß im Umkehrschluss, dass Dorn den Betrug eingefädelt hatte, ein entsprechend hoher Geldbetrag war auf einem Konto einer schwedischen Bank eingegangen, was die Kontoauszüge belegten.

Sie verließen den Tresorraum, den Hellstroem offen ließ. »Ich darf Sie nach dieser für Sie wohl beeindruckenden Führung bitten, im Wohnbereich Platz zu nehmen. Ich komme gleich zu Ihnen.« Hellstroem verschwand in einem der zahlreichen Räume, die beiden setzten sich.

Ignatz kam schnell wieder. »Ich kann Ihnen leider nichts anbieten, meine beiden Köche und meine Putze sind heute außer Haus, sie kommen erst morgen wieder.«

Leitner räusperte sich. »Herr von Hellstroem, wir müssen Ihnen ein paar Fragen stellen.«

»Nur zu, ich habe keinerlei Geheimnisse vor Ihnen, die besten habe ich Ihnen eben zeigen dürfen.«

Tobias hatte sich gegenüber von Leitner gesetzt, und zwar so, dass ihn Hellstroem nicht weiter beachtete, was ihm die Möglichkeit gab, sich unauffällig umzuschauen. Eine an der Wand hängende Urkunde weckte seine Aufmerksamkeit, er musste sich anstrengen, um alles lesen zu können.

»Also, Herr von Hellstroem, wissen Sie, dass Ihre flüchtigen Bekannten tot sind?«

»Gestatten Sie, dass ich mich rückversichere. Welche flüchtigen Bekannten meinen Sie denn?«

»Peter Dorn und Karl Sonnfeld, Letzteren haben Sie im Vorfeld der Privatauktion kennengelernt.«

»Was geht mich das an?«

»Sie sind mit einem Heißluftballon südlich von Schwarmstedt, genauer wäre südlich von Stöckendrebber, gelandet und dann erschossen worden. Dazu kommt ein weiterer Toter, der wohl gestört hatte und gleich mit erschossen wurde, um keine Zeugen zu haben.«

»Was habe ich damit zu tun? Sie meinen doch nicht etwa, dass ich …« Hellstroem unterbrach sich, sein Gesichtsausdruck verfinsterte sich. »Wann ist das passiert, wenn ich fragen darf?«

»Am Pfingstmontag, abends.«

»Da hatte ich meine Gäste zu bewirten, das wissen Sie doch schon. Ich war dann mal etwa eine Stunde weg, meine Beine vertreten, mir ging es nicht so gut, auch das wissen Sie. Sehr verehrter Herr Leitner, gestatten Sie mir die bescheidene Frage, wie ich das bewerkstelligt haben soll? Von hier aus braucht man mehr als eine Stunde, um dort überhaupt hinzukommen. Ihre Annahme entbehrt jeglicher Logik.«

Tobias' Handy klingelte. »Entschuldigung, ich habe hier einen Anruf.« Tobias ging an der Urkunde vorbei und verließ den Raum. Es war Zandermann.

»Hallo, Herr Heuward. Ich weiß, Sie können nicht viel sprechen, hören Sie einfach zu.«

»Ja.«

»Wir haben die Wagen gefunden. Dorns SUV mit Hänger steht am Rand eines Waldes. Auf der gegenüberliegenden Seite haben wir einen Bulli gefunden und einen abgelaufenen Personalausweis. Dieser ist auf unseren Unbekannten ausgestellt. Sein Name ist Franz Irrmann. Der Bulli muss sein Zuhause gewesen sein. Jetzt kommt das Beste: In einer großen Infotafel aus Emaille über die hiesige Moorgegend steckte ein Projektil von einer Patrone, Kaliber neun Millimeter. Ich bin sicher, dass die Patrone aus einer Ceska82 abgefeuert wurde. Der Startplatz liegt übrigens nur sieben Kilometer von Mardorf entfernt. Hilft euch das weiter?«

»Ja, danke.« Jetzt war alles klar! Sie beendeten das Gespräch, und der junge Lockenkopf gesellte sich wieder zu den anderen. Leitner hatte immer mehr Fragen gestellt, aber sie kamen nicht recht weiter. Als es Tobias zu viel wurde, sprang er vom Sessel auf und starrte Hellstroem an. »Herr von Hellstroem, ich möchte Ihnen kurz erklären, wie wir in der Polizeidirektion Hannover arbeiten. Seit einiger Zeit gibt es bei uns das System der dualen Kriminalistik. Das bedeutet, dass zwei verschiedene Ermittlungseinheiten unabhängig voneinander arbeiten, speziell bei Mord. Herr Leitner leitet Gruppe eins und ich die Gruppe zwei. Also, ich erzähle Ihnen jetzt genau, was passiert ist, jeden einzelnen Schritt.

Hellstroem schaute ihn verwirrt an.

»Peter Dorn hatte bei einem unbekannten Maler eine Fälschung in Auftrag gegeben, die eine Stilkopie der Malkunst von Jan Vermeer darstellt. Auf der Auktion im Bankhaus haben Sie sich verführen lassen mitzusteigern. Sie erwähnten gerade selbst diesen Vorgang. Ein gewisser Ronald de Vries aus Ridderkerk, Niederlande, hatte Ihnen ein Gutachten erstellt, welches die Fälschung beweist.«

»Woher wissen Sie …?«, fragte Hellstroem entgeistert.

»Das Gutachten liegt auf dem Flur, ich habe da eben mal reingeschaut, während ich telefoniert habe. Weiter. Sie sannen auf Rache. In einem Telefonat mit einer gewissen Maria erfuhren Sie von einem Ballonausflug. Sie wussten aber sowieso, dass ein gewisser Peter Dorn immer am Pfingstmontag Ballonausflüge unternimmt, denn Sie sind zwischen 2006 und 2012 selbst mit an Bord gewesen! Das geht aus Dorns Kalenderaufzeichnungen hervor. Von wegen flüchtige Bekanntschaft! Da Dorn kein Frühaufsteher ist, fanden diese Unternehmungen immer in den Abendstunden statt. Sie brauchten also nur über das Internet die Zeit des Sonnenuntergangs herausfinden, dieser war Pfingstmontag exakt um 21.23 Uhr. Sie wussten von Dorn, dass zwei Stunden zuvor gestartet wird, also gegen 19.30 Uhr.«

Hellstroem wurde blass, saß aber regungslos da.

»Sie organisierten am gleichen Abend eine Party bei sich zu Hause. Gegen 19 Uhr haben Sie die Veranstaltung verlassen, die einfach nur als Alibi dienen sollte. Damit es möglichst alle mitbekommen, haben Sie laut verkündet, dass Sie nur mal frische Luft schnappen wollten. Statt zu Fuß zu gehen, haben Sie unbemerkt Ihren Wagen genommen, sind aber nicht etwa zum Landeplatz gefahren, was Sie innerhalb einer Stunde hin und zurück nicht geschafft hätten, sondern zum Startplatz.«

Hellstroems Mund öffnete sich.

»Weiter. Da Dorn ausnahmslos von der von ihm so genannten Bauernwiese losfuhr, kannten Sie den Startplatz ganz genau und hatten nur sieben Kilometer zu fahren, wofür Sie nur wenige Minuten brauchten. Dorn und Sonnfeld waren in den Startvorbereitungen, der Ballon dürfte sich schon leicht vom Boden losgelöst haben, und der Brenner lief. In diesem Moment haben Sie erst Dorn per Kopfschuss in die linke Schläfe hingerichtet und Sonnfeld dann mit einem gezielten Herzschuss getötet. Sie sind nämlich ein ausgezeichneter Schütze, als Mitglied eines Vereins für Großkaliber haben Sie erst vor ein paar Monaten den ersten Platz belegt.«

»Woher …«, stammelte Hellstroem.

»Diese Information hängt hinter Ihnen an der Wand. Weiter. Sie haben die Leichen aufgesammelt und in den Korb gelegt, durch das Gewicht konnte der Ballon den Korb noch nicht aufrichten. Dummerweise kam Ihnen noch ein Typ entgegen, den Sie auch noch erschießen und im Ballon platzieren mussten, um keine Zeugen zu haben. Dann haben Sie sich etwas sehr Intelligentes einfallen lassen. Sie mussten Dorn noch Schmauchspuren verpassen. Dazu haben Sie ihm Ihre Ceska82 in die linke Hand gelegt und einfach noch mal in die Gegend geschossen, ohne den Ballon zu beschädigen. Sie haben also insgesamt vier Patronen gebraucht. Diese vierte Patrone, genauer, das Projektil, wurde gerade eben entdeckt. Es steckte in einer Informationstafel. Es ist ebenfalls ein Neun-Millimeter-Projektil. Sie trugen, weil alles geplant war, die ganze Zeit über Latexhandschuhe, hinterließen also keinerlei Spuren. Dann haben Sie den Brenner aufgedreht, und die drei Leichen fuhren davon. Es ist schändlich, dass Sie dabei noch andere Menschen in Gefahr gebracht haben, denn dieser Todesballon musste zwangsläufig zum Boden zurückkommen, wenn das Gas verbraucht war. Allerdings haben Sie einen riesigen Fehler gemacht – Sie hätten Dorn in die rechte Schläfe schießen müssen und nicht in die linke! Herr Dorn war nämlich Rechtshänder. Das war's. Herr von Hellstroem, ich verhafte Sie hiermit wegen des dringenden Verdachts, drei Menschen ermordet zu haben, alles was Sie …«

Plötzlich krachte ein Schuss in die Decke. »Hände hoch. Los, gehen Sie langsam vor mir her, langsam und keine Tricks«, brüllte Hellstroem. »Stopp. Stehen bleiben. Ziehen Sie langsam Ihre Waffen und lassen Sie sie auf den Boden fallen, langsam, keine hektischen Bewegungen.«

Hellstroem schickte die beiden Ermittler in einen kleinen Raum. »Los, rein. Ich erschieße Sie, wenn Sie nicht sofort reingehen.« Hellstroem schloss die Tür ab und warf den Schlüssel weit weg. »Ich habe nichts mehr zu verlieren und werde mich ins Ausland absetzen, ich schaffe das, ihr Bullenschweine!« Er verschwand.

Der Raum war sehr schmal und verfügte nur über eine kleine Luke. »Scheiße, jetzt sitzen wir fest. Da oben passe nicht mal ich als schlanker Sportler durch. Scheiße, scheiße.«

»Jetzt beruhige dich, Tobias. Ich glaube, der Hellstroem hat die Haustür nicht zugemacht. Als wir vorhin hereingekommen sind, quietschte die Tür zweimal – beim Öffnen und beim Schließen. Eben hat es aber nur einmal dieses Geräusch gegeben. Der Hellstroem hat es offenbar sehr eilig. Wir rufen gleich den Zandermann an, der soll uns hier rausholen. Aber erst mal was anderes.« Leitner wählte die Einsatzzentrale an. »Zentrale? Hier spricht Max Leitner, Kripo Hannover … genau … das ist korrekt. Folgendes: Sofortige Fahndung einleiten im Umfeld von Mardorf, Flüchtiger ist vermutlich mit einem silbergrauen Rolls Royce unterwegs, unbekannte Fluchtrichtung, Vorsicht, der Mann ist bewaffnet. Brauchen den Phoenix.«

»Verstanden, wird veranlasst. Phoenix kommt, Start in zwei Minuten, Flugzeit etwa fünf Minuten.« Das Gespräch war beendet. Leitner informierte Zandermann, der schon in Richtung Hannover unterwegs war, aber versprach, sofort umzukehren.

Hellstroem raste wie ein Irrer über Rehburg auf die L370, die Richtung Nienburg führte. Jetzt einen klaren Kopf behalten. In der Nähe des Rehburger Moores stellte er in einer bewaldeten Gegend den Wagen quer über beide Fahrspuren. Ein roter Kleinwagen kam auf ihn zu. Eine Frau drehte das Fenster runter. »Hatten Sie einen Unfall?«

»Aussteigen, sofort.« Hellstroem richtete die Pistole auf sie. »Fahren Sie mit meinem Wagen weiter, Schlüssel steckt. Jetzt schnell.«

Er sprang in den Kleinwagen, knallte den Rückwärtsgang rein, drehte und raste auf der Straße weiter. Dann verlangsamte er seine Geschwindigkeit, niemand konnte ahnen, dass er den Wagen gewechselt hatte. Falsch! Siedend heiß fiel ihm ein, dass man die Frau wohl sofort stoppen würde. Die könnte ihr Fahrzeug exakt beschreiben. Also Gas. Er musste noch mal den Wagen wechseln.

Zu spät! Hinter ihm kam ein Polizeiwagen näher und näher. Blaulicht, Martinshorn. Weg von der Straße, aber wohin?

Vor Siemershausen bog er auf einen schmalen Feldweg ein. Der Polizeiwagen war jetzt direkt hinter ihm. Irgendwo rechts jagte ein zweiter Wagen in etwa hundert Meter Entfernung. Was machen? Wohin?

Plötzlich hörte er ein lautes Rotorengeräusch. Über ihm näherte sich ein Hubschrauber. Er gab Vollgas, auf der linken Seite ein weiterer Polizeiwagen. Hinter ihm, rechts, links, über ihm. In einer Kurve schlingerte er, fast wäre er vom Weg gerutscht. Er verlor die Orientierung, wusste nicht mehr, wo er war.

Vor ihm kam eine kleine Unterführung, Martinshörner, Blaulicht überall. Er rieb sich den Schweiß von der Stirn, gab wieder Vollgas. Die Unterführung kam näher, einhundertsechzig, einhundertfünfundsechzig, er musste durch die schmale Unterführung. Plötzlich fuhr ein Polizeiwagen hinter der Unterführung hervor. Hellstroem bremste, es war zu spät, er gab wieder Gas, verlor die Kontrolle und raste gegen den linken Brückenpfeiler. Ignatz von Hellstroem war sofort tot.

Kapitel 31

Freitag, 16. Juni 2017
Zentraler Kriminaldienst

Tobias Heuward und Max Leitner saßen wieder einmal im Büro des Hauptkommissars. Sie aßen kleine Mandelhörnchen und tranken dazu Kaffee. »Wo hast du diese leckeren Hörnchen her?«, wollte Leitner wissen.

»Geheimrezept meiner Mutter.«

»Kannst du gern mal wieder mitbringen.«

»Mach ich.«

»Sag mal, Tobias. Was war das gestern eigentlich für ein Gefasel mit dem ... wie hieß das noch?«

»Das System der dualen Kriminalistik«, verkündigte Tobias stolz.

»Was sollte denn der Quatsch?«

Tobias zuckte unschuldig mit den Schultern. »Wieso? Das habe ich von dir gelernt. Du hast nach unserem ersten Besuch bei Fidel Goldherz gesagt: Kleine Übertreibungen wirken oft Wunder!«

Leitner grinste und rieb sich über seinen Dreitagebart. »Andere Sache: Woher wusstest du denn die Einzelheiten über Dorns Ballonfliegerei?«

»Eine tolle Sache! Seine Kalender konnte man wie ein Tagebuch lesen. Viele Frauennamen tauchten auf, Termine aller Art, aber eben auch Eintragungen wie *Ballon/Bauernwiese*. Da die Balloneintragungen ausschließlich mit der Bauernwiese verknüpft waren, konnte ich folgern, dass er immer am gleichen Ort startete, es ist wohl nicht so einfach, Bauern für solche Aktionen zu begeistern. Dann hatte er immer seine Begleitung notiert, daher weiß ich, wann wer mitgefahren war. Bis 2012 war es Hellstroem, danach Sonnfeld. Ich weiß sogar, dass Hellstroem und Dorn Anfang 2013 Zoff hatten wegen einer Dame namens Irene, der Hellstroem musste wohl Dorn danach richtig gehasst haben.«

»Warum weiß ich davon nichts?«

»Weil ich die Kalender erst vorgestern zu Ende auswerten konnte. Zu Hause, wohlgemerkt. Bis in die Nacht hinein, bis ich alle durchgeforstet hatte. Ich schreibe heute den Aktenvermerk, versprochen.«

Max Leitner nickte. »Ist gut.«

»Max, das einzig Ärgerliche ist, dass wir den Ignatz jetzt nicht mehr hinter Gitter bringen können.«

»Wieso? Für einen so reichen Mann, der wohl nie in seinem Leben finanzielle Sorgen kannte, ist Sterben die Höchststrafe.«

»Du meinst, dass es für ihn keine Kunst war zu leben, aber eine große Kunst zu sterben?«

Leitner schüttelte den Kopf. »Überlass das Philosophieren lieber Werner Zandermann. Und mach endlich die anderen Berichte fertig, nächste Woche haben wir wieder viel zu tun.«

»Ja, Sir.« Tobias verdrehte die Augen und verschwand.

ENDE

Danksagung

Wieder einmal danke ich meiner Frau Sandra für ihre Geduld, Großzügigkeit und Anteilnahme, die sie mir beim Verfassen dieses zweiten Buches entgegengebracht hat.

Meinen Freunden Matthias Schulz, Jens Möhle und Dennis Kaftan danke ich für die zahlreichen Diskussionen über Inhalte und Titel des Romans.

Ein großer Dank geht an Michael Muszinsky aus der Polizeidirektion Hannover. Ohne sein Fachwissen und seine Bereitschaft, mich ständig zu unterstützen, wäre dieser Kriminalroman möglicherweise niemals erschienen.

Dem gesamten Verlagsteam danke ich für die professionelle und unkomplizierte Zusammenarbeit.